心裏的夢田

三毛

Echo Legacy

而我們又想起了妳。

—總編的話—

像沙漠裡吹來的一陣風，像長夜裡恆常閃耀的星光，像繁花盛放不問花期，像四季更迭卻不曾遺忘各自的美麗。是三毛，她將她自己活成了最生動的傳奇。是三毛筆下的故事，豐盛了我們那一片枯槁的心田。

三十年了，好像只是一轉眼，而一轉眼，她已經走得那麼遠，遠到我們的想念蔓延得越來越深邃。

是這樣的想念，驅使我們重新出版「三毛典藏」，我們將透過全新的書封裝幀，吸引更多讀者走進三毛的文學世界。「三毛典藏」一共十一冊，集結了三毛創作近三十年的點點滴滴：《撒哈拉歲月》記錄了她住在撒哈拉時期的故事，《稻草人的微笑》收錄她從沙漠搬遷到迦納利群島前期，與荷西生活的點點滴滴。《夢中的橄欖樹》則是她在迦納利群島後期的故事，她追憶遠方的友人，並抒發失去摯愛荷西的心情。

除此之外，還有《快樂鬧學去》，收錄了三毛從小到大求學的故事。《流浪的終站》裡的三毛回到了台灣，她寫故鄉人、故鄉事。《心裏的夢田》收錄三毛年少的創作、對文學藝術的評論，以及最私密的心靈札記。《把快樂當傳染病》則收錄三毛與讀者談心的往返書信，《奔走在日光大道》記錄她到中南美洲及中國大陸的旅行見聞。《永遠的寶貝》則與讀者分享她最心愛、最珍惜的收藏品，以及她各時期的照片精選。《請代我問候》是她寫給至親摯友的八十五封書信，《思念的長河》則收錄她所寫下的雜文，或抒發真情，或追憶過往時光。

她所寫下的字字句句，我們至今還在讀，那是一場不問終點的流浪，同時也是恆常依戀的鄉愁。三毛曾經這樣寫：「我願將自己化為一座小橋，跨越在淺淺的溪流上，但願親愛的你，接住我的真誠和擁抱。」親愛的三毛，這一份真誠，依然明亮，這一個擁抱，依然溫暖。如果我們的眷戀有回聲，如果我們依然對遠方有所嚮往，如果我們對萬事萬物保有好奇——那也許只是因為，我們又想起了妳。

一導讀一

三毛傳奇與三毛文學。

明道大學中文系講座教授　陳憲仁

三毛寫作甚早，年輕時即曾在《現代文學》、《皇冠》、《中央副刊》、《人間副刊》、《幼獅文藝》等發表文章。但真正踏上寫作之路，應該是一九七四年與荷西在西屬撒哈拉沙漠結婚後，寫下一系列「沙漠故事」才算開始。

三毛的《撒哈拉歲月》是中文世界裡，首次以神秘的撒哈拉沙漠為背景的作品，對於長期蟄居在台灣島國的人，無異開啟了寬闊的視野，加上她的文筆幽默生動，內容豐富有趣，從第一篇〈沙漠中的飯店〉發表之後，即造成轟動，後來更掀起了巨浪般的「三毛旋風」。

一九七九年十月至十二月，《讀者文摘》在澳洲、印度、法國、瑞士、西班牙、葡萄牙、墨西哥、南非、瑞典等國以十五種語言刊出三毛的〈一個中國女孩在沙漠中的故事〉；《撒哈拉歲月》這本書的翻譯本，一九九一年有日文版；二〇〇七年有大陸版；二〇〇八年有韓文版；二〇一六年有西班牙文版及加泰隆尼亞文版；二〇一八年有波蘭文；二〇一九年有荷蘭文、英文、義大利文、緬甸文；二〇二〇年有挪威文。另外，個別篇章也有越南文、法文、捷克文等譯文相繼出現，可見三毛作品在國際間確有一定的分量。

大家提到三毛，想到的可能都是她寫的撒哈拉沙漠故事的系列文章，其實三毛一生的作品，包括小說、散文、雜文、隨筆、書信、遊記等有十八本，翻譯四種，有聲書三冊，歌詞錄音帶三捲，電影劇本一部。體裁多樣，篇數繁多，顯現她的創作力不僅旺盛，且觀照範圍遼闊。

在三毛過世三十年之際，我們回顧三毛作品，重讀三毛作品，可以以文學的角度、文學的樂趣來閱讀、來發現，則三毛作品中優秀的文學特性，如對人的關懷與巧妙的文學技巧，將能處處顯現。

我們看《撒哈拉歲月》裡，三毛寫〈沙巴軍曹〉的人性光輝：一位西班牙軍曹，因為弟弟在西班牙軍人被撒哈拉威人大屠殺的慘案中死了，仇恨啃咬了十六年的人，卻在一群撒哈拉威孩子誤觸爆裂物、面臨最危急的時候，用自己的生命撲向死亡，去換取他一向視作仇人的撒哈拉威孩子的性命。

又如〈啞奴〉，三毛不惜筆墨，細細寫黑人淪為奴隸的悲劇，寫其善良、聰明、能幹、愛家愛人，對於身處這樣環境下的卑微人物，三毛流露了高度的同情，也寫出了悲憤的人道抗議。

再如〈哭泣的駱駝〉，書寫西屬撒哈拉原住民——撒哈拉威人爭取獨立的努力與困境，呈現其命運的無奈、情愛的可貴，著實令人泫然！

而在中南美洲旅行時，她對市井小民的記述尤多，感嘆更深，哀傷更巨。當進入貧富差距大、人民生活困苦的國家，她的哀感是「青鳥不到的地方」；當她在教堂前面看到：一位中年男人、白髮老娘、二十歲左右的青年、十幾歲的妹妹，都用膝蓋在地上向教堂爬行，慢慢移動，全家人的膝蓋都已磨爛了，只是為了虔誠地要去祈求上天的奇蹟。

「看著他們的血跡沾過的石頭廣場，我的眼淚迸了出來，終於跑了幾步，用袖子壓住了眼睛。坐在一個石階上，哽不成聲。」

凡此，均見三毛為人，富同情心，具悲憫之情，對於苦痛之人、執著之人，常在關懷之中，她與人同生共活、喜樂相隨、悲苦與共。

三毛作品的佳妙處，當然不只特異的題材內容，不只流露的寬闊胸懷，還有她巧妙的寫作技巧。

我們看她的敘述能力、描寫功夫，都是讓人讀來，愛不釋手的原因。就以三毛自己很喜歡的《撒哈拉歲月．荒山之夜》為例，這篇文章寫三毛與荷西到沙漠尋寶，荷西出了意外，陷入沼澤中，三毛憑著機智與勇氣救出荷西。其文學技巧高妙處，約略言之，即有如下數端：

一、伏筆照應：

三毛把荷西從泥沼中救出來的東西「長布帶子」，是因為她穿了「拖到腳的連身裙」，才能將「長裙割成長布帶子」；荷西上岸後免於凍死，是因三毛出門時「順手拿了一個皮酒壺」。當後面出現這些情節，看到這些東西時，我們才恍然大悟，為什麼前面作者要描寫穿的衣服及順手抓起的東西？這種「草蛇灰線」的技巧，三毛作品中，隨處可見。

二、氣氛鋪陳：

當三毛與荷西的車子一進入沙漠，兩人的談話一再出現「死」字、「鬼」字，如：「上次幾個嬉皮怎麼死的？」、「死寂的大地像一個巨人一般躺在那裡，它是猙獰而又凶惡的。」、

「我在想，總有一天我們會死在這片荒原裡」、「鬼要來打牆了。心裡不知怎的覺得不對勁」。

成功的營造氣氛，不僅讓讀者有身歷其境的感覺，也是作品成功的要件。

三、高潮迭起：

三毛善於說故事，故事的精采則奠基於「高潮迭起」。〈荒山之夜〉即是這樣的作品，高潮與低潮不斷的湧現：三毛數度找到救星，卻把自己陷入險境；荷西數度陷入死亡絕境，卻又次次絕處逢生。情節緊扣，讓人目不暇給，喘不過氣。

三毛作品除了「千里伏線」、「氣氛鋪陳」、「高潮起伏」等技巧之外，還有一項「情景交融」，運用得更好更妙，像：

〈娃娃新娘〉，出嫁時的景象：「遼闊的沙漠被染成一片血色的紅」，象徵即將面臨的婚姻暴力。

〈荒山之夜〉，荷西陷在泥沼裏，「沉落的太陽像獨眼怪人的大紅眼睛，正要閉上了」，平添蠻荒詭異的色彩。

〈哭泣的駱駝〉，三毛眼見美麗純潔的沙伊達被凌辱致死，無力救援，「只聽見屠宰房裡駱駝嘶叫的悲鳴越來越響，越來越高，整個天空，漸漸充滿了駱駝們哭泣的巨大的迴聲」，以強烈的聽覺意象取代情感的濃烈表達。

三毛這些「以景襯情」的描寫，處處可見可感，如：

一、寫喜：

「漫漫的黃沙，無邊而龐大的天空下，只有我們兩個渺小的身影在走著，四周寂寥得很，沙漠，在這個時候真是美麗極了。」

這是〈結婚記〉兩人走路去結婚的畫面，廣角鏡頭下的兩個渺小身影，襯出廣大的天地，世界是兩人的。此時的愉快心情，完全不必說。筆觸只寫沙漠「美麗極了」，正是內心美麗極了的「境由心生」，同時也是「以景襯情」的寫法。

二、寫愛：

〈愛的尋求〉，「燈亮了，一群一群的飛蟲馬上撲過來，牠們繞著光不停的打轉，好似這個光是牠們活著唯一認定的東西。」

三、寫驚：

〈哭泣的駱駝〉，當三毛知道沙伊達是游擊隊首領的妻子時，那種震驚，「黃昏的第一陣涼風，將我吹拂得抖了一下。」

四、寫懼：

（三毛聽完西班牙軍隊被集體屠殺的恐怖事件後）「天已經暗下來了，風突然厲裂的吹拂過來，夾著嗚嗚的哭聲，椰子樹搖擺著，帳篷的支柱也吱吱的叫起來。」

五、寫悲：

〈哭泣的駱駝〉，（三毛想到她的朋友撒哈拉威游擊隊長被殺的事件）「打開臨街的木板窗，窗外的沙漠，竟像冰天雪地裡無人世界般的寒冷孤寂。突然看見這沒有預期的淒涼景致，我吃了一驚，癡癡的凝望著這渺渺茫茫的無情天地，忘了身在何處。」

六、寫哀：

〈哭泣的駱駝〉，沙伊達被殺的地方是殺駱駝的屠宰房。「風，在這一帶一向是厲冽的，即使是白天來亦使人覺得陰森不樂，現在近黃昏的尾聲了，夕陽只拉著一條淡色的尾巴在地平線上弱弱的照著。」

三毛傳奇，一直是許多人津津樂道和念念不忘的。在三毛去世之後，兩岸也出現了不少三毛相關的傳記，足見她的魅力和影響歷久不衰，甚至於近年來，學院中亦陸續有以三毛為題的研究論文出爐，三毛作品的文學價值漸受重視，此刻回思瘂弦〈百合的傳說〉中說過的話：「紀念三毛最好的方式，還是去研究她的作品。」、「研究她特殊的寫作風格和美學品質，研究她強烈的藝術個性和內在生命力，才是了解三毛、詮釋三毛最重要的途徑。」相信，《三毛典藏》的出版，帶給大家的正是這樣的方向與契機！

三毛二三事。

三毛家人

「三毛」並不存在

在我們家中，「三毛」並不存在。

爸爸媽媽和大姐從小就稱呼她為「妹妹（ㄇㄟˋㄇㄟˊ）」；兩個弟弟喊她「小姐姐」；在姪輩的心中，她是一個稀奇古怪但是很好玩的「小姑」。

「三毛」這個名字從民國六十三年開始在《聯合報》出現，那些甚至連「三毛」的家人都沒經歷過的撒哈拉沙漠生活，讓我們的「妹妹」、「小姐姐」、「小姑」頓時成了大家的「三毛」；但即使在她被廣大讀者接受後的七十年代，家中仍然沒有「三毛」這個稱呼，大家一切如常，仍然是「妹妹」、「小姐姐」。儘管父母親實在以這個女兒為榮，但家人在外從來不會主動表示「三毛」是我的誰。記憶中，母親偶爾會在書店一邊翻閱女兒的書，一邊以讀者的身分問店家：「三毛的書好不好賣啊？」每當答案是肯定的，她總會開心的抿嘴而笑，再私下買兩三本三毛的書，自我捧場。父親則是有一次獨自偷偷搭火車，南下聽女兒在高雄文化中心的演講，到會場時發現早已滿座，不得其門而入，於是就和數千人一起坐在館外，透過擴音器聽女兒的聲音，結束後再帶著喜悅默默的搭火車回台北。

父親還會做一件事，就是幫女兒整理信件。當時小姐姐在文壇上似乎相當火熱，各地讀者雪片般的信件每月均有數百封。一開始，三毛總是一一親自閱讀，但到後來讀者來信實在太多，對身體不好的三毛成為極大的負擔；不回，則辜負了支持她的讀者的美意，一一回信，簡直不可能。於是父親就利用其律師工作之餘，每天花三四小時幫小姐姐拆信、閱讀、整理、分類、貼標籤，再寫上註記，標明哪些是要回的、哪些是收藏的。十多年來甘之如飴，這是父親用行動表示對女兒的愛護。而這十幾大箱讀者的厚愛與信中藏著的喜怒悲歡，已在小姐姐葬禮中全部火化讓她帶走。

「三毛」是她的光圈，但在我們看來，那些名聲對她而言似乎都無所謂。她的內在一直是陳平，一個誠實做自己、總是帶著點童趣的靈魂。她走過很多地方，積累了很多豐富的經歷，但也因為這些經歷、辛苦和離合，她的靈魂非常漂泊。對三毛的好朋友們、三毛的讀者，和身為三毛家人的我們來說，我們各自或許都看到了、理解了、感受了某一個面向的三毛，但又沒有人能真正看透全部的她。因此我們各自保有對她不同的記憶，用各自的方式想念她。這些記憶或許看似瑣碎，但是對我們來說，是家人間最平凡也最珍貴的回憶。在此身為家人的我們，願意和大家分享這些記憶，做為我們對她離開三十年的懷念。

從小就不同

「小姐姐」在我們家是一個說故事的高手。三十多年了，關於她，我們家人總有一個鮮明的印象：吃完晚飯後，全家人齊坐客廳，小姐姐把頭髮往上一紮，雙腿盤坐，手上拿一大罐面霜，一邊塗臉按摩，一邊「開講」她遊走各地的事。這些在一般人說來平凡無奇的經歷，從她口中講來則是精采絕倫，把我們唬得一愣一愣的。所以小姐姐總說自己是「說故事的人」，不是作家。

其實三毛從小就顯現她與眾不同的特點，譬如有一次她向母親討了點錢，去買了一支當時非常貴的馬頭牌花生口味的冰棒，然後抓著姐姐到離家不遠的一個山洞（防空洞）裏，把冰棒慎重的放到鐵盒做的香煙罐裏，說：「這裏涼涼的冰棒不會化，明年夏天我們就還有冰棒可以吃啊！」第二年的夏天，姐妹倆真的手牽手回到山洞裏，把已經發黃鏽掉的鐵罐挖出來，一打開，哇！只有黃黃濁濁的水。這是她從小可愛的一面，而這份童真在她一生中都沒有消逝。

另外當時我們重慶的大院子裏有個鞦韆，是她們姐妹倆喜歡去的地方。但因為院裏埋著一些墳墓，於是每到天黑姐姐便拉著妹妹想回家。但三毛從小膽子便大得很，總是在鞦韆上盪啊跳的，非摸黑不肯走。除了善良、憐憫、愛讀書，小姐姐同時勇敢、無懼又有反抗心，從小就很有想法，四個手足中，似乎只有她一個是翻轉著長的。她後來沒去上學，現在回想起來，在那個小小的年紀裏，我們自己對人生的態度已經不自覺的顯現出來了。

一切憑感覺

熟悉她的讀者或許記得，三毛曾在沙漠用棺材板做沙發。有時候想想，這個能用棺材板和輪胎把家裏布置得美輪美奐的女人是我的姐姐、陳家的女兒，我們都覺得不可思議。因為回到台灣以後她與爸媽同住，一間不到五坪大的房間，除了書桌、書架和床之外，一切可說非常簡單。但是在她自購的小公寓可就不一樣了，這個位在頂樓不大的鳥居，屋內所見幾乎全部是竹木製：木製牆面、木桌、木鳥籠（裏面裝著戴嘉年華面具的小丑）、竹籐沙發。對我們兄弟姐妹還有我們的小孩來說，那裏是個很特別的地方，完全散發著她個人獨特的美感。

除了家居布置，小姐姐手也非常巧，很會照顧身邊的人，和荷西在一起，可以把他養得白白胖胖，讓他天天想著吃「雨」（粉絲）。但對她自己來說，「吃東西」是非常無所謂且不重要的事，尤其在她專注寫作的時候。她在台北的家有冰箱，但常是空的。她工作起來可以沒日沒夜不吃飯不睡覺，所以我們家人經常買點牛奶、麵包、香腸、牛肉乾、泡麵放在裏面。記得有一次我們去看她，一打開冰箱，裏面空空蕩蕩，只有一條已經咬過幾口的生香腸。我們都大驚失色：「這是妳咬的嗎？」她說：「是啊！肚子餓了嘛！」

另一個她較不在意的便是金錢。小姐姐儘管文章常上雜誌報紙，但是稿費這部分，她一律不管，全部交給母親打理。她常說「我需要的不多」。事實也是如此，她最常穿的是一套牛仔工裝吊帶褲，塑膠鞋和球鞋，高跟鞋是很少上腳的。

不為人知的「能力」

在家中，基本上父母親是不喝酒的，即使應酬，也只是沾唇而已。但是這個二女兒不知是否得了祖父或外祖父的遺傳，她可以喝一整瓶白蘭地或威士忌不會醉倒。但她並不常喝，除非找到能一起說話的朋友。至於煙，小姐姐倒是抽得兇，每次去老家巷口的家庭式洗頭店，總是一邊說故事給老闆娘和其他客人聽，一邊手上一根根的抽，一個小時下來，可以抽上十來根，寫作的時候亦是如此。她抽煙總是用火柴而不用打火機，為的是燒火柴時那股「很好聞，有硫磺的味道」，同時燒火柴時「有火焰，有煙會散開，感覺很棒！」對她來說，火柴是記憶的一部分，會幫她增加靈感。

三毛記憶力很好，而這份記憶力或許在語言上也對她助益頗深。我們家父母親彼此說的是寧波話與上海話，到台灣以後，小姐姐日常說的是國語，但和二老講話時則換回這兩種語言。出生在四川的她除了四川話頗為流利，日後又和與她很親近的打掃阿姨學了純正的台灣話，完全不帶一點外省口音。她在台灣的日商公司短暫幫忙的日子中粗通了日文，並在出國後把西班牙文、英文、德文也統統收到自己的百寶箱中。中文和西班牙文是她這九種語言中最精通的兩種，每當父親有歐美的客戶或友人來台時，三毛總會幫著父親，讓大家賓主盡歡。

充滿愛的小姐姐

小姐姐一輩子流浪的過程中，或許都在尋找一份心裏的平安和篤定，好不容易有了荷西，他卻又撒手中途離去。除了荷西，小姐姐也很愛她的朋友們。三毛對朋友基本上無分男女、國籍、社會地位、有學問沒學問、知名不知名，一旦當你是朋友，她就拿心出來對你。她笨笨的、不會說捧人的話，但是對人絕對真誠，而且對不足的人特別的關心。她有很多很多的好朋友，而這些朋友對三毛的生命造成或大或小的影響。

不過她似乎習慣四處流浪，她說：「不要問我從哪裏來。」於是有了〈橄欖樹〉。當這首膾炙人口的歌不斷被翻唱之際，身為家人的我們除了為她驕傲，也為她心疼。她流浪的遠方不是一個我們能觸及的地方，但也因為是家人，我們比旁人更能看到她的快樂、傷痛和辛苦。另外一首最能代表她年輕的心情的歌則屬〈七點鐘〉，由三毛作詞，李宗盛作曲，描述年輕時約會的心情。詞裏寫道：「鈴聲響的時候，自己的聲音那麼急迫，是我是我是我……是我是我是我……」是啊！這就是我的小姐姐，這樣的小姐姐。

不再漂泊

對很多讀者來說，「三毛」，這個像吉普賽人的女子變魔術一樣的來到人間，寫下一篇篇故事，然後又像變魔術一般的離開。三十年了，三毛仍在你們的記憶中嗎？

在我們家中，「三毛」不存在，但是三十年前的那天，父母親和大姐口中的「妹妹（ㄇㄟˋㄇㄟ˙）」，我和我哥哥的「小姐姐」，走了。

我們很想念她。

儘管，我們不敢說真的完全理解她（畢竟誰又能真的理解誰），但是她非常愛我們，我們也非常愛她，對於家人的我們來說，足矣。對於她的驟然離世，父親有一段話，他說：「生命的結束，是一種必然，早一點晚一點而已，至於結束的方式就不那麼重要了。妹妹的離開，做父母親的固然極度的悲傷、痛心、難過、不捨，但是她的離開是我們人生的一部分，我們只能接受這個事實。妹妹豐富的一生高低起伏，遭遇大風大浪，表面是風光的，心裏是苦的。幸虧有家人和朋友的關懷，不然可能更早就走了。她曾經把愛散發給許多朋友，也得到很多回報，我們讓她好好的平靜的安息吧。」

如果有另一個世界，親愛的小姐姐，希望妳不再漂泊。

給小姐姐的一封信。

三毛弟弟　陳傑

小姐姐：

離開我們至今，已經三十個年頭了，還是很想念妳！每年都會去墓園跟妳和爹爹姆媽說說話，墓前總有不知名的讀者為妳獻上一束花；妳寫的故事，在一九七四年代後的二十年間，滿受讀者喜歡；本來想，一個人的盛名，總有凋零的一天，可是這麼多年過去，妳的書以及透過妳眼下看到的世界，反而在華文以外的國家開始受到矚目；除了不少國家詢問相關出版事宜，紐約時報、英國ＢＢＣ廣播公司所出的雜誌，還有Google都推文介紹「三毛」這位華人作者；然而以妳的個性來看，可能有點煩吧？妳從來都不是在意虛名或是耐煩生活瑣事的人，妳一直以來找尋的，總是靈魂的平安和滿足。身為弟弟的我，時不時想著，這些妳走過一生的紀錄，不如就讓它隨風而逝吧！只願妳與荷西在另一個時空裏，不受打擾地繼續兩人的愛戀情懷，這樣也好；世間事留給我們來處理，不去麻煩妳了。

二〇一八年，在妳與荷西結婚四十四年後，我們陳家人終於遠赴西班牙，拜訪了荷西一家人，這個緣分遲了幾乎半個世紀方才達成。荷西家人對我們很親切，為了一對離世的佳偶，兩家人將這個未嘗會面的缺口，補成一個圓滿的圓；從未到過西班牙的我們，儘管語言不通，透過比手畫腳、翻譯和老照片，兩家人在彼此的分享中，似乎又對妳與荷西的生命更了解了一些，就像是一本書的補遺，由於多了幾行字句，因而讓內容又變得圓滿了些。這樣的相見，是陌生但又溫暖的。我們兩家人不熟稔，但共同擁有一份思念。

另外和妳報告一下，我們也飛到大迦納利島和La Palma島，追憶妳和荷西曾經擁有的小房子，當地旅遊局特別在荷西潛水過世的地方，做了一個紀念雕塑，還出版了一本《橄欖樹與梅花》的書，來紀念妳這位異國女子在當地的生活片羽。這個曾在妳心中劃下深刻的快樂與苦澀的地方，現在它也把妳的面容永遠收藏了起來。在台灣，國立台灣文學館收藏了很多妳留下來的文物，並出了一本《三毛研究彙編》收集別人對妳的分析；在大陸，妳思之念茲的浙江舟山小沙鄉多年來做了很多與三毛有關的活動，像是「三毛祖居紀念館」、「三毛文學獎」等，還種植了橄欖樹林。四川重慶二〇一九年也設立了「三毛故居」，這些林林總總紀念三毛的方式，讓我們有點應接不暇，感恩但也疲於奔波。小姐姐，妳在乎嗎？天上與人間的想法也許是兩極的，但希望妳知道，不管是過去現在還是未來，我們家人總是以妳為榮，總是想保護妳，希望妳是歡喜的。爹爹姆媽在世時，也都感受到妳帶給他們的喜樂，挺好的。

妳的伯樂——平鑫濤先生也到天上去看妳了，要謝謝他的賞識，把三毛從殘酷的撒哈拉沙漠中挖掘出來，在世間成為一朵亮眼出眾的花；妳曾經對大姐說過：「姐姐，我的一生活得比妳精采十倍」，確是這樣；妳這顆「撒哈拉之心」，明亮過，消逝了，足以對世間說：好了，對嗎！

三十年，一個世代的過去，人們還記得這位第一個踏上撒哈拉沙漠的華人奇女子否？妳的一篇篇故事在他們心中還有回憶嗎？妳把生命都放下了，那些世間事何足留念，不必，不必，在天上再去做個沙漠新娘，讓自己開心一下，好嗎！

目錄

當三毛還是在二毛的時候。

我之所以不害羞的肯將我過去十七歲到二十二歲那一段時間裏所發表的一些文稿成集出書，無非只有一個目的——這本《雨季不再來》的小書，代表了一個少女成長的過程和感受。它也許在技巧上不成熟，在思想上流於迷惘和傷感；但它的確是一個過去的我，一個跟今日健康進取的三毛有很大的不同的二毛。

人之所以悲哀，是因為我們留不住歲月，更無法不承認，青春，有一日是要這麼自然的消失過去。

而人之可貴，也在於我們因著時光環境的改變，在生活上得到長進。歲月的流失固然是無可奈何，而人的逐漸蛻變，卻又脫不出時光的力量。

當三毛還是二毛的時候，她是一個逆子，她追求每一個年輕人自己也說不出到底是在追求什麼的那份情懷，因此，她從小不在孝順的原則下做父母請求她去做的事情。

一個在當年被父母親友看作問題孩子的二毛，為什麼在十年之後，成了一個對凡事有愛、有信、有望的女人？在三毛自己的解釋裏，總脫不開這兩個很平常的字——時間。

對三毛來說，她並不只是睡在床上看著時光在床邊大江東去。十年來，數不清的旅程，無盡的流浪，情感上的坎坷，都沒有使她白白的虛度她一生最珍貴的青年時代。這樣如白駒過隙的十年，再提筆，筆下的人，已不再是那個悲苦、敏感、浪漫而又不負責任的毛毛了。

我想，一個人的過去，就像《聖經》上雅各的天梯一樣，踏一步決不能上升到天國去。而人的過程，也是要一格一格的爬著梯子，才能到了某種高度。在那個高度上，滿江風月，青山綠水，盡入眼前。這種境界心情與踏上第一步梯子而不知上面將是什麼情形的迷惘惶惑是很不相同的。

但是，不能否認的是，二毛的確跌倒過，迷失過，苦痛過，一如每一個「少年的維特」。我多年來沒有保存自己手稿的習慣，發表的東西，看過就丟掉，如果不是細心愛我的父親替我一張一張的保存起來，我可能已不會再去回顧一下，當時的二毛是在喃喃自語著些什麼夢話了。

我也切切的反省過，這樣不算很成熟的作品，如果再公諸於世，是不是造成一般讀者對三毛在評價上的失望和低估，但我靜心的分析下來，我認為這是不必要的顧慮。

一個家庭裏，也許都有一兩個如二毛當時年齡的孩子。也許我當年的情形，跟今日的青年人在環境和社會風氣上已不很相同，但是不能否認的，這些問題在年輕的孩子身上都仍然存在著。

一個聰明敏感的孩子，在對生命的探索和生活的價值上，往往因為過分執著，拚命探求，而得不著答案，於是一份不能輕視的哀傷，可能會佔去他日後許許多多的年代，甚而永遠不能超脫。

我是一個普通的人，我平凡的長大，做過一般年輕人都做的傻事。而今，我在生活上仍然沒有穩定下來，但我在人生觀和心境上已經再上了一層樓，我成長了，這不表示我已老化，更不代表我已不再努力我的前程。但是，我的心境，已如渺渺清空，浩浩大海，平靜，安詳，淡泊。對人處事我並不天真，但我依舊看不起油滑；我不偏激，我甚而對每一個人心存感激，因為生活是人群共同建立的，沒有他人，也不可能有我。

《雨季不再來》是我一個生命的階段，是我無可否認亦躲藏不了的過去。它好，它不好，都是造就成今日健康的三毛的基石。也就如一塊衣料一樣，它可能用舊了，會有陳舊的風華，而它的質地，卻仍是當初紡織機上織出來的經緯。

我多麼願意愛護我的朋友們，看看過去三毛還是二毛的樣子，再回頭來看看今日的《撒哈拉的故事》那本書裏的三毛，比較之下，有心人一定會看出這十年來的歲月，如何改變了一朵溫室裏的花朵。

有無數的讀者，在來信裏對我說——「三毛，妳是一個如此樂觀的人，我真不知道妳怎麼能這樣凡事都愉快。」

我想，我能答覆我的讀者的只有一點，「我不是一個樂觀的人。」

樂觀與悲觀，都流於不切實際。一件明明沒有希望的事情，如果樂觀的去處理，在我，就是失之於天真，這跟悲觀是一樣的不正確，甚而更壞。

我，只是一個實際的人，我要得著的東西，說起來十分普通，我希望生兒育女做一個百分之百的女人。一切不著邊際的想法，如果我守著自己淡泊寧靜的生活原則，我根本不會刻意去追求它。對於生活的環境，我也抱著一樣的態度。我唯一鍥而不捨，願意以自己的生命去努力的，只不過是保守我個人的心懷意念，在我有生之日，做一個真誠的人，不放棄對生活的熱愛和執著，在有限的時空裏，過無限廣大的日子。如果將我這種做法肯定是「樂觀」，那麼也是可以被我接受和首肯的。

再讀《雨季不再來》中一篇篇的舊稿，我看後心中略略有一份悵然。過去的我，無論是如何的沉迷，甚而有些頹廢，但起碼她是個真誠的人，她不玩世，她失落之後，也尚知道追求，哪怕那份情懷在今日的我看來是一片慘綠，但我情願她是那個樣子，而不希望她什麼都不去思想，也不提出問題，二毛是一個問題問得怪多的小女人。

也有人問過我，三毛和二毛，妳究竟偏愛哪一個？我想她是一個人，沒法說怎麼去偏心，畢竟這是一枝幼苗，長大了以後，出了幾片清綠。而沒有幼苗，如何有今天這一點點喜樂和安詳。

在我的時代裏，我被王尚義的《狂流》感動過，我亦受到《弘一法師的傳記》很深的啟示和嚮往。而今我仍愛看書，愛讀書，但是過去曾經被我輕視的人和物，在十年後，我才慢慢減淡了對英雄的崇拜。我看一沙，我看一花，我看每一個平凡的小市民，在這些事情事物的深處，才明白悟出了真正的偉大和永恆是在哪裏，我多麼喜歡這樣的改變啊！

所以我在為自己過去的作品寫一些文字時，我不能不強調，《雨季不再來》是一個過程，請不要忽略了。這個蒼白的人，今天已經被風吹雨打成了銅紅色的一個外表不很精緻，而面上已有風塵痕跡的三毛。在美的形態上來說，哪一個是真正的美，請讀者看看我兩本全然不同風格的書，再做一個比較吧！

我不是一個作家，我不只是一個女人，我更是一個人。我將我的生活記錄下來了一部分，這是我的興趣，我但願沒有人看了我的書，受到不好的影響。《雨季不再來》雖然有很多幼稚的思想，但那只是我做二毛時在雨地裏走著的幾個年頭，畢竟雨季是不會在三毛的生命裏再來了。

《雨季不再來》本身並沒有閱讀的價值，但是，念了《撒哈拉的故事》之後的朋友，再回過來看這本不很愉快的小書，再拿這三毛和十年前的二毛來比較，也許可以得著一些小小的啟示。三毛反省過，也改正過自己在個性上的缺點。人，是可以改變的，只是每一個人都需要時間。我常常想，命運的悲劇，不如說是個性的悲劇。我們要如何度過自己的一生，固執不變當然是可貴，而有時向生活中另找樂趣，亦是不可缺少的努力和目標；如何才叫做健康的生活，在我就是不斷的融合自己到我所能達到的境界中去。我的心中有一個不變的信仰，它是什麼，我不很清楚，但我不會放棄這在冥冥中引導我的力量，直到有一天我離開塵世，回返永恆的地方。

真正的快樂，不是狂喜，亦不是苦痛，在我很主觀的來說，它是細水長流，碧海無波，在芸芸眾生裏做一個普通的人，享受生命一霎間的喜悅，那麼我們即使不死，也在天堂裏了。

・本篇原為三毛《雨季不再來》自序

惑。

黃昏，落霧了，沉沉的，沉沉的霧。

窗外，電線杆上掛著一個斷線的風箏，一陣小風吹過，它就盪來盪去，在迷離的霧裏，一個風箏靜靜的盪來盪去。天黑了，路燈開始發光，濃得化不開的黃光。霧，它們沉沉的落下來，燈光在霧裏朦朧……

天黑了。我蜷縮在床角，天黑了，天黑了，我不敢開燈，我要藏在黑暗裏。是了，我是在逃避，在逃避什麼呢？風吹進來，帶來了一陣涼意，那個歌聲，那個縹緲的歌聲，又來了，又來了，「我來自何方，沒有人知道……我去的地方，人人都要去……風呼呼的吹……海嘩嘩的流……」我揮著雙手想拂去那歌聲，它卻一再的飄進來，飄進我的房間，它們充滿我，充滿我……來了，終於來了。我害怕，害怕極了，我跳起來，奔到媽媽的房裏，我發瘋似的抓著媽媽，「媽媽！告訴我，告訴我，我不是珍妮，我不是珍妮……我不是她……我不是她，真的，真的，真的……」

已經好多天，好多天了，我迷失在這幻覺裏。

《珍妮的畫像》，小時候看過的一部片子，這些年來從沒有再清楚的記憶過它，偶爾跟一些朋友談起時，也只覺得那是一部好片子，有一個很美、很淒豔、很有氣氛的故事。

大約在一年前，堂哥打電話給我，說是聽到《珍妮的畫像》要重演的消息。我說，那是一部好片子，不過我不記得什麼了，他隨口在電話裏哼出了那首珍妮常唱的小歌——「我從哪裏來，沒有人知道，我去的地方……人人都要去，風呼呼的吹，海嘩嘩的流，我去的地方……人人都……」

握著聽筒，我著魔似的喊了起來，「這曲調，這曲調……我認識它……我聽過，真的聽過。不，不是因為電影的緣故，好像在很久，以前不知道在什麼世界裏……我有那麼一段被封閉了的記憶，哥哥！我不是騙你，在另一個世界裏，那些風啊！海啊！那些縹緲、陰鬱的歌聲……不要逼著問我，哥哥，我說不來，只是那首歌，那首歌……」

那夜，我病了，病中我發著高燒，珍妮的歌聲像潮水似的湧上來，湧上來。它們滲透全身，我被一種說不出的感覺強烈的籠罩著，這是了！這是了！我追求的世界，我鄉愁的根源。

從那次病復元後，我靜養了好一陣，醫生盡量讓我睡眠，不給我時間思想，不給我些微的刺激，慢慢的，表面上我平靜下來了。有一天忽然心血來潮，也不經媽媽的同意，我提了畫具就想跑出去寫生，媽聽到聲音追了出來，她拉住我的衣服哀求似的說：「妹妹，妳身體還沒好，不要出去吹風，聽話！進去吧！來，聽話……」忽然，也不知怎麼的，我一下子哭了起來，我拚命捶著大門，發瘋似的大喊：「不要管我，讓我去……讓我去……討厭……討厭你們……」我心裏很悶，悶得要爆炸了。我悶，我悶……提著畫箱，我一陣風似的跑出家門。

坐在田埂上，放好了畫架。極目四望，四周除了一片茫茫的稻田和遠山之外，再也看不到什麼。風越吹越大，我感覺很冷，翻起了夾克的領子也覺得無濟於事。我開始有些後悔自己的任性和孟浪起來。面對著空白的畫布我畫不出一筆東西來，只呆呆的坐著，聽著四周的風聲。不知從什麼時候開始，我覺得風聲漸漸的微弱了，在那個之間卻圍繞著一片欲的寂靜，慢慢的，遠處像是有一種代替風聲的音樂一陣陣的飄過來，那聲音隨著起伏的麥浪一陣一陣的逼近了……終於它們包圍了我，它們在我耳旁唱著：「我從何處來，沒有人知道，我去的地方，人人都要去……」

我跳了起來，呆呆的立著，極度的恐慌使我幾乎陷於痲木；之後，我衝翻了畫架，我不能自主的在田野裏狂奔起來。哦，珍妮來了！珍妮來了！我奔著，奔著，我奔進了那個被封閉了的世界裏。四周一片黑暗，除了珍妮陰鬱、傷感、不帶人氣的聲音之外，什麼都沒有，空無所有，我空無所有了，我張開手臂向著天空亂抓，我向前奔著。四周一片黑暗，我要找尋，我找尋一樣不曾失落的東西，我找尋……一片黑暗，萬有都不存在了，除了珍妮，珍妮……我無止境的奔著……

當夜，我被一個農人送回家，他在田野的小溝裏發現我。家裏正在焦急我的不歸，媽看見我的樣子心痛得哭了，她抱住我說：「孩子，妳怎麼弄成這個樣子！」我默默的望著她，哦！媽媽，我不過是在尋找，在尋找……

迷迷糊糊的病了一個星期後，我吵著要起床。醫生、爸、媽聯合起來跟我約法三章，只許我在房中畫靜物，看書，聽唱片，再不許漫山遍野的去瞎跑。他們告訴我，我病了，（我病了？）以後不許想太多，不許看太多，不許任性，不許生氣，不許無緣無故的哭，不許這個，不許那個，太多的不許……

在家悶了快一個月了，我只出門過一次，那天媽媽帶我去台大醫院，她說有一個好醫生能治我的病。我們走著，走著，到了精神科的門口我才吃驚的停住了腳步，那麼……我？……媽媽退出去了，只留下醫生和我，他試著像一個朋友似的問我：「妳——畫畫？」我點了點頭，只覺得對這個故作同情狀的醫生厭惡萬分——珍妮跟我的關係不是病——他又像是個行家的樣子笑著問我：「妳，畫不畫那種……啊！叫什麼……看不懂的……印象派？」我簡直不能忍耐了，我站起來不耐煩的對他說：「印象派是十九世紀的一個派別，跟現在的抽象派沒有關係，你不懂這些就別來醫我，還有，我還沒有死，不要用這種眼光看我。」珍妮跟我的關係不是病，不是病，我明白的，我確實明白的，我只是體質虛弱，我沒有病。

珍妮仍是時時刻刻來找我，在夜深人靜時，在落雨的傍晚，在昏暗的黎明，在悶鬱的中午……她說來便來了，帶著她的歌及她特有的氣息。一次又一次我跌落在那個虛無的世界裏，在裏面喘息，奔跑，找尋……找尋……奔跑……醒來汗流滿面，疲倦欲絕。我一樣的在珍妮的歌聲裏迷失，我感到失落的狂亂，我感到被消失的痛苦，雖然如此，我卻從那一刹那的感覺裏體會到一種刻骨銘心的快樂，一種極端矛盾的傷感。

不知什麼時候開始，我已沉醉在那個世界裏不能自拔，雖然我害怕，我矛盾，而我卻訴說不出對那種快感的依戀。夜以繼日的，我逃避，我也尋找，我知道我已經跟珍妮合而為一了，我知道，我確實知道。「珍妮！珍妮！」我輕喊著，我們合而為一了。

照例，每星期二、五是我打針的日子，晚上，我拿了針藥，關照了家裏一聲就去找那個從小就照顧我的醫生——張伯伯。張伯伯關切的注視我，他說：「妹妹，妳又瘦了！」我就像犯罪被揭穿了似的恐慌起來——我做錯了什麼呢？——我低下頭囁嚅的說：「張伯伯，我失眠，你知道，我經常睡不著，安眠藥沒有用——」他抬起我的下巴，輕柔，卻是肯定的說：「妳不快樂，為什麼？」

「我不快樂？是嗎？張伯伯，您弄錯了，我快樂，我快樂……真的……我不快樂真是笑話了。珍妮來了，你知道，珍妮來了，我滿足，我滿足……雖然我不停的在那兒跑啊！跑啊！但我滿足……真的……痛苦嗎？有一點……那不是很好？我——哦！天啊，你不要這樣看我啊！張伯伯，我真的沒病，我很好……很好……」

我發覺我在歇斯底里的說個不停，並且淚流滿面，我抑制不住自己，我不能停止的說下去。張伯伯默默的拉著我的手送我回家，一路上他像催眠似的說：「妹妹，妳病了，妳病了，沒有珍妮，沒有什麼珍妮，妳要安靜，安靜……妳病了……」

打針，吃藥，心理治療，鎮靜劑，過多的疼愛都沒有用，珍妮仍活在我的裏面。我感覺到珍妮不但佔有我，並且在感覺上已快要取而代之了，總有一天，總有一天我會消失的，消失得無影無蹤。活著的不再是我，我已不復存在了，我會消失……

三番兩次，我掙扎著說，珍妮！我們分手吧！我們分手吧！她不回答我，只用她那縹緲空洞的聲音向我唱著：「我從哪裏來，沒有人知道，我去的地方，人人都要去，風呼呼的吹，海嘩嘩的流，我去的地方……人人都要去……」

唉！珍妮！我來了，我來就妳。於是珍妮像一陣風似的撲向我，我也又一次毫無抵抗的被吸到她的世界裏去，那個淒迷、空無一物的世界裏。我又在狂跑……尋找……依戀著那頹廢自虐的滿足而不能自拔。

「我來自何方，沒有人知道……我去的地方……人人都要去……風呼呼的吹……海嘩嘩的流……我去的地方，人人都要去……」珍妮！珍妮！我來了，我來就妳……

•原載民國五十一年十二月二十日《現代文學》十五期

秋戀。

生命有如渡過一重大海，我們相遇在這同一的狹船裏。
死時，我們同登彼岸，又向不同的世界各奔前程。

——泰戈爾

她坐在拉丁區的一家小咖啡室裏望著窗外出神，風吹掃著人行道上的落葉，秋天來了。

來法國快兩年了，這是她的第二個秋，她奇怪為什麼今天那些風，那些落葉會叫人看了忍不住落淚，會叫人忍不住想家，想母親，想兩年前松山機場的分離，想父親那語不成聲的叮嚀……她彷彿又聽見自己在低低的說：「爸、媽，我走了。」我走了，我走了，就像千百次她早晨上學離家時說的一樣，走了，走了……哦！媽媽……她靠在椅背上，眼淚不聽話的滴下來。她打開皮包找手帕，她不喜歡自己常常哭，因為她害怕自己一哭就要哭個不停了。今天怎麼搞的，特別難過。她低下頭燃了一支煙，她有些埋怨自己起來。

她記得半年前寫給媽媽的一封信，她記得她曾說：「媽媽，我抽煙了，媽媽，先不要怪我。我不是壞女孩子，我只是……有時我覺得寂寞得難受。小梅住得遠，不常見面。這兒，大家都在為生活愁苦……不要再勸我回去，沒有用的，雖然在這兒精神上苦悶，但我喜愛飄泊……」她奇怪在國內時她最討厭看女人抽煙。她狠狠的吸了一口。

咖啡涼了，她預備回去，回她那間用廿元美金租來的小閣樓兼畫室。

抬頭望了望窗外，黃昏了。忽然，她發覺在窗外有一個陌生的中國青年向她注視著，並且似乎站了很久了。她迷亂的站在那兒，不知怎麼開口招呼他。這兒中國人太少，除非存心去找人，要不然一個星期也碰不到一個，再不然就是那批說青田話、開餐館的華僑。他從外面推門進來了。

「坐吧！」她指著對面的椅子低啞的說著。他們沒有交談，只沉默的互相注視著，她覺得有些窘，下意識的拿出了一支煙，自己點了火。

「抽煙？」他搖了搖頭。

小店的胖老闆親自端來了一杯咖啡，朝她扮了個鬼臉，大概是替她高興吧！這個每天來喝咖啡的蒼白寂寞的中國女孩子找到朋友了。她覺得有些滑稽，只因為他是一個中國人就使我那麼快樂了嗎？她再看了他一眼，他像是個夠深刻的男孩。

「我在窗外看了妳很久，妳心煩？」他終於開口了。

「沒什麼，只不過是有些想家。」她狠狠的吸了一口煙，逃避的把眼神散落到窗外，她害怕人家看透她。

「妳從台灣來？」他問。

「台灣，自由中國。」她緩緩的，清清楚楚的回答他。她像是鬆了口氣似的倒在椅背上。

「那真好，妳知道我顧忌這些。」

「我也是。」她淡淡的卻是放了心的回答。

「你住過台北沒有？你知道，我家在那兒。」她掠了掠頭髮，不知應該再說什麼。他沒有回答她，卻注視著她掠頭髮的動作。

「妳來巴黎多久？」

「兩年不到。」

「幹什麼？」

「沒什麼，只是畫畫。」

「生活還好？」

「我來時帶了些錢，並且，偶爾我可以賣掉一張小畫……」他沉默了好久，一會兒他說：

「妳知道當我在窗外看到妳，第一眼給我的感覺是什麼？」她裝著沒聽見他的問話，俯下身去撥動煙灰缸。

「剛才我問你曾在台北住過？」

「是，我一直住在那兒，我是海員，明年春天我跟船回去。台北有我的母親、妹妹……」他的聲音低啞起來：「我們的職業就是那麼飄泊，今天在這兒，明天又不知飄到哪裏了……」他自嘲的笑了笑，眼光裏流露出一股抑制不住的寂寞。

「招商局的船極少極少開到這兒。」她說。

「不是招商局的，我們掛巴拿馬的旗子。」

「什麼時候開船？」

「昨天來的，後天清早開中東。」

後天，後天。她喃喃的念著，一下子覺得她對現在的一切留戀起來。她忽然想衝動的對他說，留下來吧！留下來吧！即使不為我，也為了巴黎……多留幾天吧！然而，她什麼都沒有說，他們不過是兩個天涯遊子偶爾相遇而已。他們只是互相連姓名都不知道的陌生人。她把兩杯咖啡的錢留在桌上，站起身來，像背書似的對他說：

「很高興今天能遇見你，天晚了，我要回去……」一口氣說完了，她像逃似的跑了出去。

她真恨自己，她知道她在這兒寂寞，她需要朋友，她需要快樂。她不能老是這樣流淚想家……他像是一個好男孩子。她恨自己，為什麼逃避呢，為什麼不試一試呢？我求什麼呢？踉蹌的跑上樓梯，到了房裏，她伏在床上放聲大哭起來。她覺得她真是寂寞，真是非常非常寂寞……幾個月來拚命抑制自我的那座堤防完全崩潰了。

第二天早晨，她沒有去史教授的畫室，她披了一件風衣在巴黎清冷的街心上獨步著，她走到那家咖啡室的門口，老闆正把店門拉開不久，她下意識的推門進去。

中午十一時，她仍坐在那兒，咖啡早涼了，煙灰散落了一桌。睡眠不足的眼睛在青煙裏沉沉的靜止著，她咀嚼著泰戈爾的一首詩：「因為愛的贈遺是羞怯的，它說不出名字來，它掠過陰翳，把片片歡樂鋪展在塵埃上，捕捉它，否則永遠失卻！」——捕捉它，否則永遠失卻——他不會再來了，昨天，他不過是路過，不會再來了……

她奇怪昨夜她會那麼哭啊哭的，今天情緒低落反而不想哭了。她只想抽抽煙，坐坐，看看窗外的落葉，枯枝……忽然，她從玻璃反光上看到咖啡室的門開了，一個高大的身影進來，他穿了一件翻起衣領的風衣。他走過來，站在她身後，把手按在她的肩上。她沒有回頭，只輕輕的顫抖一下，用低啞的聲音說：「坐吧！」就像昨天開始時一樣，他們互相凝視著說不出話來，他們奇怪會在這樣一個奇異、遙遠的地方相遇。他伸過手臂輕輕拿走了她的煙。

「不要再抽了，我要妳真真實實的活著。」

他們互相依偎著，默默的離開那兒。

那是短暫的一天，他們沒有趕命似的去看那鐵塔、羅浮宮、凱旋門，他們只坐在河畔的石椅上緊緊的依偎著，望著塞納河的流水出神。

「今天幾號了？」她問。

「二十七，怎麼？」

「沒什麼，再過三天我就滿廿二歲了。」路旁有個花攤，他走過去買了一小束淡紫色的雛菊。

「Happy Birthday！」他動情的說。她接過來，點點頭，忽然一陣鼻酸，眼淚滴落在花上……黃昏了，他們開始不安，他們的時間不多了。他拉起她的手，把臉伏在她的手背上，他紅著眼睛喃喃的沙啞的說著：

「不要離開我，不要離開我，不要，不要……」

夜深了，她知道時候到了，她必須回去；而他，明早又四處飄泊去了。她把花輕輕的丟在河裏，流水很快的帶走了它。

於是，一切都過去了，明天各人又各奔前程。生命無所謂長短，無所謂歡樂、哀愁，無所謂愛恨、得失……一切都要過去，像那些花，那些流水……

我親愛的朋友，若是在那天夜裏你經過巴黎拉丁區的一座小樓前，你會看見，一對青年戀人在那麼憂傷忘情的吻著，擁抱著，就好像明天他們不會再見了一樣。

其實，事實也是如此。

・原載民國五十二年一月十日《中央》副刊

月河。

穿過死亡之門
超越年代的陳舊道路到我這裏來
雖則夢想褪色，希望幻滅
歲月集成的果實腐爛掉
但我是永恆的真理，你將一再會見我
在你此岸渡向彼岸的生命航程中

——泰戈爾

1

「來，替你們介紹，這是林珊，這是沈。」

她不記得那天是誰讓他們認識的了。就是那麼簡單的一句話——「這是林珊，這是沈。」就聯繫了他們。

記得那天她對他點點頭，拍拍沙發讓他坐下，介紹他們的人已經離去。他坐在她旁邊，帶著些泰然的沉默，他們都不說話。

其實他們早該認識的，他們的畫曾經好幾次同時被陳列在一個展覽會場，他們互相知道已經太久太久了。多奇怪，在那個圈子裏他們從來沒有機會認識，而今天他們竟會在這個完全不屬於他們的地方見面了。

她有好些朋友，她知道沈也經常跟那些朋友玩在一塊兒的，而每一次，就好像是注定的事情一樣，他們總是被錯開了。

記得去年冬天她去「青龍」，彭他們告訴她——「沈剛剛走。」她似乎是認命了似的笑了笑，這是第五次了，她不知道為什麼他們那麼沒緣，她心裏總是有些沮喪的。她在每一次的錯過之後總會對自己說：「總有一天，總有一天我要碰到他，那個沈，那個讀工學院卻畫得一手好畫的沈。」

現在，他們終於認識了，他們坐在一起。在他們眼前晃動的是許多濛濛的色彩和人影。這是她一個女同學的生日舞會，那天她被邀請時本想用沒有舞伴這個藉口推託的，後來不知怎麼她又去了，她本不想去的。

「妳來了多久？」他問她。

「才來。」

音樂在放那支〈Tender Is The Night〉，幾乎所有的年輕人都在跳舞。他沒有請她跳，他們也沒再談什麼。她無聊的用手撫弄著沙發旁那盞檯燈的流蘇，她懊惱自己為什麼想不出話來講，他們該可以很談得來的，而一下子，她又覺得什麼都不該說了。

她記得從前她曾那麼遺憾的對彭和阿陶他們說過：

「要是哪一天能碰到那個畫表現派的沈，我一定要好好的捉住他，跟他聊一整天，直到『青龍』打烊……」

彭他們聽她這樣說都笑開了，他們說：「昨晚沈也說過類似的話，你們沒緣，別想了……」

她坐在沙發上有些想笑，真的沒緣？明天她要否定這句話了。

那天他穿了一件鐵灰色的西裝，打了一條淺灰色上面有深灰斜條紋的領帶。並不太高的身材裏似乎又隱藏了些什麼說不出的沉鬱的氣質。她暗暗在點頭，她在想他跟他的畫太相似了。唱機放出一支纏綿的小喇叭舞曲，標準的慢四步。他碰碰她的肩把她拉了起來，他們很自然的相對笑了笑，於是她把手交給他，他們就那樣在舞池裏散散慢慢的滑舞起來。在過去的日子裏曾經那麼互相渴慕過的兩個生命，當他們偶然認識之後又那麼自然的被接受了，就好像那是天經地義的事一樣。

「我們終於見面了。」他側著身子望著她，聲音低低的。目光裏卻帶著不屬於這個場合的親切。她抬起頭來接觸到他的目光，一霎間就好像被什麼新的事物打擊了，他們再也笑不出來。像是忽然迷失了，他們站在舞池裏怔怔的望著彼此。她從他的眼睛裏讀到了她自己的言語，她就好像聽到沈在說：「我懂得妳，我們是不同於這些人的，雖然我們同樣玩著，開心著，但在我們生命的本質裏我們都是感到寂寞的，那是不能否認的事，隨便妳怎麼找快樂，妳永遠孤獨……」她心裏一陣酸楚，就好像被誰觸痛了傷口一樣，低下頭來，覺得眼睛裏充滿了淚水，分不清是歡樂還是痛苦的重壓教她心悸，她覺得有什麼東西衝擊著他們的生命，她有些吃驚這猝發的情感了。

「而他只是這麼一個普通的男孩……我會一下子覺得跟他那麼接近。」她吃驚的對自己說。他們彼此那樣癡癡的凝望著，在她的感覺裏他是在用目光擁抱她了。她低下頭沙啞的說：「不要這樣看我，求你……」

她知道他們是相通的，越過時空之後摻雜著苦澀和喜悅的瞭解甚至勝過那些年年月月玩在一起的朋友。他們默默的舞著，沒有再說話，直到音樂結束。

燈光忽然亮了，很多人擁了那位女同學唱出生日歌，很多人誇張著他們並不快樂的笑聲幫著吹蛋糕上的蠟燭，之後男孩子們忙著替他們的女孩子拿咖啡、蛋糕……

她瞇著眼睛，有些不習慣突然的光亮的喧嘩。跟她同來的阿娟和陳秀都在另一個角落笑鬧著。她有些懨懨的，覺得不喜歡這種場合，又矛盾的捨不得回去。

「妳要咖啡不？」他側過身來問她。

「也好，你去拿吧，一塊糖！」

她回答得那麼自然，就好像忘了他們只是偶爾碰到的，他並不是她的舞伴，就如她也不是他的舞伴一樣。他端了咖啡回來，她默默的接了過來，太多的重壓教她說不出話來。

音樂重新開始了，陳秀的二哥，那個自以為長得瀟灑的長桿兒像跑百米似的搶過來請她，她對沈歉意的笑笑就跟著長桿兒在舞池裏跳起來。

「林珊，妳跳得真好。」

「沒什麼，我不過喜歡倫巴。」

她心不在焉的跳著，談著。那夜，她破例的玩到舞會終了，陳秀家的車子兜著圈子送他們。她到家，下車，向滿車的人揚揚手隨隨便便的喊了一聲「再見」！車子揚著塵埃駛去。她知道沈在車上，她沒有看他一眼就下車了，她知道那樣就很夠了，他們用不著多餘的告別。

2

「林珊，下午三點鐘×教授在藝術館演講，還有好些世界名畫的幻燈片，一定要來，阿陶的車子壞了，別想有人接妳，自己坐巴士來，門口見。」

「喂！彭，你猜昨晚我碰見誰了，我知道你趕課，一分鐘，只要談一分鐘，求你……哎呀！別掛……」

她看看被對方掛斷的電話，沒有話說，她知道她那批朋友的，他們那麼愛護她，又永遠不賣她的帳，不當她女孩子。

已經上午十一時了，她穿了睡袍坐在客廳裏，家裏的人都出去了，顯得異常的冷靜。昨晚舞會戴的手鐲不知什麼時候遺落在地板上，她望著它在陽光下靜靜的閃爍著，昨夜的很多感覺又在她心裏激盪了，她想，也許我和沈在一個合適的該認識的場合見面，就不會有這種感覺了。為什麼昨夜我們處了那麼久卻一句話都說不出來。他們在各人的目光裏讀到了彼此對於生命所感到的悲戚和寂寞。

她知道她的幾個朋友都會有這種感覺，而他們年年月月的處在一起卻沒有辦法真正的引起共鳴。「各人活各人的。」她想起去年夏天一塊去游泳時阿陶說的這句話。當時她聽了就覺得一陣酸楚，她受不住，沿著海灘跑開了。而那麼多日子來他們仍是親密的聚在一起，而他們仍是「各人活各人的」，在那麼多快活的活動之後又都隱藏了自己的悲哀，他們從來沒有「真正」的認識過。

「至少昨夜我發覺我跟沈是有些不同的。」她想，我們雖然撇不下「自我」，但我們真正的產生過一種關懷的情感，也不知道為什麼會有這種想法。她聳聳肩站起來去預備下午穿的衣服。誰知道呢？這種感覺要來便來了。

一種直覺，她知道沈下午不會去聽演講的，而她在短時間內也不會看到他了。

3

那天是九月十七號，晚上九點半了。她披了一件寢衣靠在床上看小說，芥川龍之介的《河童》——請讀做Kappa，看到《河童》題目後面特別標出的這句話她不禁失笑了，為什麼Kappa要讀做Kappa？大概Kappa就是Kappa吧！好滑稽。

門鈴響了，她沒有理會，大弟喊她，說是阿陶來了，她披了衣服出去，心裏恨他打擾了她的《河童》。

「來幹嘛？」那麼任性的問他。

「他們都在青龍，盼妳去，叫我來接。」

「不好，今天人累了，不想見他們，好阿陶，對不起，請你轉告他們下次我請……」她連推帶拉的把阿陶給送了出去。阿陶有些懊惱，臉上一副沮喪的表情，她有些不忍，覺得自己太專橫了，又覺得對自己無可奈何，就是不想去嘛！不想去說廢話，不想見那些人。

「妳不是老沒見過沈麼？今夜他在那兒。」阿陶在發動他的摩托車時嘀咕了那麼一句。

她忽然想起原來她從來沒有告訴過他們，她和沈見過了，那天她本想跟彭說的，後來又一直沒談起，也許是下意識的想隱藏什麼吧。她知道沈也沒說話。她差一點想喊住阿陶了，想告訴他她改變主意了，只等兩分鐘，一起去，不知怎麼她又沒說，她只拍拍阿陶，對他歉意的笑笑叫他去了。

4

第二天，她無所事事的過了一天，看了幾張報紙，捲了捲頭髮，下午坐車子去教那兩個美國小孩的畫，吃了晚飯陪父親看了一場電影，回來已經很晚了。睡不著，看了幾頁書，心裏又老是像有什麼事似的不安。覺得口渴，她摸索著經過客廳去冰箱拿水。

就在那時候，電話鈴忽然響了，她呆了一下，十二點半了，誰會在這時候來電話？一霎間她又好像聽到預感在對她說：「是沈的電話。」沒有理由的預感，她衝過去接電話。

「林珊？」

「嗯！我就是。」

「林珊，我是沈，我想了好久，我覺得應該告訴妳……喂！妳在聽麼？」

「什麼？」

「林珊，妳一定得聽著，我明早九點鐘的飛機飛美國，去加拿大研究院……喂……喂……」

在黑暗中她一手抱住了身旁的柱子，她覺得自己在輕輕的喊：「天啊！天啊！哦……」沈仍在那邊喊她——「我要妳的地址，我給妳寫信……回答我呀……」她覺得自己在念地址給他，她不知道自己還說了些什麼，然後她輕輕的放下了聽筒。她摸索著回到房裏蜷縮在床上像一隻被傷害了的小鹿，哦！他們為什麼不告訴我，為什麼不早告訴我，為什麼？為什麼？……她怪她的朋友，怪任何一個認識她又認識沈的朋友。其實她能怪誰呢？沒有人會把他們聯想在一起，他們不過是只見過一次面的朋友罷了。哦，天！我們不是如此的，我們曾經真真實實的認識過，也許那根本談不上愛，但有什麼另外的代名詞呢？她伏在枕上，帶著被深深傷害了似的情感哭泣了。我們沒緣，真的沒緣。我早知道的，就像好多次完全能應驗的預感一樣。她受不住這種空空的感覺，就好像是好多次從沒有信心的戀愛裏退避下來時一樣，空得教人心慌。她定睛注視著一大片黑暗慢慢的對自己念著：「明天他要去了，他——要——去——了，他——要——去……」我早該做聰明人，我早該知道的。而她又不肯這樣想，她似乎是叫喊著在對自己反抗，「我不要孤獨，我不要做聰明人，我要愛，我要愛……即使愛把我毀了……」

5

冬天來了，常常有些寒意的風颳過窗子。她把頭靠在窗檻上注視著院角一棵搖晃的樹梢。滿園的聖誕紅都開了，紅得教人心亂。

那天，她有些傷風，早晨起來就覺得對自己厭倦，什麼事都不想做。她呵了口氣在玻璃窗上，然後隨意用手指在上面塗畫著，她塗了好多莫名其妙的造形，其中有一個是近乎長方形的，右邊的那一道忘了封口，倒有些像是兩條平行線了。她忽然一下敏感的把自己和沈反映上去了，一心驚，隨手把它們統統抹去了。誰說是平行線呢？平行線再怎麼延長都是不能相交的。我們不是平行線，她把頭抵著窗檻，不能再想下去了。真的，好幾個月了，他一封信都沒有來過。他們的關係根本沒有開始就結束了，這該不是結束吧？她清楚在他們之間的默契，她也明白，有時，會有一種情操不需要結果而能存在世界上的，而那又往往是最堅強的，甚至連生命的狂流也無法沖毀的。

她想著想著，忽然又覺得有一股好大的酸楚在衝擊著她，她想，也許產生那種情操的意念只是一剎那間的酸葡萄所造成的吧。至少，她曾經渴望過在這樣的男孩子的胸懷裏安息，再不要在那種強烈的歡樂而又痛苦的日子裏迷失了。

在世俗上來看，沈，是一個她最最平淡的朋友，而她居然對他固執的託付了自己。

6

她拒絕了好些真正的朋友，有時她會找那些談不來的女孩子們一起去逛街，看電影，然後什麼也不感覺的回家。有時阿陶他們碰到她都會覺得生疏了，她不知道為什麼要在最難受的日子裏逃避那些被她珍惜的友情。

她只想靠在窗口吹風，再不然就是什麼也不想的抱著貓咪曬太陽。也許我是有些傻，她想，何必老是等那封沒有著落的信呢？她看得很清楚，她對自己說：「我們該是屬於彼此的。」想到他那沒有什麼出色卻另有一股氣質的外型，她更肯定自己的意念了。她愛他，愛他，不為什麼，就是那麼固執的做了。

7

整十點，那個小郵差來了，她從窗口看見，開門去接信，一大疊耶誕卡，國內的，國外的，還有一封是彭從巴黎寄來的。想到彭，她有些歉然了，他比沈遲一個月出國，給她寫過信，她只簡單的回了他一張風景明信片，在國內時他一直像哥哥似的照顧她。

小郵差按鈴，另遞給她一張郵簡，抱歉的說：「忘了這一張。」一下子，她把門碰的一聲帶上了，丟了那些卡片，往房裏跑去，她矛盾的想快快讀到沈的信，而手裏的裁信刀又不聽話的慢慢的移動著，哦！那麼多日子的等待，她期待了那麼久的信卻沒有勇氣去拆閱它。她知道若是一切正常的話他不會那麼久才給她來信的。潦草的鉛筆字，寫得很模糊——

「珊：不知道在哪部電影裏聽過這句話：人生歲月爾爾，在平淡中能尋取幾絲歡樂，半段回憶，也是可調遣你半生的了。當時我的感受還不止此，有多少人是需要被慰藉的，而又有多少人是為生活奔波而被現實的擔子壓下來的，生活實在不易，而人又要為這些事情勞苦終日，終年，甚至終其一生的歲月……我很難回憶近幾個月的種種感覺，就好像在根本不屬於自己的土地上硬要把自己生根……想當年的狂熱和所謂好氣質的自傲都被現實洗刷殆盡了……一直想寫信給妳，我曾一再的想過，也許台灣的種種都只能屬於我從前的夢了，就像妳在小時候會對一隻紙船、一片落葉，所發出的綺夢一樣……也許我要否定那些從前被我珍惜的事物和記憶了……這不是對妳個人如此，而是對一切都改變了……我一直的懷念妳。」

她看了一遍，她又看了一遍。真的，我們已經結束了，她喃喃的平靜的告訴自己。她知道沈已經先她一步進入了另一個世界，他有許多感受她能完全體會，卻再也沒有法子引起共鳴和默契了。也許她需要他領到他的園地裏去，也許不，總有一天她會不再是個女孩子，她會成長，她會毫不逃避的去摸索自己的痛苦，幸福的人會感受到某些人一輩子都嘗不到的苦果。

她有些想哭，又有些想大笑，她知道她錯過了一個強過她太多的朋友。其實誰又能說她幾個月來日夜渴慕的不是她另外一個「自我」呢？她笑著，流著淚，她對自己說：我永遠擺脫不開自己，即使是愛情來叩門時也選擇了一個與我太接近的男孩。

她知道沈沒有寫什麼傷害她的話，但當沈寫完了這封信時他一定也會知道他們之間已經永遠封閉了，就像兩個戀人隔著一道洶湧的大河，他們可以互相呼應卻再不能跨進一步。她悽愴的閉起眼睛，彷彿看到他們站在另一個世界裏，有月光照著河，照著他們。她又看到他們彼此張著手臂隔著兩岸呼叫著……

「但是，船在你那邊，沈，只要你試一試……沈，什麼時候你會放你的小舟來渡我？」她捂著臉低低的說著，她知道自己不會寫回信了。真的，船在他那邊，在我，只有年年月月的等候了。

一方斜斜的太陽照進來，她坐在窗口浴在陽光裏，有暖暖的傷感曬著她，她拂了拂頭髮自言自語的說：「也許，明天我該對生命、對世界有另一種不同的想法了。」

•原載民國五十二年八月《皇冠》雜誌一一四期

極樂鳥。

我羨慕你說你已生根在那塊陌生的土地上。我是永遠不會有根的。以前總以為你是個同類，現在看看好像又不是了。你說我「好不好」。我對「好」字向來不會下定義，所以就算了；諒你也只是問問罷了。剛才我到院裏去站了一會兒。是一個平平常常的夜晚，我站了一下，覺得怪無聊的，就進來寫信了。S（請念做Sim），何必寫那些盼望我如何如何的話。我討厭你老寫那些鼓勵人的話。這些年來你何曾看見過我有什麼成就，一切事情對我都不起作用，我也懶得騙自己。事情本來就是如此，你又要怎麼樣呢？

這次期中考，我國文不及格；考糟了。原因是我把該念書的時間花在閒散中。原因是那幾個晚上我老在彈吉他，原因是我不在乎學校。我更是個死到臨頭也不抱佛腳的傢伙。不要說什麼，像我這樣的女孩子除了叫「傢伙」之外還能叫什麼呢。由於我寫不出古文《尚書》有幾篇，我的確想不出我懂不懂那個跟我有什麼關係。教授說，「怎麼搞的？」我說，「沒怎麼搞，我沒念嘛，天天曬太陽。」他臉上露出要研究我的傾向。我不喜歡有人亂七八糟的分析我，我一氣便跑開了。你說告訴你些近況我就告訴你這些鬼事。我就是這麼不成器，到哪兒都是一樣。活著已花力氣，再要付上努力的代價去贏得成功的滋味我是不會的。我不要嘗那個連苦味都沒有的空杯。你根本就不要盼望我如何如何。你豈會不明白我麼，你豈會連這都不記得了麼，諒你也只是寫寫的，我也不惱你了。

昨夜的信還沒寫完。下午睡覺起來接安來信。S，看到你自殺的消息。算算日期都快十天了。S，我坐在沙發上呆了幾秒鐘；只那麼幾秒鐘。然後我把那沒寫完的信慢慢慢慢的揉掉了，然後我跑出去。心裏空空蕩蕩的。我穿錯了鞋子。自己不知道。街上好多人，我也夾在裏面亂亂的走著，我走到中正路，天不知道什麼時候黑下來了。空氣冷得要凝固。我蕩了好久，腦子裏間或有你的事跳出來，沒有什麼特別的感覺。後來我走到二女中那兒，碰到熟人。我不知她是誰。她說天怪冷的，妳一人在街上幹什麼。我說，我接到一封信，一封朋友來的信，所以我出來走走。她不懂，口裏卻哦哦的答應著。後來我就走開了。我講完那幾句話，眼淚就不聽話的淌下來了。我胸口被塞住，我胃痛，我仰著頭，竟似哭似笑的沿著那一大排日光燈慢慢的小跑起來了——

我回家。我把安的信撿起來鋪平了，慢慢的，清楚的看了一遍。S，安說不要難過，安說你還有救，安說不要激動，不要哭，Echo不要哭，不要哭不要哭不要哭……我不知道，我回家後便不哭了。我攤開Logic的書好好預備起考試來。思緒從來沒有那麼清楚過。第二天早晨我照樣去考試。我中午回家，開冰箱，拿了一個蘋果啃起來。我一面看報一面吃東西，媽媽在廚房裏，我差不多叫著告訴她——S自殺了。我說S上星期自殺了——媽媽聽不清楚，跑上來緊張的問，誰自殺了？我看著媽媽的臉，蘋果嚥不下去也說不出話來。我推開她，一下子衝到自己房裏，伏在門背上歇斯底里的哭起來，我滑坐在地板上，胸口好悶，胃抽痛得要打滾。我哭著，我伏在地板上小聲的哭著。我不顧忌什麼，我倒巴不得去放肆的哭，好衝動的哭它一場。S，你看你，你怎麼樣獨自承擔了那麼多痛苦。而你什麼都不說，一個字都不寫。你為什麼要這樣。我懂，我不懂，我懂——安說你還有救。她說的。我不要哭，不要不要不要……

S，你是我的泥淖，我早就陷進去了，無論我掙不掙扎我都得沉下去。S，你若救不了我就拉我一起下去吧。我知道你會以為我在發瘋。我的確是。你一點不要奇怪。好久好久以前，我剛開始畫油畫，我去你那兒，你在看書，我澀澀的把一張小畫擱在牆角給你看。那日你很高興，將書一丟，仔細看了那張裸體畫，看了好久好久。然後你說——感受很好。小孩子，好好畫下去——我知道你是真心在鼓勵我。我畫素描時你總是說我不行的。我站在那兒，心裏充滿快樂。後來你說，「來看，給妳看樣新東西。」我們跑到隔壁一間。你給我看那張大畫，新畫的，你鋪在地板上給我看。我看了一會。你問我喜不喜歡，我點點頭，說不出話來。我們對著那畫站了好久。我再沒有說一句話。後來我去拿我的畫箱，我說我要回去了。你送我到門口。天暗了，你穿著那件深紅的毛衣，站在大大的闊葉樹下。我走到巷口，回頭望你，你仍站在那兒，紅毛衣裏滲進了黃昏的灰色。我走去搭車時，街上正飄著歌——Take my hand I am a stranger in paradise——我似乎走不動了。我靠在一根電線杆上呆呆的站了好久。心中茫然若失。我好累，我覺得從來沒有那麼疲倦過。手中的畫箱重得提不動。路邊的霓虹燈一盞盞亮起來——多奇怪，你走了有一萬萬年了，而我會突然想起這件小事。

我是天生的失敗者。你的天才尚且不是你的武器，我又拿什麼跟自己挑戰呢。以前我跟你講到鄉愁的感覺，那時我也許還小，我只常常感覺到那種冥冥中無所依歸的心情，卻說不出到底是什麼。現在我似乎比較明白我的渴望了，我們不耐的期待再來一個春天，再來一個夏天，總以為盼望的幸運遲遲不至，其實我們不明白，我們渴求的只不過是回歸到第一個存在去，只不過是渴望著自身的死亡和消融而已。

其實我坐在這兒寫這些東西都是很無聊的。我再從一年級去念哲學更是好愚昧的事。我本該接受T公司的高薪去做東京的時裝模特兒。也許那樣過日子我反倒活得快樂些。而S，你會知道我說的不是真話，就是時光倒流，生命再一次重演，我選擇的仍是這條同樣的道路。我今日擔著如此的重擔，下輩子一樣希望擁抱一個血肉模糊的人生。這是矛盾的矛盾，宇宙平衡的真理。

下午D來，他說要訂婚。說話時低著頭，精神很黯然。不像個有把握的戀人。我看他那樣子，心中抽搐了一下。我喝了一口冰水。我說也好。但給我時間，只要短短一點時間，我要把一件事情在心裏對付清楚——我要絞死自己，絞死愛情——你記不記得四年前講過的話。我說有一天我會參加自己的葬禮。你大笑，你說小傢伙又亂七八糟講迷糊話了。那時我也笑了，我甚至笑得咳嗽起來。我把那本速寫簿一下子擲到牆角去。我說我沒講錯。我跟D結婚不就是埋了死了。我要立個滑滑的墓石。你說留點什麼做個墓誌銘吧。我不再笑了。那次學畫回來時那種疲倦的感覺又一下子淹沒我了。我慢慢的念出——魂兮歸來——後來我不知怎麼的就跑掉了。S，你看我，事隔多年，我一樣灑脫不起來，明明要死的人，總想你拉我回來。魂兮歸來，魂兮歸來。我不會歸回到自己了。你總叫我小傢伙。我就是小傢伙，我認了。我還要跟你說什麼呢。S，我真的答應D了。我欠他太多，這是債，是債就還吧。了不起咬一咬牙也就捱過了。S，我知道。只要有那麼一天我再見到你，哪怕我們只是在匆忙的十字路口擦肩而過；哪怕你已不再認識我，我又會把自己投進那永遠脫不出來的地方去了。S，求你扶持我。我害怕這樣求你。你若親口唾棄我，我便要受煉獄的硫火了。

S，出國前那一陣你一直忙得要命，又一直鬧情緒。有一晚你來電話，聲音幾乎低得聽不見。你哭了。你說，「小傢伙，我想死。」當時我說，要死就去死吧。那麼好的事情我替你鼓掌。說完我自己也哭起來了。離情別緒再加上好多好多事情，我擔得夠累了。電話掛斷，好多天不敢去問你消息。朋友們見面講起你要走的事，問我知不知道，我點點頭什麼都說不出來。後來那晚我在中山北路跟D散步，你迎面走過來。我們隔著一個小水塘靜靜的對立了好久。那水塘，那水塘就像海那麼闊，我跨不過去。S，後來D拉著我走了。我夢遊似的跟他走回家，再送他出門。我躺在床上呆望著黑黑的窗外直到天亮。第二天你離國，我南下旅行，直到在台南病得要死被D找到送回家。

S，我寫到這兒，想到你自殺的事。我本該一點不吃驚才是，我卻像個差勁的人一樣為這件事痛苦感觸得不能自已。S，我想到我們這批性急的傢伙。我們早在透支生命，本不會活得太長，你又何苦跑得那麼快呢。好多次我有那種意念，好多次我又放下了。這樣一次次得來的生命總很疲憊。S，我說要你扶持我，我說求你拉著我，因為我是天堂的陌生人。S，我說什麼？我在說什麼？你看我，有時我又否認一切，自己所有的感覺我全部否認。S，我上面寫的全都不算。我好累好累，我覺得要生病了，我沒氣力再寫什麼。我本是個差勁的人——

我今晚有些特別。我不寫上面那些廢話就好似活不下去了一樣。S，不要怪我，因我知道了你的事情。S，你好好的吧？你好好的吧？S，你還在麼，我不能確定，S，我全身發抖。你還在麼？還在麼？我不知道下一次有這念頭的會是你還是我。我不在乎你看這信有什麼想法。人苦悶起來就是這樣的，我一點辦法都沒有，你當我發高燒說囈語好了。我是天生的病人。S，你會說你不愛看這信，我無所謂。你那兒的冬天一定很冷。總有個取暖的壁爐。我不管。把信燒掉好了。那年我在畫上簽名，我寫了Echo這字。你說誰給的名字，那麼好。我說自己給的。沒想到希臘神話中的故事，經過數千年的流傳，在冥冥中又應驗到一個同名的女孩身上。

不寫了，明天我要寄掉這封信。我要去搭公路局車上學，擠在沙丁魚似的車廂裏顛上山。我要念書。我要做好多不喜歡的事，那麼多刺人的感覺。厭倦的感覺日日折磨我。S，我很累很累，什麼時候我可以安睡不再起來。

華岡的風一到冬天總化成一條嗚咽的小河，在山谷裏流來流去。而我一下車，那風便撲向我，繞著我，向我低低的訴說著——我們不是飛行荷蘭人，為什麼要這樣永不止息的飄來飄去——我走在風裏，總會覺得身子輕些了。我長了翅膀，化成羽毛。我慢慢的凌空而起。我低低的飛翔在群山之間。呼叫著Echo、Echo、Echo……

眾神默默。

在清晨的紐約。在摩天樓的大峽谷裏。S，當你醒來的時候，你曾否聽到過一隻極樂鳥在你窗外拍翼飛過的聲音。

•原載民國五十五年一月二十九日《人間》副刊

雨季不再來。

這已不知是第幾日了，我總在落著雨的早晨醒來。窗外照例是一片灰濛濛的天空，沒有黎明時的曙光，沒有風，沒有鳥叫。後院的小樹都很寥寂的靜立在雨中，無論從哪一個窗口望出去，總有雨水在沖流著。除了雨水之外，聽不見其他的聲音，在這時分裏，一切全是靜止的。

我胡亂的穿著衣服，想到今日的考試，想到心中掛念著的培，心情就又無端的沉落下去，而對這樣的季候也無心再去咒詛它了。

昨晚房中的檯燈壞了，就以此為藉口，故意早早睡去，連筆記都不想碰一下，更不要說那一本本原文書了。當時客廳的電視正在上演著西部片，黑暗中，我躺在床上，偶爾會有音樂、對白和槍聲傳來，覺得有一絲朦朧的快樂。在那時考試就變得極不重要，覺得那是不會有的事，明天也是不會來的，我將永遠躺在這黑暗裏，而培明日會不會去找我也不是問題了。不過是這個季節在煩惱著我們，明白就會好了，我們豈是真的就此分開了，這不過是雨在沖亂著我們的心緒罷了。

每次早晨醒來的時候，我總喜歡仔細的去看看自己，浴室鏡子裏的我是一個陌生人，那是個奇異的時分。我的心境在剛剛醒來的時候是不設防的，鏡中的自己也是不設防的，我喜歡一面將手浸在水裏，一面凝望著自己，奇怪的輕聲叫著我的名字——今日鏡中的不是我，那是個滿面渴想著培的女孩。我凝望著自己，追念著培的眼睛——我常常不能抗拒的駐留在那時分裏，直到我聽見母親或弟弟在另一間浴室裏漱洗的水聲，那時我會突然記起自己該進入的日子和秩序，我就會快快的去喝一杯蜂蜜水，然後夾著些凌亂的筆記書本出門。

今早要出去的時候，我找不到可穿的鞋子，我的鞋因為在雨地中不好好走路的緣故，已經全都溼光了，於是我只好去穿一雙咖啡色的涼鞋。這件小事使得我在出門時不及想像的沉落，這涼鞋踏在清晨水溼的街道上的確是愉快的。我坐了三輪車去車站，天空仍灰得分不出時辰來。車簾外的一切被雨弄得靜悄悄的，看不出什麼顯然的朝氣，幾個小男孩在水溝裏放紙船，一個拾垃圾的老人無精打采的站在人行道邊，一街的人車在這灰暗的城市中無聲的奔流著。我看著這些景象，心中無端的升起一層疲憊來，這是怎麼樣令人喪氣的一個日子啊。

下車付車錢時我弄掉了筆記，當我俯身在泥濘中去拾起它時，心中就乍然的軟弱無力起來。培不會在車站吧，他不會在那兒等我，這已不知是第幾日了，我們各自上學放學，都固執的不肯去遷就對方。幾日的分離，我已不能清楚的去記憶他的形貌了，我的懸念和往日他給我的重大回憶，只有使得我一再激動的去懷想他，雨中的日子總是溼的，不知是雨還是自己，總在弄溼這個流光。今日的我是如此的撐不住，渴望在等車的時候能找到一個隨便什麼系的人來亂聊一下，排隊的同學中有許多認識的，他們只抬起頭來朝我心事重重的笑了笑，便又埋頭在筆記簿裏去，看樣子這場期終考弄得誰都瀟灑不起來了。我站在隊尾，沒有什麼事好做，每一次清晨的盼望總是在落空，我覺著一絲被人遺忘的難受，心中從來沒有被如此鞭笞過，培不在這兒，什麼都不再光彩了。站內的日光燈全都亮著，慘白的燈光照著一群群來往的乘客，空氣中瀰漫著香煙與溼膠鞋的氣味，擴音器在播放著新聞，站牌的燈一亮一熄的彼此交替著，我呼吸著這不潔的空氣，覺得這是一個令人厭倦而又無奈的日子。

想到三個多月前的那日，心情就無端的陷入一種玄想中去，那時正是註冊的日子，上一個學期剛從冬季寒冷的氣候中結束，我們放假十天就要開始另一個新的學期。那天我辦完了註冊手續才早晨十點多點，我坐在面對著足球場的石砌台階上，看著舞專的學生們穿了好看的緊身舞衣在球場上跳舞，那時候再過幾日就是校慶了，我身後正有一個老校工爬在梯子上漆黃色的窗框，而進行曲被一次次大聲的播放著，那些跳舞的同學就反覆的在練習。當時，空氣中充滿著快樂的音樂和油漆味，群山在四周低低的圍繞著。放眼望去，碧空如洗，陽光在緩緩流過。我獨自坐在那兒，面對著這情景，覺得真像一個活潑安適的假日，我就認真的快樂起來。那份沒有來由的快樂竟是非常的震撼著我。後來開學了，我們半專心半不專心的念著書，有時逃課去爬山，有時在圖書館裏發神經查生字，日子一天一天過去，接著雨就來了，直到現在它沒有停過。我們起初是異常歡悅的在迎接著雨，數日之後顯得有些苦惱，後來就開始咒詛它，直到現在，我們已忘了在陽光下上學該是怎麼回事了。

從車站下車到學校大約有二十分鐘的路，我走進校園時人已是透溼的了，我沒有用雨具的習慣，每天總是如此的來去著。我們教室在五樓天台的角上，是個多風的地方。教室中只有幾個同學已經先到了，我進門，攤開筆記，靠在椅子上發愣，今日培會來找我麼？他知道我在這兒，他知道我們彼此想念著。培，你這樣不來看我，我什麼都做不出來，培，是否該我去找你呢，培，你不會來了，你不會來了，你看，我日日在等待中度日——

四周的窗全開著，雨做了重重的簾子，那麼灰重的掩壓了世界，我們如此渴望著想看一看簾外的晴空，它總冷漠的不肯理睬我們的盼望。而一個個希望是如此無助的被否定掉了，除了無止境的等待之外，你發現沒有什麼其他的辦法再見陽光。

李日和常彥一起走進來，那時已是快考試了，李日是個一進教室就喜歡找人吹牛的傢伙。他照例慢慢的踱進來，手中除了一支原子筆之外什麼也沒帶。

「卡帕，妳怎麼穿這種怪鞋子？」卡帕是日本作家芥川的小說《河童》的發音，在雨季開始時我就被叫成這個名字了。

「沒鞋了，無論皮鞋球鞋全溼了，不對麼？」

「帶子太少。遠看嚇了我一跳，以為妳乾脆打赤足來上學了。」李日一面看著我的鞋，一面又做出一副誇張的怪臉來。

「我喜歡這種式樣，這是一雙快樂的鞋子。」

「在這種他媽的天氣下妳還能談快樂？」

「我不知道快不快樂，李日，不要問我。」

「傻子，李日怕妳考試緊張，跟妳亂扯的。」常彥在一旁說。

「不緊張，不愉快倒是真的，每次考試就像是一種屈辱，你說你會了，別人不相信，偏拿張白紙要你來證明。」我說著說著人就激動起來。

「卡帕，有那麼嚴重麼？」常彥很費思索的注視著我。

「他媽的，我亂說的，才不嚴重。」說著粗話我自己就先笑起來了。

這是一種沒有來由的倦怠，你如何向人去解釋這個時分的心情呢，今晨培也沒有來找我，而日復一日的等待就只有使得自己更沉落下去。今晨的我就是如此的撐不住了，我生活在一種對大小事情都過分執著的謬誤中，因此我無法在其中得著慰藉和亮光。好在這心情已非一日，那是被連串空泛的瑣事堆積在心底的一個沙丘，禁不住連日的雨水一沖，便在心裏亂七八糟的奔流起來。

這是一場不難的考試，我們只消對幾個哲學學派提出一些評論，再寫些自己的見解，寫兩千字左右就可通過。事實上回答這些問題仍舊是我很喜歡的一件工作，想不出剛才為什麼要那麼有意無意的牽掛著它。仔細的答完了卷子，看看四周的同學，李日正拉著身旁埋頭疾書的常彥想要商量，常彥小聲說了一點，李日就馬上臉色發光的下筆如飛起來，我在一旁看了不禁失笑，李日的快樂一向是來得極容易的。此時的我心中想念著培，心中浮出一些失望後的悵然，四周除了雨聲之外再聽不出什麼聲音來。我合上了卷子，將腳放在前面同學的椅子上輕輕的搖晃著，那個年輕的講師踱過來。

「是不是做完了？做完就交吧。」

「這種題目做不完的，不過字數倒夠了。」

他聽了笑起來，慢慢的踱開去。

我想不出要做什麼，我永遠學不會如何去重複審視自己的卷子，對這件事我沒有一分鐘的耐心。雨落得異常的無聊，我便在考卷後面亂塗著——森林中的柯萊蒂[1]，雨中的柯萊蒂，妳的太陽在哪裏——那樣塗著並沒有多大意思，我知道，我只是在拖延時間，盼望著教室門口有培的身影來接我，就如以前千百次一樣。十五分鐘過去了，我交了卷子去站在外面的天台上，這時我才突然意識到，整天都沒課了，我們已在考期終考了。整幢的大樓被罩在雨中，無邊的空虛交錯的撐架在四周，對面雨中的宿舍全開著窗，平日那些專喜歡向女孩們呼叫戲謔的男孩們一個也不見，只有工程中沒有被拆掉的竹架子在一個個無聲的窗口豎立著。雨下了千萬年，我再想不起那些經歷過的萬里晴空，想不起我乾燥清潔的鞋子，想不起我如何用快樂的步子踏在陽光上行走。夏季沒有帶著陽光來臨，卻帶給我們如許難捱的一個季候。教室內陸續有人在交卷，那講師踱出來了。他站著看了一會雨。

「考完了就可以回去了，我們這門課算結束了。在等誰嗎？」

「沒有，就回去了。」我輕輕的回答了一聲，站在雨中思索著。我等待你也不是一日了，培，我等了有多久了，請告訴我，我們為什麼會為了一點小事就分開了，我總等著你來接我一塊下山回去。

這時我看見李日和維欣一起出來。維欣是前一星期才回校來的，極度神經衰弱，維欣回鄉去了快一個月。

「考得怎麼樣？」我問維欣，平日維欣住在台北姑母家中，有時我們會一起下山。

【本書註解皆為原書註】

1. 柯萊蒂，clyrze，希臘神話山澤女神，戀太陽神阿波羅，後變為向日葵。

「六十分總有的，大概沒問題。」維欣是個憂鬱的孩子，年齡比我們小，樣子卻始終是落落寡歡的。

「卡帕，妳準是在等那個戲劇系的小子，要不然甘心站在雨裏面發神經。」李日一面跳水塘一面在喊著。

「你不許叫他小子。」

「好，叫導演，喂，培導演，卡帕在想你。」李日大喊起來。我慌了。

「李日，你不要亂來。」維欣大笑著拉他。

「卡帕，妳站在教室外面淋雨，我看了奇怪得不得了，差一點寫不出來。」李日是最喜歡說話的傢伙。

「算了，你寫不出來，你一看常彥的就寫出來了。」

「冤枉，我發誓我自己也念了書的。」李日又可愛又生氣的臉嚷成一團了，這個人永遠不知憂愁是什麼。

這時維欣在凝望著雨沉默著。

「維欣，你暑假做什麼，又不當兵。」我問他。

「我回鄉去。」

「轉系吧，不要念這門了，你身體不好。」

「卡帕，我實在什麼系都不要念，我只想回鄉去守著我的果園，自由自在的做個鄉下人。」

「書本原來是多餘的。」

「算了，算了，維欣，算你倒楣，誰要你是長子，你那老頭啊——總以為送你念大學是對得起祖宗，結果你偏悶出病來了。」李日在一旁亂說亂說的，維欣始終性情很好的看著他，眼光中卻浮出一層奇怪的神情來。

我踏了一腳水去灑李日，阻止他說下一句，此時維欣已悄悄的往樓梯口走去，李日還毫不覺得的在踏水塘。

「維欣，等等我們。李日，快點，你知道他身體不好，偏要去激他。」我悄悄的拉著李日跟在維欣身後下去。

下樓梯時我知道今日我又碰不著培了，我正在一步一步下樓，我正經過你教室的門口，培，我一點辦法都沒有，我是這樣的想念著你，培，我們不要再鬧了，既然我們那麼愛著，為什麼在這樣近在眼前的環境中都不見面。

李日下樓時在唱著歌。

「我知道

有一條叫做日光的大道，

妳在那兒叫著我的小名

呵，媽媽，我在向妳趕去，

我正走在十里外的麥田上

……」

「喂，卡帕，這歌是不是那戲劇系的小子編出來的？告訴他，李日愛極了。」這兒沒有麥田，沒有陽光，沒有快樂的流浪，我們正走在雨溼的季節裏，我們也從來沒有邊唱著歌，邊向一個快樂的地方趕去，我們從來沒有過，尤其在最近的一段時分裏，快樂一直離我們很遠。

到樓下了，雨中的校園顯得很寥落，我們一塊兒站在門口，望著雨水出神，這時李日也不鬧了，像傻子似的呆望著雨。它又比早晨上山時大多了。

「這不是那溫暖的雨。」維欣慢慢的說。

「等待陽光吧，除了等待之外怎麼發愁都是無用的。」我回頭對他鼓勵的笑了笑，自己卻笑得要落淚。

「算了，別等什麼了，我們一塊兒跑到雨裏去，要拚命跑到車站，卡帕，妳來不來？」李日說著人就要跑出去了。

「我們不跑，要就走過去，要走得很泰然的回去，就像沒有下雨這等事一樣。」

「走就走，卡帕，有時妳太認真了，妳是不是認為在大雨裏跑著就算被雨擊倒了，傻子。」

「我已沒有多少尊嚴了，給我一點小小的驕傲吧。」

「卡帕，妳暑假做什麼？」維欣在問我。

「我不知道，別想它吧，那日子不來，我永遠無法對它做出什麼懇切的設想來，我真不知道。」

歷年來暑假都是連著陽光的，妳如何能夠面對著這大雨去思想一個假期，雖然它下星期就要來臨了，我覺得一絲茫然。風來了，雨打進門簷下，我的頭髮和兩肩又開始承受了新來的雨水，地上流過來的水弄溼了涼鞋，腳下升起了一陣緩緩的涼意。水聚在我腳下，落在我身上，這是六月的雨，一樣寒冷得有若早春。

雨下了那麼多日，它沒有弄溼過我，是我心底在雨季，我自己弄溼了自己。

「我們走吧，等什麼呢。」維欣在催了。

「不等什麼，我們走吧。」

我，李日，維欣，在這初夏的早晨，慢慢走進雨中，我再度完全開放的將自己交給雨水，沒有東西能夠攔阻它們。雨點很重的落在我全身每一個地方，我已沒有別的意識，只知道這是雨，這是雨，我正走在它裏面。我們並排走著，到了小樹叢那兒它就下得更大了，維欣始終低著頭，一無抗拒的任著雨水擊打著。李日口中含了一支不知是否燃著的新樂園，每走一步就揮著雙手趕雨，口中含糊而起勁的罵著，他媽的，他媽的，那樣子看不出是對雨的歡呼還是咒詛。我們好似走了好久，我好似有生以來就如此長久的在大雨中走著，車站永遠不會到了。我覺得四周，滿溢的已不止是雨水，我好似行走在一條河裏。我溼得眼睛都張不開了，做個手勢叫李日替我拿書，一面用手擦著臉，這時候我哭了，我不知道這永恆空虛的時光要何時才能過去，我就那樣一無抗拒的被捲在雨裏，我漂浮在一條河上，一條沉靜的大河，我開始無助的浮沉起來，我慌張得很，口中喊著，培，快來救我，快點，我要沉下去了，培，我要浸死了。

李日在一旁拚命推我，維欣站在一邊臉都白了，全身是溼的。「卡帕，怎麼喊起來了，妳要嚇死我們，快點走吧，妳不能再淋了，妳沒什麼吧？」

「李日，我好的，只是雨太大了。」

我跟著他們加快了步子，維欣居然還有一條乾的手帕借我擦臉，我們走在公路，車站馬上要看到了，這時候我注視著眼前的雨水，心裏想著，下吧，下吧，隨便你下到哪一天，你總要過去的，這種日子總有停住的一天，大地要再度絢麗光彩起來，經過了無盡的雨水之後。我再不要做一個河童了，我不會永遠這樣沉在河底的，雨季終將過去。總有一日，我要在一個充滿陽光的早晨醒來，那時我要躺在床上，靜靜的聽聽窗外如洗的鳥聲，那是多麼安適而又快樂的一種甦醒。到時候，我早晨起來，對著鏡子，我會再度看見陽光駐留在我的臉上，我會一遍遍的告訴自己，雨季過了，雨季將不再來。我會覺得，在那一日早晨，當我出門的時候，我會穿著那雙清潔乾燥的黃球鞋，踏上一條充滿日光的大道，那時候，我會說，看這陽光，雨季將不再來。

・原載民國五十五年九月《出版月刊》十六期

一個星期一的早晨。

當我開始爬樹時，太陽並沒有照耀得那麼兇猛，整個樹林是新鮮而又清涼的，剛一進來的時候幾乎使我忘了這已是接近夏天的一個早晨了。陽光透過樹上的葉子照在我臉上，我覺得睜不開眼睛，便換了一個姿勢躲開太陽。

這時的帕柯正在我躺著的樹幹下，她坐在一大堆枯葉上，旁邊放著她那漂亮的粗麻編的大手袋，腳旁散著幾張報紙。這是帕柯的老習慣，無論到哪兒，總有幾張當天的或過時的報紙跟著她，而帕柯時常有意無意的翻動著，一方面又不經意的擺出一副異鄉人的無聊樣子來。現在我伏在樹上看著她，她就怪快樂的樣子，又伸手去翻起報紙來。

我在樹上可以看見那河，那是一條沖得怪急的小河，一塊塊的卵石被水沖得又清潔又光滑，去年這個時候，我總喜歡跟帕柯在石頭上跨來跨去。小河在紗帽山跟學校交接的那個山谷裏流著。我渡水時老是又叫又喊的，總幻想著紗帽山的蛇全在河裏，而帕柯從不怕蛇，也從不喊叫，她每到河邊總將書一放，就一聲不響的涉到對岸的大相思樹下去。太陽照耀著整個河床，我們累了就會躺在大石上曬一下，再收拾東西一塊走公路去吃冰，然後等車回家。有時辛堤和奧肯也會一塊兒去，但我看得出，只有帕柯和我是真正快快樂樂的在水裏走來走去。這樣的情形並沒有很多次，後來帕柯要預備轉學考試，就停掉了這種放學後的回家方式。

辛堤今天破例想自己去涉起水來，他在帶著土黃色的卵石上走著，肩上還背了照相機。天很熱，辛堤的白襯衫外面卻套了一件今年流行的男孩背心，那種格子的花樣顯得古怪而輕浮。我看看帕柯，她也正在看下面的河，於是我就對辛堤嚷起來。

「辛堤，不要那樣走來走去了，你不是還有一堂課，快回去上，我跟帕柯在這兒等你。」

「卡諾，不要催我吧，如今的帕柯已不是從前每天來上學的她了，讓我留在這兒，明早帕柯就再不會來了。」

辛堤仰著頭朝我喊著，這時候陽光照在他單純的臉上，顯得他氣色很好，水花在他腳邊濺起，在陽光裏亮得像透明的碎鑽石，我看著這情景就異常的歡悅起來。

帕柯在樹下走來走去，一會兒她走過來，用手繞著我躺著的樹幹，搖晃著身體，一面又仰頭在看樹頂的天空。

「卡諾，離開這兒已經一年多了，今早我坐車上山覺得什麼都沒有變過，連心情都是一樣的，要不是辛堤這會兒背著我的相機，我真會覺得我們正是下課了，來這林子玩的，我沒有離開過。」

「帕柯，妳早就離開了，妳離去已不止一年了，今早在車站見妳時，我就知道妳真的走了有好久了，要不然再見妳時不會有那樣令人驚異的歡悅。」

今天的帕柯穿得異常的好看，綢襯衫的領子很軟的搭在頸上，裙子也繫得好好的，還破例的用了皮帶，一雙咖啡色的涼鞋踏在枯葉上，看起來很調和，頭髮直直的披在肩上，又光滑又柔軟。整個的帕柯給這普通的星期一早晨帶來了假日的氣息，我覺得反而不對勁起來。

「帕柯，妳全身都不對勁，除了那幾張報紙之外，妳顯得那麼陌生。」

「卡諾，妳這樣說我似乎要笑起來，妳知道麼，早晨我起來時就一直告訴自己，今天的我不是去新莊，今天是回華岡去，我就迷惑起來，覺得昨天才上山去過，那地方對我並不意味著什麼，我去也不是去做什麼，整個心境就是那樣的，我不喜歡那種不在乎的樣子，就讓自己換了一件新衣服，好告訴自己，今天是不同的。卡諾，妳看我，我這做作的人。」

「帕柯，不要在意那種沒有來由的心情吧，畢竟回來的快樂有時是並不明顯的，也不要來這兒找妳的過去，妳沒有吧？帕柯。」

「沒有。卡諾，不是沒有，我不知道。」

「不要再想這些，我們去叫辛堤起來。」

我從樹上踩著低椏處的樹枝下來，地上除了野生的鳳尾草之外，便是一大片落葉和小枯樹枝鋪成的地，從去年入秋以來就沒有人掃過這兒的葉子。樹林之外有一條小徑斜斜的通到那橫跨小河的水泥橋上，然後過了橋，經過橘子園直通到學校的左方。我走到樹邊的斜坡上向下望著辛堤，他不在河裏，辛堤已經拿著脫下來的背心，低著頭經過那橋向我們的地方走來。

林外的太陽依舊照耀著，一陣並不涼爽的風吹過我和帕柯站的斜坡，野草全都搖晃起來。辛堤已經走上了那伸延得很陡的小徑，我由上面望著他，由於陽光的關係，我甚至可以清楚的看見他繡在襯衫口袋上的小海馬。此時的帕柯站在我身旁，一隻手擱在我肩上，我們同時注視著坡下的辛堤，他仍低著頭走著，絲毫沒有察覺我們在看他。四周的一切好似都突然寂寥起來，除了吹過的風之外沒有一點聲音，我們熱切的注視著他向我們走近，此時，這一個本來沒有意味著什麼的動作，就被莫名其妙的蒙上了一層具有某種特殊意象的心境。辛堤那樣在陽光下走近，就像帶回來了往日在一起的時光，他將我們過去的日子放在肩上；走過橋，上坡，一步一步的向我們接近。

「帕柯，這光景就像以前，跟那時一模一樣，帕柯，妳看光線怎麼樣照射在他的頭髮上，去年沒有逝去，我們也沒有再經過一年，就像我們剛剛涉水上來，正在等著辛堤一樣。」

「是的，卡諾，只要我們記得，沒有一件事情會真正的過去。」

「帕柯，有時覺得妳走了，有時又覺得妳不過是請假，妳還會來的。」

「我不知道，卡諾，我沒有認真想過。」

辛堤走到尚差林子幾步時，就很快的將肩上的背心一丟，口中嚷著熱，走到樹蔭下便將身子像鳥似的撲到地上去。他自己並不知道，剛才他那樣上坡時，帶給了我們如何巨大的一種對過去時光的緬懷。

「熱壞了，卡諾，妳帶了咖啡沒有？」

「辛堤，你忘了，我中午留在學校才帶咖啡的，今天是陪帕柯，整天沒課。帕柯，妳幾點想回去？」

「不知道，不管，累了就回去，妳走過來。辛堤不要懶了，替我們拍照吧。」

辛堤靠在那棵楊桐樹的樹根上，將背心罩著相機，開始裝起軟片來。我枕著帕柯的麻布手袋仰面躺著，而帕柯正滿面無聊的在嚼一根酢漿草。我轉一個身想看看河，但我是躺著的，看不見什麼，只有樹梢的陽光照射在帕柯的裙上，跳動著一個個圓圓的斑點。

我們從上山到現在已快三個鐘點了，我覺得異常的疲倦。樹林很涼爽，相思樹開滿黃花，風一吹香氣便飄下來，我躺著就想睡過去了，小河的水仍在潺潺的流著，遠處有汽車正在經過公路。

「卡諾，我在妳書上寫了新地址，這次搬到大直去了，妳喜歡大直嗎？」

「帕柯，妳這不怕麻煩的傢伙，這學期妳已經搬了三次家了。」

「一切的感覺就是那樣無助，好似哪兒都不是我該定下來的地方，就是暑假回鄉時也是一樣。故鄉古老的屋宇和那終年飄著蔗糖味的街道都不再羈絆我了，這種心境不是一天中突然來的，三年前它就開始一點一滴的被累積下來。那時我覺得長大了，卡諾，我已沒有自己的地方了。」

「帕柯。」

「我喜歡用我的方式過自由自在的日子，雖然我自己也不確信我活得有多好。」

「我不喜歡城市，尤其是山下那個城，但我每天都回到那裏去，帕柯，我是一個禁不起流浪的人。」

「我不會，我每日放學就在街上遊蕩，有時碰到朋友，我就跟他們一塊吃小攤逛街直到夜深。」

那時我躺得不想起來，地上的溼氣透過小草和枯葉慢慢的滲到背脊裏去，我覺得兩肩又隱約的痠痛起來，就隨手拉了一張報紙墊在身下，辛堤已裝好軟片向我們走來。

「挪過來一點，卡諾，妳臉上有樹葉的影子，坐到帕柯左邊去，妳總不會就這樣躺著拍照吧。」

「就讓我躺著吧，畢竟怎麼拍是不重要的。」

時間已近正午了，我漸漸對這些情景厭煩起來，很希望換個地方，我是個不喜歡拍照的人，覺得那是件做作的事情。

「卡諾，妳這不合作的朋友，帕柯一年都沒來一次，妳卻不肯好好跟她一起拍些照片，卡諾——」

辛堤生氣起來，一臉不高興的樣子，帕柯看見就笑了。

「辛堤，好朋友，我們去吃冰吧，不要跟卡諾過不去，畢竟我們沒有什麼改變，何必硬把它搞得跟以往有什麼不同呢。」

於是我們離開了樹林，抱著許多書，穿過橋，上坡，再經過一個天主堂就到大路了。從樹林中走到正午的天空下總是不令人歡悅的，太陽被雲層遮住，見不到具體的投射下來的光線，但放眼望去，在遠處小山的上面，那照耀得令人眼花的天空正一望無際的展開著。大路上靜靜的停放著幾輛車子，路旁的美洲菊盛開著火焰似的花朵，柏油路並沒有被曬得很燙，但我走在上面，卻因為傳上來的那一點微熱，使人從腳下湧起一股空乏的虛弱來。

到冰店的路並不很長，我們只需再經過一個舊木堆，繞過一家洗衣店和車站就到了，我們懶散的走著，有時踢踢石頭，路上偶爾有相識的同學迎面走過。我們三人都沒有說話，經過木堆時，嗅到腐木的味道，一切就更真實起來了。

「我們乾脆提早一點吃飯去，我想去那家小店。」

「又要多走四十幾步路，帕柯，妳最多事。」

小店的牆上貼了許多汽水廣告和日曆女郎的照片，另外又掛了許多開張時別人送的鏡子。以前帕柯常常嘲笑這家土氣的小店，今日卻又想它了。

今天的學生不多，我們坐在靠街的一張桌子，一面等東西吃一面看著公路上來來往往的車輛。剛才的太陽曬得我頭痛，我覺得該去照照鏡子，仔細去看看自己的臉，於是我就挪過椅子，對著一面畫有松鶴的鏡子打量起自己來，真是滿面疲乏的神色了。回身去看他們，帕柯正在喝茶，辛堤在另一桌與幾個男同學談話，樣子怪有精神的，這時蛋花湯來了，他就坐回來吃得很起勁。帕柯拿起筷子在擦，動作慢慢的，臉上露出思索的表情，但她沒說什麼。

「卡諾，我們吃完了去陽明山，走小路去，底片還有好多呢。」辛堤吃著東西人就起勁了。

「我現在不知道。」

「我要去，現在下山沒意思。」帕柯在一旁說。

太陽又出來了，見到陽光我的眼睛就更張不開了，四周的一切顯得那麼的拉不住人，藍色的公路局車一輛輛開過，我突然覺得異常疲倦，就極想回去了。

「我不管你們，吃完飯我要走了，帕柯，妳跟辛堤去吧。」

「卡諾永遠是一個玩不起的傢伙，回去吧，我們先陪妳去等車。」

我們站在候車亭的欄杆邊上，四周有幾個小孩在跑來跑去，車站後面的冰店在放著歌曲，那帶著浪漫的拉丁情調的旋律在空氣中飄來，四周的一切就突然被浸在這奇怪的傷感的調子裏，放眼望去，學校的屋頂正在那山岡上被夏日的太陽照得閃閃發光。

帕柯在送我，就如以前那一陣接近放假時的日子一樣，什麼都沒改變，心中一樣也浮著些深深淺淺的快樂和憂傷。車來了，正午的陽光照著車頂和玻璃，我上車，望著留下來的帕柯和辛堤，他們正要離開。我問帕柯：

「帕柯，什麼時候再來？」

「不知道。再見，卡諾。」

車開了，沿途的橘樹香味充滿了整個空曠的車廂，一幢幢漂亮精緻的別墅在窗外掠過，遠處的山巒一層層綿亙到天邊，淡水河那樣熟悉的在遠處流著，而我坐在靠右的窗口，知道我正在向山下駛去。

這是一個和帕柯在一起的星期一的早晨。

・原載民國五十六年三月《出版月刊》二十二期

安東尼・我的安東尼。

離復活節假期還有半個月，全宿舍正為期中考念得昏天暗地，這宿舍是一年交一次成績單的，不及格下學年馬上搬出去，再瀟灑的女孩在這時候也神氣不起來了。早也念，晚也念，個個面帶愁容，又抱怨自己不該天天散步會男朋友，弄得臨時抱佛腳。那幾天，整個一幢房子都是靜悄悄的，晚上圖書室客滿，再沒有人彈吉他，也沒有人在客廳放唱片跳舞了。吃飯見面時就是一副憂憂愁愁的樣子，三句不離考試，空氣無形中被弄得緊張得要命，時間又過得慢，怎麼催急它也不過去，真是一段不快樂的日子。

大家拚命念書還不到四天，停停歇歇的學潮又起，部分學生鬧得很起勁，每天一到中午一點鐘下課時，警察、學生總是打成一團。我們宿舍每天總有幾個女孩放學回來全身被水龍沖得透溼，口裏嚷著：「倒楣，跑不快，又被沖到了，我看不傷風才怪。」她們說起遊行鬧事，就如上街買了一瓶洗頭水一樣自然，有時我實在不懂。身為外國學生，不問也罷。

學校課程又連續了兩天，直到第三天中午，我寄信回來，一看客廳圍滿了人在聽新聞，我也跑去聽，只聽見收音機正在報——「學潮關係，大學城內各學院，由現在起全面停課，復活節假期提早開始……」聽到這裏，下面的新聞全跟我們無關了，大家又叫又跳，把書一本一本丟到天花板上去，只聽見幾個寶貝叫得像紅番一樣：「萬歲！萬歲！不考試，不考試了，哎唷，收拾東西回家去呵！」

第二天餐廳釘了一張紙，要回家的人可以簽名離開宿舍。我黃昏時去看了一下，一看了不得，三十五個女孩全走，只留我一個了，心裏突然莫名其妙的感觸起來，想想留著也沒意思，不如找個同班的外國同學旅行去。打了幾個電話，商量了一下行程，講好公攤汽油錢，馬上決定去了。

那個晚上宿舍熱鬧得不得了，有人理衣服，有人擦箱子，有人打電話訂火車票，幾個貪吃的把存著預備開夜車的零食全搬出來了，吃得不亦樂乎。我計畫去北部旅行她們不知道，於是這個來請我回家過節，那個來問要不要同走，但我看出她們是假的，沒有誠意，全給推掉了，躺在床上聽音樂，倒也不難過。十二點多，樓上的胖子曼秋啪一下推門進來了，口裏含了一大把花生米，含含糊糊的問我：

「艾珂，妳放假做什麼？不難過啊？」

我聽得笑起來了。

「不難過，本人明天去北部，一直要跑到大西洋，沒空留在馬德里掉眼淚給妳看。」

曼秋一聽叫起來了，往我床上一跳，口裏叫著：

「怎麼不先講？妳這死人，怎麼去？去幾天？跟誰去？花多少？我跟妳去，天呵，我不回家了。」

「咦，我是沒家的人才往北部跑，妳媽媽在等妳，妳跟我去做什麼。我又不去長的，錢用光了就回來，下次再約妳。」好不容易勸走了曼秋，嘆口氣，抱著我的小收音機睡著了。

第二天我啟程去北部，玩了八天錢用光，只得提早回來，黃昏時同去的幾個朋友把我送回宿舍，箱子在門口一放，揮揮手他們就走了。按了半天門鈴，沒人開門，我繞到後院，從廚房的窗子裏爬進去，上上下下走一圈，一個人也不見，再看看女傭人艾烏拉的房間，她正在睡覺，我敲敲窗把她叫醒，她一下子坐起來了，口裏說著：

「哎，哎，艾珂，妳把我嚇死了，妳怎麼早回來了，復活節還沒到呢，假期還有半個月，瑪麗莎小姐以為沒人留在宿舍，已經決定關門了，明天我也回去了，妳怎麼辦呢？」她嚕嚕囌囌的講了一大堆，我心真的冷了一半，宿舍關門，我事先不知道，臨時叫我到哪裏去找地方住呢。那時我拍著艾烏拉的肩，口裏說著不要緊，自己卻一下子軟弱得路都走不動了。我那個晚上一直打電話找城內的勞拉小姐，她十一號才回公寓，講了宿舍的情形，她答應租給我一個房間，直到學校開課，我這才安心去睡，只等第二天搬家了。

第二天早晨，艾烏拉做了一個蛋餅給我吃，親親我的頰，把大門鑰匙留給我人就走了，走到門口又急急的跑回來向我喊著：「艾珂，艾珂，不要忘了下午把安東尼帶去妳租的公寓一起住，小米在廚房抽屜裏，天天餵一點水，妳很細心的，牠跟妳一定很高興，再見，再見。」我在窗上向她點點頭，心裏有點無可奈何，這隻我們宿舍的「福星」看樣子真給我麻煩了。我跑到廚房去看牠，安東尼正在籠子裏跳得很高興，我用中文向牠講——「小傢伙，跟我來吧。」它顯然很不習慣中文，輕輕的叫了一聲，我提著它走上石階到客廳去。先餵了安東尼一點小米，再提了自己的箱子，外面正在下雨，我又打了傘，走出宿舍鎖上了門，把鑰匙留在花盆下面，抬頭望望這幢沉寂的爬滿了枯藤的老房子，心情竟跟初出國時一樣的蒼涼起來，人呆站在雨中久久無法舉步。這時安東尼的籠子正掛在我傘柄上，牠輕輕的拍了幾下翅膀，我方才清醒過來。翻起了風衣的領子，對安東尼說——「來吧，我們去找勞拉小姐去，不會寂寞的，安東尼，你一向是我們的福星。」

勞拉小姐的公寓在城裏的學生區，我沒進宿舍之前住過三個月，跟一般的包租婆沒有兩樣，住著處處要留心，用水、用電、用煤氣沒有一樣可以舒舒服服用的，但我跟她相處得還不錯。不知道為什麼，我走了之後她再沒有把房間租出去。我到的時候正是中午，這老小姐把我箱子接過去，兩人高高興興的親頰問候，她話匣子就打開了，我一面掛衣服一面聽她講老鄰居的瑣事給我聽，當我正掛到最後一件身上的風衣時，猛然聽見安東尼的籠子嘩的在窗台上一滑，接著牠在裏面又叫又跳，像瘋子一樣，我半個身子都懸出去了，只見一個大花貓正撲在安東尼的籠子上，我喊了一聲兩手去抓貓，牠反抓了我一把，跳上隔壁陽台跑掉了。我把籠子拿進來，把窗關上了，人坐在地板上發愣，勞拉小姐手裏拿著個大衣架，口裏輕輕的在喊，「哥倫布啊，哥倫布啊，這惡貓抓傷妳了。」我看看手背上有幾條血痕，並不嚴重，就是有點刺痛，倒是籠子裏的安東尼，伏在水槽旁一動也不動，我大驚了，拚命搖籠子，大聲叫牠名字，牠總算醒過來了，動了一下，眼睛張開來向我看了看。這時我突然十分的激動起來，無名的寂寞由四面八方向我湧過來，我蹲在籠子旁邊，手放在鐵絲上，只覺我一個人住在這大城市裏，帶著唯一的一隻鳥，除了安東尼外，我什麼也沒有了。那夜我很累，勞拉小姐去望彌撒了，我抱著自己的小收音機，聽著那首老歌——「三個噴泉裏的鎳幣，每個都在尋找快樂……」在朦朦朧朧的歌聲裏我昏昏睡去。

清早五點多鐘，天還沒亮，我房內安東尼把我叫醒了，只聽見牠的籠子有人在抓在拖，牠在叫在跳，那聲音悽慘極了。我跳下床來，在黑暗裏看不見東西，光腳伏在地上摸，我找不到牠的籠子，人急壞了，「安東尼，天啊，安東尼，你在哪裏？」那時我看到一個貓影子唰一下從開著的天窗裏跳出去，再開燈看安東尼，牠的籠子已被拖得反過來了，牠僵在裏面，渾身羽毛被抓得亂七八糟。我全身都軟了，慢慢蹲下去，打開籠子把牠捧在手裏，發覺牠居然還是活著的，一隻腳斷掉了。一個清早，我只穿著一件夏天的睡袍在忙著包紮安東尼，弄到九點多鐘，牠吃了第一口小米，我才放心的把自己丟到床上去休息了一下。十點多鐘我給家中寫信——「爸爸、媽媽：我搬出宿舍了，帶著一隻鳥回到勞拉小姐的公寓來——」我寫的時候，安東尼一直很安靜的望著我，我向牠笑笑，用西班牙語對牠說：「早安，小傢伙，沒事了，我試試把你送到沒有貓的地方去，不要害怕。」

「馬大」有個日本同學啟子，跟我一星期同上兩天課，她有家在此地，平日還算不錯的朋友，打電話去試試她吧。

「喂，啟子，我是艾珂，有事找妳。」

「什麼事？」一聽她聲音就知她怕了，我一洩氣，但還是不放棄煽動她。

「我有隻鳥，麻煩妳養半個月怎麼樣？牠會唱歌，我答應妳天天來餵牠。」

「艾珂，我不知道，我不喜歡鳥，讓我想一想，對不起，明天再說吧。」

放下電話，咬咬嘴唇，不行，我不放心安東尼留下來，那隻惡貓無孔不入，半個月下來不被吃掉嚇也被嚇死了。突然想到那個奧國同學，他們男生宿舍不關門，去試一下他吧，找到他時已是下午了。電話裏我還沒說話，他就講了——「哎唷，艾珂，太陽西邊出了，妳會打電話來，什麼事？」我聽出他很高興，又覺有點希望了。

「我搬出宿舍了，要在城內住半個月。」

「真的，那太好了，沒有舍監管妳，我們去跳舞。」

「不要開玩笑，彼德，我找你有事。」

「喂，艾珂，電話裏講不清楚，我來接妳吃飯，見面再談好不好？」

「彼德，你先聽我講，我不跟你出去，我要你替我養隻鳥，開學我請你喝咖啡。」

「什麼，妳要我養鳥？不幹不幹，艾珂，怎麼不找點好事給我做，喂，妳住哪裏嘛，我們去跳舞怎麼樣？」

我啪一下掛斷了電話，不跟他講了。心裏悶悶的，穿上大衣去寄家信，臨走時看見安東尼的籠子，牠正望著我，十分害怕留下來的樣子，我心一軟，把牠提了起來，一面對牠說著：「安東尼，不要擔心，我天天守著你，上街帶你一起，也不找人養了。」

那是個晴朗的早晨，太陽照在石砌的街上，我正走過一棵一棵發芽的樹，人就無由的高興起來。安東尼雖然斷了腳了，包著我做的夾板，但也叫了幾聲表示牠也很快樂。走了約十分鐘，街上的人都看我，小孩更指著我叫——「看呵，看呵，一個中國女孩提了一隻鳥。」我起初還不在意，後來看的人多了，我心裏喃喃自語：「看什麼，奇怪什麼，咱們中國人一向是提了鳥籠逛大街的。」後來自己受不了，帶了安東尼回公寓去。由那一天起，我早晚守著安東尼，餵牠水，替牠換繃帶，給牠聽音樂，到了晚上嚴嚴的關上所有的窗戶，再把籠子放在床旁邊。白天除了跟朋友打打電話之外足不出戶，只每天早晨買牛奶麵包時帶了牠一起去，那隻貓整天在窗外張牙舞爪也無法乘虛而入，五六天下來，勞拉小姐很不贊成的向我搖搖頭。

「艾珂，妳瘦了，人也悶壞了，何必為了一隻鳥那麼操心呢！我姐姐住樓下，我們把安東尼送去養怎麼樣，妳夜裏好安心睡覺。」

「我不要，安東尼對我很重要，腳傷又沒好，不放心交給別人，妳不用擔心，好在只有幾天了。」

幾天日夜守著安東尼之後，牠對我慢慢產生了新的意義，牠不再只是一隻宿舍的「福星」了，牠是我的朋友，在我背井離鄉的日子裏第一次對其他的另一個生命付出如此的關愛。每天早晨我醒來，看見安東尼的籠子平安的放在我床邊，一夜在夢中都擔心著的貓爪和死亡就離得遠遠的了。我照例給牠換水，餵小米，然後開著窗，我寫信念書，牠在陽光下唱歌，日子過得再平靜不過了。我常對牠說——「安東尼，我很快樂，我情願守著你不出去，艾珂說什麼你懂嗎？安東尼，你懂嗎？」

過了半個月，宿舍又開了，我告別了勞拉小姐回到大學城內來，艾烏拉替我把箱子提上樓，我把安東尼往她手上一遞，人往床上一躺，口裏喊著，「天啊，讓我睡一覺吧，我十五天沒好好睡過。」話還沒說完，人已經睡著了。

以後我有了好去處，功課不順利了，想家了，跟女孩子們不開心了，我總往廚房外的大樹下去找安東尼，在籠邊餵牠吃吃米，跟牠玩一陣，心情自自然然的好起來了。

前幾星期馬德里突然炎熱起來，我在閣樓上念書，聽見樓下院子裏吱吱喳喳的全是人聲，探頭一看，幾個女孩子正打開了籠子把安東尼趕出去，牠不走，她們把牠一丟，安東尼只好飛了。我一口氣衝下去，抓住一個女孩就推了她一把，臉脹紅得幾乎哭了，口裏嚷著：

「妳們什麼意思，怎麼不先問問我就放了。」

「又不是妳的鳥，春天來了不讓牠離開麼？」

「牠腳斷過，飛得不好。」我找不出適當的理由來，轉身跑上樓，在室裏竟大滴大滴的落下淚來。

前幾天熱得宿舍游泳池都放水了，大家在後院穿著泳衣曬太陽玩水，我對失去安東尼也不再傷心了。春天來了，放牠自由是應該的事。那天夜晚我尚在圖書室念書，窗外突然颳起大風，接著閃電又來，雷雨一下子籠罩了整個的夜，玻璃窗上開始有人丟小石子似的響起來，兩分鐘後越來越響，我怕了，去坐在念書的伊娃旁邊，她望著窗外對我說：「艾珂，那是冰雹，妳以前沒看過？」我搖搖頭，心裏突然反常的鬱悶起來，我提早去睡了，沒有再念書。

第二天早晨，風雨過去了，我爬過宿舍左旁的矮牆走隔壁廢園的小徑去學院，那條路不近，卻有意思些。當我經過那個玫瑰棚時，我腳下踢到一個軟軟的東西，再仔細一看，牠竟然是一隻滿身泥漿的死鳥，我嚇了一跳，人直覺的叫起來——「安東尼，是你，是你，我不相信，我不相信。」我叫著，又對自己喊著，「快看牠的腳。」一翻過牠縮著的腳來，我左手的書本鬆了，人全蹲在花叢裏再也站不起來——安東尼，我的安東尼，我們害死你了，安東尼。我伏在一根枯木上，手裏握著牠冰冷的身體，眼淚無聲的流滿了面頰。我的安東尼，我曾在你為生命掙扎的時候幫助過你，而昨夜當你在風雨裏被擊打時，我卻沒有做你及時的援手，我甚至沒有聽見你的叫聲——這是春天，我卻覺得再度的孤零寒冷起來。空氣裏彌漫著玫瑰的花香，陽光靜靜的照著廢園，遠處有人走過，幾個女孩子的聲音很清晰的傳過來——「春天了，艾珂正在花叢裏發呆呢。」安東尼，我再也沒有春天了，昨夜風雨來時，春天已經過去了。

• 原載民國五十七年六月《幼獅文藝》一七四期

不死鳥。

一年多前，有份刊物囑我寫稿，題目已經指定了出來：「如果你只有三個月的壽命，你將會去做些什麼事？」

我想了很久，一直沒有去答這份考卷。

荷西聽說了這件事情，也曾好奇的問過我——「妳會去做些什麼呢？」

當時，我正在廚房揉麵，我舉起了沾滿白粉的手，輕輕的摸了摸他的頭髮，慢慢的說：「傻子，我不會死的，因為還得給你做餃子呢！」

講完這句話，荷西的眼睛突然朦朧起來，他的手臂從我身後繞上來抱著我，直到餃子上桌了才放開。

「你神經啦？」我笑問他，他眼睛又突然一紅，也笑了笑，這才一聲不響的在我對面坐下來。

以後我又想到過這份欠稿，我的答案仍是那麼的簡單而固執：「我要守住我的家，護住我的丈夫，一個有責任的人，是沒有死亡的權利的。」

雖然預知死期是我喜歡的一種生命結束的方式，可是我仍然拒絕死亡。在這世上有三個與我個人死亡牢牢相連的生命，那便是父親、母親，還有荷西，如果他們其中的任何一個在世上還活著一日，我便不可以死，連神也不能將我拿去，因為我不肯，而祂也明白。

前一陣在深夜裏與父母談話，我突然說：「如果選擇了自己結束生命的這條路，你們也要想得明白，因為在我，那將是一個更幸福的歸宿。」

母親聽了這話，眼淚迸了出來，她不敢說一句刺激我的話，只是一遍又一遍喃喃的說：「妳再試試，再試試活下去，不是不給妳選擇，可是請求妳再試一次。」

父親便不同了，他坐在黯淡的燈光下，語氣幾乎已經失去了控制，他說：「妳講這樣無情的話，便是叫爸爸生活在地獄裏，因為妳今天既然已經說了出來，使我，這個做父親的人，日日要活在恐懼裏，不曉得哪一天，我會突然失去我的女兒。如果妳敢做出這樣毀滅自己生命的事情，那麼妳便是我的仇人，我不但今生要與妳為仇，我世世代代要與妳為仇，因為是——妳，殺死了我最最心愛的女兒——」

這時，我的淚水瀑布也似的流了出來，我坐在床上，不能回答父親一個字，房間裏一片死寂，然後父親站了起來慢慢的走出去。母親的臉，在我的淚光中看過去，好似靜靜的在抽筋。

蒼天在上，我必是瘋狂了才會對父母說出那樣的話來。

我又一次明白了，我的生命在愛我的人心中是那麼的重要，我的念頭，使得經過了那麼多滄桑和人生的父母幾乎崩潰，在兒女的面前，他們是不肯設防的讓我一次又一次的刺傷，而我，好似只有在丈夫的面前才會那個樣子。

許多個夜晚，許多次午夜夢迴的時候，我躺在黑暗裏，思念荷西幾成瘋狂，相思，像蟲一樣的慢慢啃著我的身體，直到我成為一個空空茫茫的大洞。夜是那樣的長，那麼的黑，窗外的雨，是我心裏的淚，永遠沒有滴完的一天。

我總是在想荷西，總是又在心裏自言自語：「感謝上天，今日活著的是我，痛著的也是我，如果叫荷西來忍受這一分又一分鐘的長夜，那我是萬萬不肯的，幸好這些都沒有輪到他，要是他像我這樣的活下去，那麼我拚了命也要跟上帝爭了回來換他。」

失去荷西我尚且如此，如果今天是我先走了一步，那麼我的父親、母親及荷西又會是什麼情況？我從來沒有懷疑過他們對我的愛，讓我的父母在辛勞了半生之後，付出了他們的全部之後，再叫他們失去愛女，那麼他們的慰藉和幸福也將完全喪失了，這樣尖銳的打擊不可以由他們來承受，那是太殘酷也太不公平了。

要荷西半途折翼，強迫他失去相依為命的愛妻，即使他日後活了下去，在他的心靈上會有怎麼樣的傷痕，會有什麼樣的烙印？如果因為我的消失而使得荷西的餘生再也沒有一絲笑容，那麼我便更是不能死。

這些，又一些，因為我的死亡將帶給我父母及丈夫的大痛苦，大劫難，每想起來，便是不忍，不忍，不忍又不忍。

畢竟，先走的是比較幸福的，留下來的，也並不是強者，可是，在這徹心的苦，切膚的疼痛裏，我仍是要說——「為了愛的緣故，這永別的苦杯，還是讓我來喝下吧！」

我願意在父親、母親、丈夫的生命圓環裏做最後離世的一個，如果我先去了，而將這份我已嘗過的苦杯留給世上的父母，那麼我是死不瞑目的，因為我已明白了愛，而我的愛有多深，我的牽掛和不捨便有多長。

所以，我是沒有選擇的做了暫時的不死鳥，雖然我的翅膀斷了，我的羽毛脫了，我已沒有另一半可以比翼，可是那顆碎成片片的心，仍是父母的珍寶，再痛，再傷，只要他們不肯我死去，我便也不再有放棄他們的念頭。

總有那麼一天，在超越我們時空的地方，會有六張手臂，溫柔平和的將我迎入永恆，那時候，我會又哭又笑的喊著他們——爸爸、媽媽、荷西，然後沒有回顧的狂奔過去。

這份文字原來是為另一個題目而寫的，可是我拒絕了只有三個月壽命的假想，生的艱難，心的空虛，死別時的碎心又碎心，都由我一個人來承當吧！

父親、母親、荷西，愛你們勝於自己的生命，請求上蒼看見我的誠心，給我在世上的時日長久，護住我父母的幸福和年歲，那麼我，在這份責任之下，便不再輕言消失和死亡了。

荷西，你答應過的，你要在那邊等我，有你這一句承諾，我便還有一個盼望了。

明日又天涯。

我的朋友，今夜我是跟你告別了，多少次又多少次，你的眼光在默默的問我，Echo，妳的將來要怎麼過？妳一個人這樣的走了，妳會好好的嗎？妳會嗎？妳會嗎？

看見你哀憐的眼睛，我的胃馬上便絞痛起來，我也輕輕的在對自己哀求——不要再痛了，不要再痛了，難道痛得還沒有盡頭嗎？

明日，是一個不能逃避的東西，我沒有退路。

我不能回答你眼裏的問題，我只知道，我胃痛，我便捂住自己的胃，不說一句話，因為這個痛是真真實實的。

多少次，你說，雖然我是意氣飛揚，滿含自信若有所思的仰著頭，臉上蕩著笑，可是，燈光下，我的眼睛藏不住秘密，我的眸子裏，閃爍的只是滿滿的倔強的眼淚，還有，那一個海也似的情深的故事。

你說，Echo，妳會一個人過日子嗎？我想反問你，你聽說過有誰，在這世界上，不是孤獨的生，不是孤獨的死？有誰？請你告訴我。

你也說，不要忘了寫信來，細細的告訴我，妳的日子是怎麼的在度過，因為有人在掛念妳。

我愛的朋友，不必寫信，現在就可以告訴你，我是走了，回到我的家裏去，在那兒，有海，有空茫的天，還有那永遠吹拂著大風的哀愁海灘。

家的後面，是一片無人的田野，左鄰右舍，也只有在度假的時候才會出現，這個地方，可以走兩小時不見人跡，而海鷗的叫聲卻是總也不斷。

我的日子會怎麼過？

我會一樣的洗衣服，擦地，管我的盆景，鋪我的床。偶爾，我會去小鎮上，在買東西的時候，跟人說說話，去郵局信箱裏，盼一封你的來信。

也可能，在天氣晴朗，而又心境安穩的時候，我會坐飛機，去那個最後之島，買一把鮮花，在荷西長眠的地方坐一個靜靜的黃昏。

再也沒有鬼哭神號的事情了，最壞的已經來過了，再也沒有什麼。我只是有時會胃痛，會在一個人吃飯的時候，有些食不下嚥。

也曾對你說過，暮色來時，我會仔細的鎖好門窗，也不再在白日將自己打扮得花枝招展，因為我很明白，昨日的風情，只會增加自己今日的不安全，那麼，我的長裙，便留在箱子裏吧。

又說過，要養一隻大狼狗，買一把獵槍，要是有誰，不得我的允許敢跨入我的花園一步，那麼我要他死在我的槍下。

說出這句話來，你震驚了，你心疼了，你方才知道，Echo 的明日不是好玩的，你說，Echo，妳還是回來，我一直是要妳回來的。

我的朋友，我想再問你一句已經問過的話，有誰，在這個世界上不是孤獨的生，不是孤獨的死？

青春結伴，我已有過，是感恩，是滿足，沒有遺憾。

再說，夜來了，我拉上窗簾，將自己鎖在屋內，是安全的，不再出去看黑夜裏滿天的繁星了，因為我知道，在任何一個星座上，都找不到我心裏呼叫的名字。

我開了溫暖的落地燈，坐在我的大搖椅裏，靠在軟軟的紅色墊子上，這兒是我的家，一向是我的家，我坐下，擦擦我的口琴，然後，試幾個音，然後，在那一屋的寂靜裏，我依舊吹著那首最愛的歌曲——〈甜蜜的家庭〉。

雲在青山月在天。

從香港回來的那個晚上，天文來電話告別，說是她要走了，算一算等我再要真走的日期，發覺是很難再見一面了。

其實見不見面哪有真的那麼重要，連荷西都能不見，而我尚且活著，於別人我又會有什麼心腸。

天文問得奇怪：「三毛，妳可是有心沒有？」

我倒是答妳一句：「雲在青山月在天。」妳可是懂了還是不懂呢？

我的心嗎？去問老天爺好了。不要來問我，這豈是我能明白的。

前幾天深夜裏，坐在書桌前在信紙上亂塗，發覺筆下竟然寫出這樣的句子：

「我很方便就可以用這一支筆把那個叫做三毛的女人殺掉，因為已經厭死了她，給她安排死在座談會上好了，『因為那裏人多』——她說著說著，突然倒了下去，麥克風嘭的撞到了地上，發出一陣巨響，接著一切都寂靜了，那個三毛，動也不動的死了。大家看見這一幕先是呆掉了，等到發覺她是真的死了時，鎂光燈才拚命無情的閃亮起來。有人開始鼓掌，覺得三毛死對了地方，『因為恰好給他們看得清清楚楚』，她又一向誠實，連死也不假裝——」

看著看著自己先就怕了起來，要殺三毛有多方便，只要動動原子筆，她就死在自己面前。

那個老說真話的三毛的確是太真了，真到句句難以下筆，現在天馬行空，反是自由自在了，是該殺死她的，還可以想一百種不同的方式。

有一天時間已經晚了，急著出門，電話卻是一個又一個的來纏，這時候，我突然笑了，也不理對方是誰，就喊了起來：「告訴你一件事情，你要找的三毛已經死啦！真的，昨天晚上死掉的，倒下去時還拖斷了書桌檯燈的電線呢！」

有時真想發發瘋，做出一些驚死自己的事情來，譬如說最喜歡在忍不住別人死纏的電話裏，罵他一句「見你的鬼！」如果對方嚇住了，不知彬彬有禮而又平易近人的三毛在說什麼，可以再重複好幾句：「我是說——見你的鬼，見你的鬼！見你的鬼！」

奇怪的是到底有什麼東西在綁住我，就連不見對方臉上表情的電話裏，也只騙過那麼一次人——說是三毛死掉啦。例如想說的那麼一句簡單的話「見你的鬼」便是敢也不敢講。

三毛只是微笑又微笑罷了，看了討厭得令自己又想殺掉她才叫痛快。

許多許多次，在一個半生不熟的宴會上，我被悶得不堪再活，只想發發瘋，便突然說：「大家都來做小孩子好不好，偶爾做做小孩是舒服的事情。」

全桌的人只是看我的黑衣，怪窘的陪笑著，好似在可憐我似的容忍著我的言語。

接著必然有那麼一個誰，會說：「好啊！大家來做小孩子，三毛，妳說要怎麼做？」

這一聽，原來的好興致全都不對勁了，反倒只是禮貌的答一句：「算啦！」

以後我便一直微笑著直到宴會結束。

小孩子要怎麼做就怎麼做好了，問得那麼笨的人一定做不成小孩子。對於這種問題人，真也不知會有誰拿了大棒子在他身後追著喝打，打得累死也不會有什麼用的，省省氣力對他笑笑也夠了，不必拈花。

原先上面的稿子是答應了謝材俊的，後來決定要去峇里島，就硬是賴了過去：「沒辦法，要去就是要去，那個地方這次不去可能死也不會去了，再說又不是一個人去，荷西的靈魂也是同去的。」

賴稿拖上荷西去擋也是不講理，誰來用這種理由疼惜妳真是天曉得，別人早已忘了，妳的心裏仍是冰天雪地，還提這個人的名字自己討不討人嫌？

三三們[2]倒是給我賴了，沒有一句話，只因為他們不要我活得太艱難。

今天一直想再續前面的稿子，發覺又不想再寫那些了，便是隨手改了下來，如果連他們也不給人自由，那麼我便不寫也罷。寫文章難道不懂章法嗎，我只是想透一口氣而已，做一次自由自在的人而不做三毛了。

跟三三幾次來往，最怕的倒不是朱老師，怕的卻是馬三哥，明明自己比他大，看了他卻老是想低頭，討厭他給人的這份壓迫感。

那天看他一聲不響的在搬書，獨個兒出出進進，我便逃到後院去找桃花，還故意問著：

2. 意指文藝雜誌《三三集刊》的同仁們。

「咦，結什麼果子呀！什麼時候給人採了吃呀！」

當然沒有忘了是馬三哥一個人在做事，我只是看不見，來個不理不睬——你去苦好喔！我看花還更自在呢。

等到馬三哥一個人先吃飯要趕著出門，我又湊上桌，撈他盤裏最大的蝦子吃，唏哩嘩啦只不過是想吵鬧，哪裏真是為吃呢。

跟三三，就是不肯講什麼大道理，去了放鬆心情，淨挑不合禮數的事情做，只想給他們鬧得個披頭散髮，胡說八道，才肯覺得親近，也不管自己這份真性情要叫別人怎麼來反應才好。

在三三，說什麼都是適當，又什麼都是不當，我哪裏肯在他們裏面想得那麼清楚，在這兒，一切隨初心，初心便是正覺，不愛說人生大道理便是不說嘛！

要是有一天連三三人也跟我一本正經起來，那我便是不去也罷，一本正經的地方隨處都是，又何必再加一個景美。

畢竟對那個地方，那些人，是有一份信賴的，不然也不會要哭便哭得個天崩地裂，要笑也給它笑得個雲開月出，一切平常心，一切自然心。

跟三三，我是隨緣，我不化緣。

其實叫三三就像沒在叫誰，是不習慣叫什麼整體的，我只認人的名字，一張一張臉分別在眼前掠過，不然想一個群體便沒什麼意思了。

天文說三毛於三三有若大觀園中的妙玉，初聽她那麼說，倒沒想到妙玉的茶杯是只分給誰用的，也沒想她是不是檻外人，只是一下便跳接到妙玉的結局是被強盜擄去不知所終的——粗暴而殘忍的下場，這倒是像我呢。

再回過來談馬三哥，但顧不看見你才叫開心，碰到馬三哥總覺得他要人向他交代些什麼，雖然他待我一向最是和氣，可是我是欠了馬三哥什麼，見了便是不自在呢。就如寶玉怕去外書房那一樣的心情。

剛剛原是又寫完了另一篇要交稿，馬三哥說：「妳的草稿既然有兩份不同的，不如都寫出來了更好。」

我說：「兩篇完全不同的，一篇要殺三毛，另一篇是寫三三。」

他又說兩篇都好，我這一混，就寫了這第三篇，將一二都混在一起寫，這份「放筆」也是只敢對三三任一次性。奇怪的是，不是材俊在編這一期的集刊嗎？怎麼電話裏倒被馬三哥給迫了稿，材俊我便是不怕他，見面就賴皮得很。

幾次對三三人說，你們是散了的好，散了才是聚了，不散不知聚，聚多了反把「不散的聚」弄得不明白了，說是說得那麼清楚，有一次匆匆跑去景美，見不到人，心中又不是滋味，好似白去了似的有些悵然。

到底跟荷西是永遠的聚了還是永遠的散了，自己還是迷糊，還是一問便淚出，這兩個字的真真假假自己就頭一個沒弄清楚過，又跟人家去亂說什麼呢？

那次在泰國海灘上被汽艇一拖，猛然像放風箏似的給送上了青天，身後紮著降落傘，漲滿了風，倒像是一面彩色的帆，這一飛飛到了海上，心中的淚滴得出血似的痛。死了之後，靈魂大概就是這種在飛的感覺吧？荷西，你看我也來了，我們一起再飛。

回憶到飛的時候，又好似獨獨看見三三裏的阿丁也飛了上來，他平平的張開雙手，也是被一把美麗的降落傘托著，阿丁向我迎面飛過來，我抓不住他，卻是興奮的在大喊：「喂，來接一掌啊！」

可是風是那麼的緊，天空是那樣的無邊無涯，我們只來得及交換一個眼神，便飛掠過了，再也找不到阿丁的影子，他早已飛到那一個粉紅色的天空裏去了。

我又飛了一會兒，突然看見阿丁又飛回來了，就在我旁邊跟著，還做勢要撲上來跟我交掌，這一急我叫了起來：「別亂闖，當心繩子纏住了大家一起掉下去！」

這一嚷阿丁閃了一下，又不見了，倒是嚇出我一身汗來。

畢竟人是必須各自飛行的，交掌都不能夠，彼此能看一眼已是一霎又已是千年了。

最是怕提筆，筆下一斟酌，什麼大道理都有了伏筆，什麼也都成了放在格子裏的東西。

天女散花時從不將花撒成「壽」字形，她只是東一朵、西一朵的擲，凡塵便是落花如雨，如我，就拾到過無數朵呢。

飛鴻雪泥，不過留下的是一些爪印，而我，是不常在雪泥裏休息的，我所飛過的天空並沒有留下痕跡。

這一次給三三寫東西，認真是太放鬆了自己，馬三哥說隨我怎麼寫，這是他怕我不肯寫哄我的方法，結果我便真真成了一枝無心柳，插也不必插了，順手沾了些清水向你們灑過幾滴，接得接不著這些水露便不是我的事情了。

歸。

親愛的雙親：

雖然旅行可以逃避一時，可是要來的仍是躲也躲不掉，回到迦納利群島已有一星期了。

在馬德里時曾打電話給你們，因為婆婆不放心我用電話，所以是在姐姐家打的。請你們付電話費實是沒有辦法，婆家人怕我不付錢，所以不肯我打，只有請台北付款他們較安心。

電話中與毛毛及素珍說了很久的話，雖然你們不在家，可是也是安慰的，毛毛說台北一切都好，我亦放心些了。

抵達此地已是夜間，甘蒂和她的丈夫孩子都在，另外郵局局長夫婦也來了，就如幾個月前我們回台時同樣的那群朋友在接我。

因是在夜裏，甘蒂堅持將我的衣箱搬到她家，不肯我獨自回去。雖說如此，看見隔牆月光下自己房頂的紅瓦，還是哽咽不能言語，情緒激動胃也絞痛起來，郵局局長便拉了我去他們家彈電風琴給我聽，在他們的大玻璃窗邊仍是不斷的張望我那久別了的白屋。又開了香檳歡迎我的歸來，一舉杯，眼淚便狂瀉下來，這麼一搞只得下樓去打乒乓球，朋友們已是盡情盡意的在幫助我度過這最艱難的一刻，不好再不合作。吵吵鬧鬧已是深夜，當晚便睡在他們家，白天回自己的房子總是光明些。

清晨，克里斯多巴還在睡，我留下條子便回家去了。雖說家中幾個月沒人居住已是灰天灰地，可是鄰居知道我要回來，院子已掃過了，外面的玻璃也替我清洗了，要打掃的只是房子裏面。

旅途中不斷的有家書寄回去，瑞士、義大利、奧國及西班牙都有信寄出，不知你們是否已收到，掛念得很。

經過一個星期的打掃，家又變得清潔而美麗。院中的草也割了，樹長大了，野鳥仍在屋簷下築巢，去年種的香菜也長了一大叢，甘蒂他們週末來時總是進來採的。花也開了幾朵，聖誕紅是枯死了。

回來第二天郵局開車拖下來一個大布口袋的信件，因我實在搬不動，所以他們送到家中來，大半是這幾個月積下來的，難得鎮上的朋友那麼照顧和幫忙。

拆信拆了一個下午，回信是不可能的，因為不可能，太多太多了。

這幾日已去法院申報遺產分割之事，因荷西沒有遺囑，公婆法律上當得的部分並不是我們私下同意便成立，必須強迫去法院。法院說如果公婆放棄繼承權，那麼手續便快得多。事情已很清楚，便是這幢小房子也不再是我的，公婆再三叮嚀要快快弄清，所以一來就開始申請文件，光是證明文件約要二十多張，尚得由西班牙南部公婆出生的地方開始辦理，已託故鄉的舅舅在申請。我個人的文件更是困難，因西屬撒哈拉已不存在，文件證明不知要去哪裏摸索。想到這些緩慢的公文旅行，真是不想活了。

答應姆媽三五月內回台是不可能的事情，如說完全將此地的一切都丟掉不管亦是太孩子氣，只有一步一步的來熬吧。

電話也去申請了，說是兩個月之後便給裝。過了那麼多年沒有電話的日子，回想起來仍是非常幸福，現在為了一己的安全而被迫改變生活的形態是無奈而感傷，不過我仍然可以不告訴外人電話號碼，只打出去不給人打進來。

這幾天來一直在對神說話，請求祂給我勇氣和智慧，幫我度過這最艱難的時刻。我想智慧是最重要的，求得渴切的也是這個。

夜裏常常驚醒，不知身在何處，等到想清楚是躲在黑暗裏，完全孤獨的一個人，而荷西是死了，明明是自己葬下他的，實在是死了，我的心便狂跳起來，跳得好似也將死去一般的慌亂。開燈坐起來看書，卻又聽見海潮與夜的聲音，這麼一來便是失眠到天亮無法再睡。

每天早晨大半是在法院、警察局、市政府、社會福利局和房地產登記處這種地方弄文件，下午兩點左右回海邊，傍晚總有朋友們來探望我，不然便是在院子裏除草，等到體力消耗得差不多了，夜間方才睡下，只要半夜不驚醒，日子總是好過些的。午夜夢迴不只是文人筆下的形容，那種感覺真是嘗怕了又挽回不了任何事情。

此地朋友仍是嫌太多，從來沒有刻意去交朋友，可是他們不分國籍的來探望我，說的話雖是情真意切，而我卻沒有什麼感覺，觸不到心的深處，反而覺得很累，只是人家老遠的跑來也是一番愛心誠意，不能拒人千里之外，總是心存感激的。

旅途中，寫的家信曾經一再的說，要離開此地另尋新的生活，可是回到了西班牙，一說西班牙話，我的想法又有了改變，太愛這個國家，也愛迦納利群島。雖說中國是血脈，西班牙是愛情，而非洲，在過去的六年來已是我的根，又要去什麼地方找新的生活呢？

這兒有我深愛的海洋，有荒野，有大風，撒哈拉就在對岸，荷西的墳在鄰島，小鎮已是熟悉，大城五光十色，家裏滿滿的書籍和盆景，雖是一個人，其實它仍是我的家。

台北是太好的地方，可是我的性情，熱鬧一時是可以應付下來，長久人來人往總是覺得身心皆疲，那麼多的朋友親人在台北疼我，不是寵壞了我嗎？雖然知道自己是永遠也寵不壞的，可是在台北那樣的滾滾紅塵裏過日子總是太複雜了，目前最需要的還是恢復一個單純而清朗的日子，荷西在過去六年來教給我的純淨是不該失去的。

爹爹，姆媽，我一時裏不回到台北，對做父母的來說自是難過牽掛，其實人生的聚散本來在乎一念之間，不要說是活著分離，其實連死也不能隔絕彼此的愛，死只是進入另一層次的生命，如果這麼想，聚散無常也是自然的現象，實在不需太過悲傷。

請相信上天的旨意，發生在這世界上的事情沒有一樣是出於偶然，終有一天這一切都會有一個解釋。幾個月來，思想得很多，對於生死之謎也大致有了答案，這一切都蘊藏著因果緣分，更何況，只要知道荷西在那個世界安好，我便坦然感恩，一樣可以繼續的愛他如同生前一樣。

我們來到這個生命和軀體裏必然是有使命的，越是艱難的事情便越當去超越它，命運並不是個荒謬的玩笑，雖然有一度確是那麼想過。

偏偏喜歡再一度投入生命，看看生的韌力有多麼的強大而深奧。當然，這一切的堅強不是出於我自己，而是上天賦予我們的能力，如果不好好的去善用它不是可惜了這一番美意。

姆媽的來信是前天收到的。姆媽，請妳信任我，絕對不要以為我在受苦，個人的遭遇、命運的多舛都使我被迫成熟，這一切的代價都當是日後活下去的力量。再說，世上有那麼多的苦難，我的這些挫折又算得了什麼呢？至於心中的落落寡歡，那已是沒有辦法的創傷，也不去多想它了。

健康情形非常好，甘蒂他們週末總是來的，昨天在他們家吃飯，過幾日甘蒂教書的那一班小學生要我去講話，我想還是去上一課，有時甘蒂身體不適也講好了由我去代課。

許多你們去年在此認識的朋友來看我，尼柯拉斯下月與凱蒂回瑞士去結婚。記不記得，就是我有一篇文章中寫的，坐輪椅而太太生肝病去世的那個先生，他又要結婚了，約我同去參加婚禮，我才從瑞士回來實是不打算再去了。

還有許許多多朋友來看我，也講不清楚，怎麼有那麼多人不怕煩的來，實是不明白。

現在再次展讀姆媽的來信，使我又一度淚出。姆媽，我的牽掛是因為你們對我的牽掛而來，其實每一個孩子都有自己的福分，你們的四個孩子中看上去只有我一個好似孑然一身，舉目無親，可是只要我本身不覺得辛酸，便不需對我同情，當然在你們的心中不會是同樣的想法，因為我是來自你們的骨肉，不疼惜我也辦不到。

如說我的心從此已沒有創傷和苦痛，那便是說謊了，可是這並不代表我失去了生活的能力和信心，而今孩子是站在自己的腳上。爹爹、姆媽，實在不知如何安慰你們，如果這樣說仍是不能使你們安心，那麼我變賣一切回台也是肯的，只是在台又要被人視為三毛，實在是很厭煩的事情。

說了那麼多道理，筆下也呆笨起來了，還是不再寫這些了。

前天中午因為去南部的高速公路建好了，臨時一高興便去跑了一百多公里，車子性能好，路面絲一樣的平滑，遠山在陽光下居然是藍紫色的，駕駛盤穩穩的握在手裏，那樣快速的飛馳真是無與倫比的美好，心中酸甜苦辣什麼滋味都摻在一起，真恨不得那樣開到老死，雖是一個人，可是仍是好的。

也泡了鹹蛋，不太會做，是此次在維也納曼嫂教我的。這種東西吃起來最方便，只是不知要多久才能鹹。

這個家照樣有許多事做，仍然充滿著過去的溫馨和歡樂的回憶，荷西的感覺一日強大一日，想起他仍是幸福的。

我仍是個富足的人。

甘蒂有一條新狗，平日叫我餵牠，週末他們來了才自己餵。甘蒂說，我吃剩的食物便給狗吃，狗那麼大一條，當然是以牠為主，平日煮了一大鍋通心粉加碎肉，與狗一同吃。台北的山珍海味卻是不想念，能吃飽已很滿足了，再說一個人吃飯實在不是滋味。

海灘風很大，有海鷗在哀鳴，去了兩次海邊散步，沒有見到一個鄰居。海是那麼的雄壯而美麗，對它，沒有怨也沒有恨，一樣的愛之入骨。

附近的番茄田也收穫了，籬笆拆掉了，青椒也收成了，田主讓我們去採剩下的果實，只因我一個人吃不了，便沒有去。往日總是跟荷西在田裏一袋一袋的拾，做成番茄醬吃上半年也吃不完。洛麗，那個電信局送電報彼得的太太倒是給我送來一袋大青椒。這時候的黃昏大家都在田裏玩。

你們認識的路易斯，去年在他們家喝茶的那個智利朋友，一直要我去看他的律師，叫我跟保險公司打官司。其實我是打定主意不去為這筆人壽保險爭公理，雖然公司不賠償是不合理的，可是為了這筆也不會富也不會窮的金錢一再的上法院實是不智，因為付出的精神代價必然比獲得的金錢多太多：再說要我一再的述說荷西出事的經過仍是太殘忍。讓快樂的回憶留住，最最驚駭傷痛的應該不再去想它，錢固然是重要，可是這種錢尚要去爭便不要也罷。

下月初乘機去拉芭瑪島，明知那兒只是荷西的軀體，他並不在那兒，可是不忍墳地荒蕪，還是去整理一下才好安心。去了住拉蒙那位你們認識的醫生家，約兩三天便回來。

去年海中找到荷西屍體的男人沒有留下地址，只知住在島的北部。這事我一直耿耿於懷，此次去想去他的鄉村打聽，是要跪下謝他的。另外想打一條金鍊條給他，也是我的一點心意，這種恩情一生無法回報，希望能找到此人才好。

知道家人不喜寫信卻愛收信，十三年來家信沒有斷過，以後一樣每週一封。爹爹，姆媽，你們忙，只要寫幾個字來給我看看便安心了，不必費時給我長信。

離此才幾個月，洛麗在等第二個小孩的出生，三個朋友死了，尼柯拉斯下月再婚，孀居的甘蒂的弟婦也已再婚兩個月了，達尼埃在瑞士斷了腿，海蒂全家已回美國去，胖太太的房子賣了，另一對朋友分居，瑞典朋友梅爾已去非洲大陸長住，拉斯剛從泰國回來，瓊卻搬去了新加坡。世界真是美麗，變化無常，有歡喜有悲哀，有笑有淚，而我也是這其中的一個，這份投入有多麼的好。

中國雖在千山萬水之外，可是我們共的是同樣的星辰和月亮，爹爹，姆媽，非洲實在並不遠啊。

謝謝姐姐、寶寶、毛毛在父母身邊，替我盡了一份子女的孝心，更謝謝弟妹春霞和素珍這樣的好媳婦。想到我們一團和氣的大家庭，仍是有些淚溼。多麼的想念你們，還有那輛裝得下全家大小快十五人的中型汽車，還有往淡水的路，全家深夜去碧潭划船的月夜……

可是我暫時是不回來了，留在這個荒美的海邊必然有我的理由和依戀，安靜的日子也是美麗的。等到有一天覺得不想再孤獨了，便是離開吧。

等你們的來信。請全家人為我珍重，在我的心裏，你們仍是我的泉源和力量啊。

祝

安康

女兒Echo上

六月三日一九八〇年

夢裏夢外。

——迷航之二

我不很明白，為什麼特別是在現在，在窗簾已經垂下，而門已緊緊閂好的深夜，會想再去記述一個已經逝去的夢。

也問過自己，此刻海潮迴響，樹枝拍窗，大風淒厲颳過天空，遠處野狗嗥月，屋內鐘聲滴答。這些，又一些夜的聲音應該是睡眠中的事情，而我，為什麼卻這樣的清醒著在聆聽，在等待著一些白日不會來的什麼。

便是在這微寒的夜，我又披著那件老披肩，怔怔的坐在搖椅上，對著一盞孤燈出神。便是又想起那個夢來了，而我醒著，醒在漆黑的夜裏。

這不是唯一糾纏了我好多年的夢，可是我想寫下來的，在今夜卻只有這一個呢。

我彷彿又突然置身在那座空曠的大廈裏，我一在那兒，驚惶的感覺便無可名狀的淹了上來，沒有什麼東西要害我，可是那無邊無際的懼怕，卻是滲透到皮膚裏，幾乎徹骨。

我並不是一個人，四周圍著我的是一群影子似的親人，知道他們愛我，我卻仍是說不出的不安，我感覺到他們，可是看不清誰是誰，其中沒有荷西，因為沒有他在的感覺。

好似不能與四周的人交談，我們沒有語言，我們只是彼此緊靠著，等著那最後的一刻。

我知道，是要送我走，我們在無名的恐懼裏等著別離。

我抬頭看，看見半空中懸空掛著一個擴音器，我看見它，便有另一個思想像密碼似的傳遞過來——妳要上路了。

我懂了，可是沒有聽見聲音，一切都是完全安靜的，這份死寂更使我驚惶。

沒有人推我，我卻被一股巨大的力量迫著向前走。

——前面是空的。

我怕極了，不能叫喊，步子停不下來，可是每一步踩都是空的！

我拚命向四周張望著，尋找繞著我的親人。發覺他們卻是如影子似的向後退，飄著在遠離，慢慢的飄著。

那時我更張惶失措了，我一直在問著那巨大無比的「空」——我的箱子呢，我的機票呢，我的錢呢？要去什麼地方，要去什麼地方嘛！

親人已經遠了，他們的臉是平平的一片，沒有五官，一片片白濛濛的臉。

有聲音悄悄的對我說，不是聲音，又是一陣密碼似的思想傳過來——走的只有妳。

還是管不住自己的步伐，覺著冷，空氣稀薄起來了，濛濛的濃霧也來了，我喊不出來，可是我是在無聲的喊——不要！不要！

然後霧消失不見了，我突然面對著一個銀灰色的通道，通道的盡頭，是一個弧形的洞，總是弧形的。

我被吸了進去。

接著，我發覺自己孤零零的在一個火車站的門口，一眨眼，我已進去了，站在月台上，那兒掛著明顯的阿拉伯字——六號。

那是一個歐洲式的老車站，完全陌生的。

四周有鐵軌，隔著我的月台，又有月台，火車在進站，有人上車下車。

在我的身邊，是三個穿著草綠色制服的兵，肩上綴著長長的小紅牌子。其中有一個在抽煙，我一看他們，他們便停止了交談，專注的望著我，彼此靜靜的對峙著。

又是覺著冷，沒有行李，不知要去哪裏，也不知置身何處。

視線裏是個熱鬧的車站，可是總也聽不見聲音。

又是那股抑鬱的力量壓了上來，要我上車去，我非常怕，順從的踏上了停著的列車，一點也不敢掙扎。

——時候到了，要送人走。

我又驚駭的從高處看見自己，掛在火車踏板的把手上，穿著一件白衣服，藍長褲，頭髮亂飛著，好似在找什麼人。我甚而與另一個自己對望著，看進了自己的眼睛裏去。

接著我又跌回到軀體裏，那時，火車也慢慢的開動了。

我看見一個紅衣女子向我跑過來，她一直向我揮手，我看到了她，便突然叫了起來——救命！救命！

已是喊得聲嘶力竭了，她卻像是聽不見似的，只是笑吟吟的站住了，一任火車將我載走。

「天啊！」我急得要哭了出來，仍是期望這個沒有見過的女子能救我。

這時，她卻清清楚楚的對我講了一句中文。

她聽不見我，我卻清晰的聽見了她，講的是中文。整個情景中，只聽見過她清脆的聲音，明明是中文的，而我的日常生活中是不用中文的啊！

風吹得緊了，我飄浮起來，我緊緊的抱住車廂外的扶手，玻璃窗裏望去，那三個兵指著我在笑。

他們臉上笑得那麼厲害，可是又聽不見聲音。

接著我被快速的帶進了一個幽暗的隧道，我還掛在車廂外飄著，我便醒了過來。

是的，我記得第一次這個噩夢來的時候，我尚在丹娜麗芙島，醒來我躺在黑暗中，在徹骨的空虛及恐懼裏汗出如雨。

以後這個夢便常常回來，它常來叫我去看那個弧形的銀灰色的洞，常來逼我上火車，走的時候，總是同樣的紅衣女子在含笑揮手。

夢，不停的來糾纏著我，好似怕我忘了它一般的不放心。

去年，我在拉芭瑪島，這個夢來得更緊急，交雜著其他更兇惡的信息。

夜復一夜，我跌落在同樣的夢裏不得脫身。在同時，又有其他的碎片的夢擠了進來。

有一次，夢告訴我：要送我兩副棺材。

我知道，要有大禍臨頭了。

然後，一個陽光普照的秋日，荷西突然一去不返。

我們死了，不是在夢中。

我的朋友，在夜這麼黑，風如此緊的深夜，我為什麼對你說起上面的事情來呢？我但願你永遠也不知道，一顆心被劇烈的悲苦所蹂躪時是什麼樣的情形，也但願天下人永遠不要懂得，血雨似的淚水又是什麼樣的滋味。

我為什麼又提起這些事情了呢，還是讓我換一個題材，告訴你我的旅行吧。

是的，我結果是回到了我的故鄉去，夢走了，我回台灣。

春天，我去了東南亞，香港，又繞回到台灣。

然後，有一天，時間到了，我在桃園機場，再度離開家人，開始另一段長長的旅程。

快要登機的時候，父親不放心的又叮嚀了我一句：確定自己帶的現款沒有超過規定嗎？妳的錢太雜了，又是馬克，又是西幣，又是美金和港紙。

我坐在親人圍繞的椅子上開始再數一遍我的錢，然後將它們捲成一捲，胡亂塞在裙子口袋裏去。

就在那個時候，似曾相識的感覺突然如同潮水似的滲了上來，悄悄的帶我回到了那個夢魘裏去。有什麼東西，細細涼涼的爬上了我的皮膚。

我開始怕了起來，不敢多看父母一眼，我很快的進了出境室，甚而沒有回頭。我怕看見親人面貌模糊，因為我已被夢捉了過去，是真真實實的踏進夢裏去了。夢裏他們的臉沒有五官。

我進去了，在裏面的候機室裏喝著檸檬茶，我又清醒了，什麼也不再感覺。

然後長長的通道來了，然後別人都放了手。只有我一個人在大步的走著，只有我一個人，因為別人是不走的——只有妳，只有妳，只有妳……

我的朋友，不要覺得奇怪，那只是一霎的感覺，一霎間夢與現實的聯想而引起的回憶而已，哪有什麼夢境成真的事情呢？

過了幾天，我在香港上機，飛過昆明的上空，飛過千山萬水，迎著朝陽，瑞士在等著我，正如我去時一樣。

日內瓦是法語區，洛桑也是。

以往我總是走蘇黎世那一站，同樣的國家，因為它是德語區，在心理上便很不同了。

常常一個人旅行，這次卻是不同，有人接，有人送，一直被照顧得周全。

我的女友熟練的開著車子，從機場載著我向洛桑的城內開去。

當洛桑火車站在黎明微寒的陽光下，出現在我眼前時，我卻是迷惑得幾乎連驚駭也不會了——這個地方我來過的，那個夢中的車站啊！

我怎麼了，是不是死了？不然為什麼這個車站跑了出來，我必是死了的吧！

我悄悄的環視著車中的人，女友談笑風生，對著街景指指點點。

我又回頭去看車站，它沒有消失，仍是在那兒站著。

那麼我不是做夢了，我摸摸椅墊，冷冷滑滑的，開著車窗，空氣中有寧靜的花香飄進來，這不是在夢中。

我幾幾乎忍不住想問問女友，是不是，是不是洛桑車站的六號月台由大門進去，下樓梯，左轉經過通道，再左轉上樓梯，便是那兒？是不是入口處正面有一個小小的書報攤？是不是月台上掛著阿拉伯字？是不是賣票的窗口在右邊，詢問台在左邊？還有一個換錢幣的地方也在那兒，是不是？

我結果什麼也沒有說，到了洛桑郊外女友的家裏，我很快的去躺了下來。

這樣的故事，在長途旅行後跟人講出來，別人一定當我是太累了，快累病了的人才會有的想像吧。

幾天後，我去了義大利。

當我從翡冷翠又回到瑞士洛桑的女友家時，仍是難忘那個車站的事情。

女友告訴我，我們要去車站接幾個朋友時，我遲疑了一下，仍是很矛盾的跟去了。

我要印證一些事情，在我印證之前，其實已很了然了。因為那不是似曾相識的感覺，那個車站，雖然今生第一次醒著進去，可是夢中所見，都得了解釋，是它，不會再有第二個可能了，我真的去了，看了，也完全確定了這件事。

我的朋友，為什麼我說著說著又回到了夢裏去呢？你知道我下一站是維也納，我坐飛機去奧國，行程裏沒有坐火車的安排，那麼你為什麼害怕了呢？你是怕我真的坐上那節火車吧！沒有，我的計畫裏沒有火車呢。

在瑞士法語區，除了我的女友一家之外，我沒有相識的人，可是在德語區，卻有好幾家朋友已有多年的交往了。

對於別的人，我並不想念，住在哀庭根的拉赫一家卻是如同我的親人似的。既然已在瑞士了，總忍不住想與她通一次電話。

電話接通了。歌妮，拉赫十九歲的女兒聽說是我，便尖叫了起來：「快來，媽媽，是

Echo，真的，在洛桑。」

拉赫搶過話筒來，不知又對誰在喚：

「是Echo，回來了，你去聽分機。」

「一定要來住，不讓妳走的，我去接妳。」拉赫在電話中急促的說。

「下一站是去維也納哥哥處呢！不來了，電話裏講講就好囉！」我慢慢的說。

「不行！不看見妳不放心，要來。」她堅持著。

我在這邊沉默不語。

「妳說，什麼時候來，這星期六好嗎？」

「真的只想講講電話，不見面比較好。」

「達尼埃也在這兒，叫他跟妳講。」

我並不知道達尼埃也在拉赫家，他是我們迦納利群島上鄰居的孩子，回瑞士來念書已有兩年了。他現在是歌妮的男朋友。

「喂！小姐姐嘢——」

一句慢吞吞的西班牙文傳過來，我的胃馬上閃電似的絞痛起來了。

「達尼埃——」我幾乎哽咽不能言語。

「來嘛！」他輕輕的說。

「好！」

「不要哭，Echo，我們去接妳，答應了？」

「答應了。」

「德萊沙現在住洛桑，要不要她的電話，妳們見見面。」又問我。

「不要，不想見太多人。」

「大家都想妳，妳來，烏蘇拉和米克爾我去通知，還有希伯爾，都來這兒等妳。」

「不要！真的，達尼埃，體恤我一點，不想見人，不想說話，拜託你！」

「星期六來好不好？再來電話，聽清楚了，我們來接。」

「好！再見！」

「喂！」

「什麼？」

「安德列阿說，先在電話裏擁抱妳，歡迎妳回來。」

「好，我也一樣，跟他說，還有奧托。」

「不能賴哦！一定來的哦！」

「好，再見！」

掛斷了電話，告訴女友一家，我要去哀庭根住幾日。

「妳堂哥不是在維也納等嗎？要不要打電話通知改期？」女友細心的問。

「哥哥根本不知道我要去，台北時太忙太亂了，沒有寫信呢！」

想想也是很荒唐，也只有我做得出這樣的事情。準備自己到了維也納才拉了箱子去哥哥家按鈴呢！十三年未見面，去了也不早安排。

「怎麼去哀庭根？」女友問。

「他們開車來接。」

「一來一回要六小時呢，天氣又不太好。」

「他們自己要來嘛！」我說。

女友沉吟了一下：

「坐火車去好囉！到巴塞爾，他們去那邊接只要十五分鐘。」

「火車嗎？」我慢吞吞的答了一句。

「每個鐘頭都有的，好方便，省得麻煩人家開車。」女友又俐落的說。

「他們要開車來呢！說——好幾年沒來洛桑了，也算一趟遠足。」

——我不要火車。

「火車又快又舒服，去坐嘛！」又是愉快的在勸我。

「也好！」遲遲疑疑的才答了一句。

要別人遠路開車來接，亦是不通人情的，拉赫那邊是體恤我，我也當體恤她才是。再說，那幾天總又下著毛毛小雨。

「這麼樣好了，我星期六坐火車去，上了車妳便打電話過去那邊，叫他們去巴塞爾等我，跟歌妮講，她懂法文。」我說。

——可是我實在不要去上火車，我怕那個夢的重演。

要離開洛桑那日的早晨，我先起床，捧著一杯熱茶，把臉對著杯口，讓熱氣霧騰騰的漫在臉上。

女友下樓來，又像對我說，又似自言自語：「妳！今天就穿這身紅的。」

我突然想起我的夢來，怔怔的望著她出神。

午間四點那班車實在有些匆促，女友替我寄箱子，對我喊著：「快！妳先去，六號月台。」

我知道是那裏，我知道怎麼去，這不過是另外一次上車，重複過太多次的事情了。

我衝上車，丟下小手提袋，又跑到火車踏板邊去，這時我的女友也朝我飛奔而來了。

「妳的行李票！」她一面跑一面遞上票來。這時，火車已緩緩的開動了。

我掛在車廂外，定定的望著那襲灰色車站中鮮明的紅衣——夢中的人，原來是她。

風來了，速度來了，夢也來了。

女友跟著車子跑了幾步，然後站定了，在那兒揮手又揮手。

這時，她突然笑吟吟的喊了一句話：「再見了！要乖乖的呀！」

我就是在等她這句話，一旦她說了出來，仍是驚悸。

心裏一陣哀愁漫了出來，喉間什麼東西升上來卡住了。

難道人間一切悲歡離合，生死興衰，在冥冥中早已有了定數嗎？

這是我的旅程中最後一次聽中文，以後大概不會再說什麼中文了。

我的朋友，你看見我一步一步走入自己的夢中去，你能相信這一切都是真實的嗎？這不過又是一次心靈與心靈的投契和感應，才令我的女友說出夢中對我的叮嚀來。事實上這只是巧合罷了，與那個去年大西洋小島上的夢又有什麼真的關聯呢？

車廂內很安靜，我選的位子靠在右邊單人座，過道左邊坐著一對夫婦模樣的中年人，後面幾排有一個穿風衣的男人閉著眼睛在養神。便再沒有什麼人了。

查票員來了，我順口問他：「請問去巴塞爾要多久？」

「兩小時三十三分。」他用法語回答我。

「我不說法語呢！」我說的卻是一句法語。

「兩小時三十三分。」他仍然固執的再重複了一遍法語。

我拿出唯一帶著的一本中文書來看。火車飛馳，什麼都被拋在身後了。

山河歲月，綿綿的來，匆匆的去。什麼？什麼人在趕路？不會是我。我的路，在去年的夢裏，已被指定是這一條了，我只是順著路在帶著我遠去罷了。

列車停了一站又一站，左邊那對夫婦什麼時候已經不見了。

有人上車，有人下車，好似只有我，是駛向終站唯一的乘客。

身後有幾個人走過來，大聲的說笑著，他們經過我的身邊，突然不笑了，只是盯住我看。

夢幻中的三個兵，正目光灼灼的看著我，草綠色的制服，肩上綴著小紅牌子。

看我眼熟嗎？其實我們早已見過面了。

我對他們微微的笑了一笑，不懷好意的笑著。心裏卻浮上了一種奇異虛空的感覺來。

窗外流過一片陌生的風景，這裏是蜂蜜、牛奶、巧克力糖、花朵還有湖水的故鄉。大地掙扎的景象在這兒是看不見的，我反倒覺得陌生起來。

難道在我的一生裏，熟悉過怎麼樣的風景嗎？沒有，其實什麼也沒有熟悉過，因為在這勞勞塵夢裏，一向行色匆匆。

我怔怔的望著窗外，一任鐵軌將我帶到天邊。洛桑是一個重要的起站，從那兒開始，我已是完完全全的一個人了，茫茫天涯路，便是永遠一個人了。

我是那麼的疲倦，但願永遠睡下去不再醒來。

車廂內又是空寂無人了，我貼在玻璃窗上看雨絲，眼睛睜得大大的，不能休息。

好似有什麼人又在向我傳遞著夢中的密碼，有思想嘆息似的傳進我的心裏，有什麼人在對我悄悄耳語，那麼細微，那麼緩慢的在對我說——苦海無邊……

我聽得那麼真切，再要聽，已沒有聲息了。

「知道了！」

我也在心裏輕輕的回答著，那麼小心翼翼的私語著，好像在交換著一個不是屬於這個塵世的秘密。

懂了，真的懂了。

這一明白過來，結在心中的冰天雪地頓時化作漫天杏花煙雨，寂寂、靜靜、茫茫的落了下來。

然而，春寒依舊料峭啊！

我的淚，什麼時候竟悄悄的流了滿臉。

懂了，也醒了。

醒來，我正坐在夢中的火車上，那節早已踏上了的火車。

不飛的天使。

——迷航之二

往巴塞爾的旅程好似永遠沒有盡頭。火車每停一個小站，我從恍惚的睡夢中驚醒，站上掛著的總是一個陌生的名字。

藏身在這飛馳的巨獸裏使我覺得舒適而安全，但願我的旅程在這單調的節奏裏永遠晃過去直到老死。

對於去拉赫家做客的事情實在是很後悔的，這使我非常不快樂。要是他們家是一座有著樹林圍繞的古堡，每天晚餐時彼此才見一次面，那麼我的情況將會舒坦得多了。

與人相處無論怎麼感情好，如果不是家人的親屬關係，總是使我有些緊張而不自在。

窗外一片朦朧，雨絲橫橫的流散著。我呵著白氣，在玻璃上畫著各樣的圖畫玩。

車子又停了一個小鎮，我幾乎想站起來，從那兒下車，淋著寒冷的雨走出那個地方，然後什麼也不計畫，直走到自己消失。

火車一站又一站的穿過原野，春天的綠，在細雨中竟也顯得如此寂寞。其實還不太晚，還有希望在下一次停車的時候走出去，還來得及丟掉自己，在這個陌生的國度裏做一個永遠逃亡的士兵。

然而，我什麼也沒有做，更別說下車了，這只是一霎間的想法罷了。

我又閉上眼睛，第一次因為心境的淒苦覺得孤單。

當火車駛入巴塞爾車站時，一陣襲上來的抑鬱和沮喪幾乎使我不能舉步，那邊月台上三個正在張望的身影卻開始狂喊著我的名字，沒命的揮著手向我這節車廂奔來。

對的，那是我的朋友們在喚我，那是我的名字，我在人世的記號。他們叫魂似的拉我回來又是為了什麼？

我嘆一口氣，拿起自己的小提包，這便也含笑往他們迎上去。

「哎呀，Echo！」歌妮搶先撲了上來。

我微笑的接過她，倦倦的笑。

在歌妮身後，她的男朋友，我們在迦納利群島鄰居的孩子達尼埃也撐著枴杖一步一跳的趕了上來。

我揉揉達尼埃的那一頭亂髮慢慢的說：「又長高了，都比我高一個頭了。」

說完我踮起腳來在他面頰上親了一下。

這個男孩定定的看著我，突然眼眶一紅，把枴杖往歌妮身上一推，雙手緊緊環住我，什麼也不說，竟是大滴大滴的流下淚來。

「不要哭！」我抱住達尼埃，又親了他一下。

「歌妮！妳來扶他。」我將達尼埃交給在一邊用手帕蒙住眼睛的小姑娘。

這時我自己也有些淚溼，匆匆走向歌妮的哥哥安德列阿，他舉過一隻手來繞住我的肩，低頭親吻我。

「累不累？」輕輕的問。

「累！」我也不看他，只是拿手擦眼睛。

「你怎麼也白白的了？」我敲敲他的左手石膏。

「斷了！最後一次滑雪弄的，肋骨也纏上了呢！」

「你們約好的呀！達尼埃傷腿你就斷手？」

我們四個人都緊張，都想掩飾埋藏在心底深處的驚駭和疼痛，而時間才過去不久，我們沒法裝作習慣。在我們中間，那個親愛的人已經死了。

「走吧！」我打破了沉默笑著喊起來。

我的步子一向跨得大，達尼埃跟歌妮落在後面了，只安德列阿拉提著我的小行李袋跟在我旁邊。

下樓梯時，達尼埃發狠猛跳了幾步，拿起柺杖來敲我的頭：「走慢點，喂！」

「死小孩！」我回過頭去改用西班牙文罵起他來。

這句話脫口而出，往日情懷好似出閘的河水般淹沒了我們，氣氛馬上不再僵硬了，達尼埃又用手杖去打安德列阿的痛手，大家開始神經質的亂笑，推來擠去，一時裏不知為什麼那麼開心，於是我們發了狂，在人群裏沒命的追逐奔跑起來。

我一直衝到安德列阿的小烏龜車旁才住了腳，趴在車蓋上喘氣。

「咦！你們怎麼來的？」我壓著胸口仍是笑個不停。

歌妮不開車，達尼埃還差一年拿執照，安德列阿只有一隻手。

「妳別管，上車好囉！」

「喂！讓我來開！讓我來開嘛！」我披頭散髮的吵，推開安德列阿，硬要擠進駕駛座去。

「妳又不識路。」

「識的！識的！我要開嘛！」

安德列阿將我用力往後座一推，我再要跟他去搶他已經坐在前面了。

「去萊茵河，不要先回家，拜託啦！」我說。

安德列阿後視鏡裏看我一眼，當真把方向盤用力一扭，單手開車的。

「不行！媽媽在等呀！」歌妮叫了起來。

「去嘛！去嘛！我要看萊茵河！」

「又不是沒看過，等幾天再去好囉！」達尼埃說。

「可是我沒有什麼等幾天了，我會死掉的！」我又喊著。

「別發瘋啦！胡說八道的。」達尼埃在前座說。

我拿袖子捂住眼睛，仰在車墊上假裝睡覺，一手將梳子遞給歌妮：「替我梳頭，拜託！」

我覺著歌妮打散了我已經毛開了的粗辮子，細細的在刷我的頭髮。

有一年，達尼埃的母親在迦納利群島死了，我們都在他家裏幫忙照顧他坐輪椅的父親。拉赫全家過幾日也去了群島，我也是躺在沙發上，歌妮在一旁一遍又一遍的替我梳頭，一面壓低了聲音講話。那時候她才幾歲？十六歲？

「有一件事情——」我呻吟了一聲。

「什麼？」

「我們忘了去提我的大箱子了！」說完我格格的笑起來。

「怎麼不早講嘛！」安德列阿喊了起來。

「管它呢！」我說。

「妳先穿我的衣服好囉！明天再去領。」歌妮說。

「丟掉好啦！」我愉快的說。

「丟掉？丟掉？」達尼埃不以為然的叫起來。

「什麼了不起，什麼東西跟你一輩子哦！」說完我又笑了起來。

哀庭根到了，車子穿過如畫的小鎮。一座座爬滿了鮮花的房子極有風味的撲進眼裏。歐洲雖然有些沉悶，可是不能否認的它仍有感人古老的光輝。

我們穿過小鎮又往郊外開去。夕陽晚風裏，一幢瑞士小木屋美夢似的透著黃黃的燈光迎接我們回家。樓下廚房的窗口，一幅紅白小方格的窗簾正在飄上飄下。

這哪裏只是一幢普通人家的房子呢！這是天使住的地方吧！它散發著的寧靜和溫馨使我如此似曾相識，我自己的家，也是這樣的氣氛呢！

我慢慢的下了車，站在那棵老蘋果樹下，又是遲疑，不願舉步。

拉赫，我親愛的朋友，正扶著外樓梯輕快的趕了過來。

「拉赫！」我撥開重重的暮色向她跑去。

「哦！Echo！我真快樂！」拉赫緊緊的抱住我，她的身上有間間的花香。

「拉赫！我很累！我全身什麼地方都累。」

說著我突然哭了起來。

這一路旅行從來沒有在人面前流淚的，為什麼在拉赫的手臂裏突然真情流露，為什麼在她的凝視下使我淚如泉湧？

「好了！好了！回來就好！看見妳就放心了，謝謝上天！」

「行李忘在車站了！」我用袖子擦臉，拉赫連忙把自己抹淚的手帕遞給我。

「行李忘了什麼要緊！來！進來！來把過去幾個月在中國的生活細細的講給我聽！」

我永遠也不能抗拒拉赫那副慈愛又善良的神氣，她看著我的表情是那麼瞭解又那麼悲慟，她清潔樸實的衣著，柔和的語氣，都是安定我的力量，在她的臉上，一種天使般的光輝靜靜的光照著我。

「我原是不要來的！」我說。

「不是來，妳是回家了！如果去年不是妳去了中國，我們也是趕著要去接妳回來同住的。」

拉赫拉著我進屋，拍鬆了沙發上的大靠墊，要我躺下，又給我開了一盞落地燈，然後她去廚房弄茶了。

我置身在這麼溫馨的家庭氣氛裏，四周散落有致的堆著一大疊舒適的暗花椅墊，古老的木家具散發著清潔而又殷實的氣息，雪亮的玻璃窗垂掛著白色荷葉邊的紗簾，綠色的盆景錯落的吊著，餐桌早已放好了，低低的燈光下，一盤素雅的野花夾著未點的蠟燭等我們上桌。靠近我的書架上放著幾個相框，其中有一張是荷西與我的合影，襯著荻伊笛火山的落日，兩個人站在那麼高的岩石上好似要乘風飛去。

我伸手去摸摸那張兩年前的照片，發覺安德列阿正在轉角的橡木樓梯邊托著下巴望著我。

「小姐姐，我的客房給妳睡。」達尼埃早先是住在西班牙的瑞士孩子，跟我講話便是德文和西文夾著來的。

「你在這裏住多久？」我喊過去。

「住到腿好！妳呢？」他又叫過來，是在樓梯邊的客房裏。

「我馬上就走的呢！」

「不可以馬上走的，剛剛來怎麼就計畫走呢！」

拉赫搬著托盤進來說，她嘆了口氣，在我對面坐下來沏茶，有些怔怔的凝望著我。

自己也弄不清楚到底是這家人孩子的朋友還是父母的朋友，我的情感對兩代都那麼真誠而自然，雖然表面上看去我們很不相同，其實在內心的某些特質上我們實是十分相近的。

雖是春寒料峭，可是通陽台的落地窗在夜裏卻是敞開的，冷得很舒服。歌妮在二樓的木陽台上放音樂。

「爸爸回來了！」歌妮喊起來。

本是脫了靴子躺在沙發上的，聽說奧托回來了，便穿著毛襪子往門外走去。

夜色濃了，只聽見我一個人的聲音在樹與樹之間穿梭著：「奧帝，我來了！是我呀！」

我從不喚他奧托，我是順著拉赫的喚法叫他奧帝的。

奧帝匆匆忙忙穿過庭園，黑暗中的步子是那麼穩又那麼重，他的西裝拿在手裏，領帶已經解鬆了。

我開了門燈，跑下石階，投入那個已過中年而依舊風采迷人的奧帝手臂裏去，他棕色的鬍子給人這樣安全的歡愉。

「回來了就好！回來了就好！」奧帝只重複這一句話，好似我一向是住在他家裏的一樣。

拉赫是賢慧而從容的好主婦，美麗的餐桌在她魔術的手法下，這麼豐豐富富的變出來。外面又開始下著小雨，夜卻是如此的溫暖親切。

「唉！」奧帝滿足的嘆了口氣，擦擦兩手，在燈下對我微笑。

「好！Echo來了，達尼埃也在，我們總算齊了。」他舉起酒杯來與我輕輕碰杯。

拉赫有些心不在焉，忡忡的只是望著我出神。

「來！替你切肉。」我拿過與我並肩坐著的安德列阿的盤子來。

「妳就服侍他一個人。」達尼埃在對面說。

「他沒有手拿刀子，你有楞杖走路呢！」

達尼埃仍是羨慕的搖搖他那一頭鬈毛狗似的亂髮。

我們開始吃冰淇淋的時候，安德列阿推開椅子站了起來。

「我去城裏跳舞。」他說。

我們停住等他走，他竟也不走，站在那兒等什麼似的。燈光下看他，實在是一個健康俊美的好孩子。

「你怎麼不走？」歌妮問他，又笑了起來。

「有誰要一起去？」他有些窘迫的說，在他這個年紀這樣開口請人已很難得了。

「我們不去，要說話呢！」我笑著說。

「那我一個人去啦！」他粗聲粗氣的說，又看了我一眼，重重的拉上門走了。

我壓低聲音問拉赫：「安德列阿幾歲了？」

「大囉！今年開始做事了。」

「不搬出去？像一般年輕人的風氣？」

「不肯走呢！」拉赫笑著說。

如果我是這家的孩子，除非去外國，大概也是捨不得離開的吧！

「以前看他們都是小孩子，妳看現在歌妮和達尼埃——」我笑著對拉赫說，那兩個孩子你一口我一口的在分冰淇淋呢！

「再過五年我跟歌妮結婚。」達尼埃大聲說。

「你快快出來賺錢才好，歌妮已經比你快了！」我說。

「孩子們長得快！」拉赫有些感喟，若有所思的凝望著這一對孩子。

「怎麼樣？生個火吧？」奧帝問我們。

其實這個家裏是裝了暖氣的，可是大家仍是要個老壁爐，我住在四季如春的迦納利群島，對這種設備最是歡喜。

對著爐火，我躺在地上，拉赫坐在搖椅裏織著毛線，奧帝伸手來拍拍我，我知道他要講大道理了，一下子不自在起來。

「Echo，過去的已經過去了，不好再痛苦下去。」

被他這麼碰到了痛處，我的眼淚奪眶而出，拿起墊子來壓住臉。

「迦納利群島不該再住了，倒是想問問妳，想不想來瑞士？」

「不想。」

「妳還年輕，那個海邊觸景傷情，一輩子不可以就此埋下去，要有勇氣追求新的生活——」

「明天就走，去維也納。」我輕輕的說。

「箱子還在車站，明天走得了嗎？」

「火車站領出來就去飛機場。」

「票劃了沒有？」

我搖搖頭。

「不要急，今天先睡覺，休息幾天再計畫好了。」拉赫說。

「希伯爾還要來看妳呢！」達尼埃趕快說。

「誰叫你告訴他的？」我嘆了口氣。

「我什麼?烏蘇拉、米克爾、凱蒂和阿爾瑪他們全都沒說呢！」達尼埃冤枉的叫了起來。

「誰也不想見，我死了！」我拿墊子又蒙住臉。

「Echo，要是妳知道，去年這兒多少朋友為你們痛哭，妳就不會躲著不肯見他們了。」拉赫說著便又拿手帕擦眼角。

「拉赫，我這裏死了，這裏，妳看不見嗎？」我敲敲胸口又嘆了口氣，眼淚不乾的流個不停。

「要不要喝杯酒？嗯！陪奧帝喝一杯白蘭地。」奧帝慈愛的對我舉舉杯子。

「不了！我去洗碗！」我站起來往廚房走去。

這是一個愉快又清潔的臥房，達尼埃去客廳架了另外一個小床，別人都上樓去了。

我穿著睡袍，趴在臥室的大窗口，月光靜靜的照著後院的小樹林，枝枒細細的映著朦朦的月亮，遠天幾顆寒星，夜是那麼的寂靜，一股幽香不知什麼風將它吹了進來。

我躺在雪白的床單和軟軟的鴨絨被裏，彷彿在一個照著月光的愁人的海上飄進了夢的世界。

「小姐姐！」有人推開房門輕輕的喊我。

「誰？」

「達尼埃！已經早晨九點了。」

我不理他，翻過身去再睡。

「起來嘛！我們帶妳去法國。」

我用枕頭蒙住了頭，仍是不肯動。如果可以一直如此沉睡下去又有多好，帶我回到昨夜的夢裏不要再回來吧！

我閉著眼睛，好似又聽見有人在輕喚我，在全世界都已酣睡的夜裏，有人溫柔的對我低語：「不要哭，我的，我的，我的——撒哈拉之心。」

世上只有過這麼一個親人，曾經這樣捧住我的臉，看進我的眼睛，嘆息似的一遍又一遍這樣輕喚過我，那是我們的秘密，我們的私語，那是我在世上唯一的名字——撒哈拉之心。

那麼是他來過了？是他來了？夜半無人的時候，他來看我？在夢與夢的夾縫裏，我們仍然相依為命，我們依舊悄悄的通著信息。

——不要哭，我的心。

我沒有哭，我很歡喜，因為你又來了。

我只是在靜靜的等待，等到天起涼風，日影飛去的時候，你答應過，你將轉回來，帶我同去。

拉赫趴在窗台上看了我好一會兒我都不覺得。

「做什麼低低的垂著頭？不睡了便起來吧！」她甜蜜的聲音清脆的吹了過來。

我望著她微笑，伸著懶腰，窗外正是風和日麗明媚如洗的五月早晨。

我們去火車站領出了行李便往飛機場開去。

「現在只是去劃票，妳是不快走的囉！」歌妮不放心的說。

「等我手好了帶妳去騎摩托車。」安德列阿說。

「就為了坐車，等到你骨頭結起來呀！」我驚嘆的笑起來。

「這次不許很快走。」達尼埃也不放心了。

在機場瑞航的櫃檯上，我支開了三個孩子去買明信片，劃定了第二天直飛維也納的班機。

那時我突然想起三歲時候看過的一部電影——《一江春水向東流》，片中的母親叫孩子去買大餅，孩子回來母親已經跳江了。

為什麼會有如此的聯想呢？

我收起機票對迎面走來的安德列阿他們笑。

「喂喂！我們去法國吧！」我喊。

「車頂上的大箱子怎麼辦？過關查起來就討厭了。」安德列阿說。

「要查就送給海關好囉！」我說。

「又來了！又要丟箱子了，那麼高興？」達尼埃笑了起來。

「放在瑞士海關這邊嘛！回來時再拿。」我說。

「哪有這樣的？」歌妮說。

「我去說，我說就行，妳賭不賭？」我笑說。

「那麼有把握？」

「不行就給他查嘛！我是要強迫他們寄放的。」

於是我們又擠上車，直往法國邊界開去。

那天晚上，等我與維也納堂哥通完電話才說次日要走了。

「那麼匆忙？」拉赫一愣。

「早也是走，晚也是走，又不能真住一輩子。」我坐在地板上，仰起頭來看看她。

「還是太快了，妳一個人回去過得下來嗎？」奧帝問。

「我喜歡在自己家裏。」

「以後生活靠什麼？」奧帝沉吟了一下。

「靠自己，靠寫字。」我笑著說。

「去旅行社裏工作好啦！收入一定比較穩當。」歌妮說。

「寫字已經是不得已了，坐辦公室更不是我的性情，情願吃少一點，不要賺更多錢了！」我喊起來。

「為什麼不來瑞士又不回台灣去？」達尼埃問著。

「世界上，我只認識一個安靜的地方，就是我海邊的家，還要什麼呢？我只想安靜簡單的過完我的下半輩子。」

火光照著每一張沉默的臉，我丟下撥火鉗，拍拍裙子，笑問著這一家人：「誰跟我去萊茵河夜遊？」

爐火雖美，可是我對於前途、將來，這些空泛的談話實在沒有興趣，再說，談又談得出什麼來呢，徒然累人累己。不如去聽聽萊茵河的嗚咽倒是清爽些。

第二天清晨，我醒來，發覺又是新的旅程放在面前，心裏無由的有些悲苦，就要看到十三年沒有見面的二堂哥了，作曲教鋼琴的哥哥，還有也是學音樂的曼嫂，還有只見過照片的小姪兒，去維也納的事便這樣的有了一些安慰。在自己哥哥的家裏，不必早起，我要整整的大睡一星期，這麼一想，可以長長的睡眠在夢中，便又有些歡喜起來。

雖然下午便要離開瑞士，我一樣陪著拉赫去買菜，一樣去銀行，去郵局，好似一般平常生活的樣子，做遊客是很辛苦的事情，去了半日法國弄得快累死了。

跟拉赫提了菜籃回來，發覺一輛紅色的法國「雪鐵龍」廠出的不帶水小鐵皮平民車停在門口。

這種車子往往是我喜歡的典型的人坐在裏面，例如《娃娃看天下》那本漫畫書裏瑪法達的爸爸便有這樣一輛同樣的車。它是極有性格的，車上的人不是學生就是那種和氣的好人。

「我想這是誰的車，當然應該是你的嘛！希伯爾！」

我笑著往一個留鬍子的瘦傢伙跑過去，我的好朋友希伯爾正與達尼埃坐在花園裏呢！

「怎麼樣？好嗎？」我與他重重的握握手。

「好！」他簡短的說，又上去與拉赫握握手。

「兩年沒見了吧！謝謝你送給荷西的那把刀，還有我的老盆子，也沒寫信謝你！」我拉了椅子坐下來。

希伯爾的父母親退休之後總有半年住在迦納利群島我們那個海邊。跟希伯爾我們是掏垃圾認識的，家中那扇雕花的大木門就是他住在那兒度假時翻出來送我們的。

這個朋友以前在教小學，有一天他強迫小孩子在寫數學，看看那些可憐的小傢伙，只是悶著頭在那教室裏演算，一個個屈服得如同綿羊一般，這一驚痛，他改了行，做起舊貨買賣來，再也沒有回去教書。別人說他是逃兵，我倒覺得只要他沒有危害社會，也是一份正當而自由的選擇和興趣。

「Echo，我在報上看見妳的照片。」希伯爾說。

「什麼時候？」我問。

「一個月以前，妳在東南亞，我的鄰近住著一個新加坡來的學生，他知道妳，拿了妳的剪報給我看，問我是不是。」

達尼埃搶著接下去說：「希伯爾就打電話來給拉赫，拉赫看了剪報又生氣又心痛，對著妳的照片說——回來！回來！不要再撐了。」

「其實也沒撐——」說著我突然流淚了。

「嘿嘿！說起來還哭呢！妳喜歡給人照片裏那麼擠？」達尼埃問。

我一甩頭，跑進屋子裏去。

過了一會兒，拉赫又在喊我：「Echo，出來啊！妳在做什麼？」

「在洗頭，燙衣服，擦靴子呢！」我在地下室裏應著。

「吃中飯啦！」

我包著溼溼的頭髮出來，希伯爾卻要走了。

「謝謝你來看我。」我陪他往車子走去。

「Echo，要不要什麼舊貨，去我那兒挑一樣年代久的帶走？」

「不要，真的，我現在什麼都不要了。」

「好——祝妳……」他微笑的扶著我的兩肩。

「祝我健康，愉快。」我說。

「對，這就是我想說的。」希伯爾點點頭，突然有些傷感。

「再見！」我與他握握手，他輕輕摸了一下我的臉，無限溫柔的再看我一眼，然後一言不發的轉身走了。

就算是一個這樣的朋友，別離還是悵然。

下午三點多鐘，歌妮和奧帝已在機場等我們了。

我們坐在機場的咖啡室裏。

「多吃一點，這塊妳吃！」拉赫把她動也沒動的蛋糕推給我。

「等一下我進去了你們就走，不要去看台叫我好不好？」我匆匆嚥著蛋糕。

「我們去看，不喊妳。」

「看也不許看，免得我回頭。」

「好好照顧自己，不好就馬上回來，知道嗎？」拉赫又理理我的頭髮。

「這個別針是祖母的，妳帶去囉！」拉赫從衣領上拿下一個花別針來。

「留給歌妮，這種紀念性的東西。」

「妳也是我們家的一份子，帶去好了！」拉赫又說。

我細心的把這老別針放在皮包裏，也不再說什麼了。

「聽見了！不好就回來！」奧帝又叮嚀。

「不會有什麼不好了，你們放心！」我笑著說。

「安德列阿，你的骨頭快快結好，下次我來就去騎摩托車了。」我友愛的摸摸安德列阿的石膏手，他沉默著苦笑。

「七月十三號迦納利群島等你。」我對達尼埃說。

「一起去潛水，我教妳。」他說。

「對——」我慢慢的說。

擴音器突然響了，才播出班機號碼我就彈了起來，心跳漸漸加快了。

「Echo，Echo——」歌妮拉住我，眼睛一紅。

「怎麼這樣呢！來！陪我走到出境室。」我挽住歌妮走，又親親她的臉。

「奧帝！拉赫！謝謝你們！」我緊緊的抱著這一對夫婦不放。

安德列阿與達尼埃也上來擁別。

「很快就回來哦！下次來長住了！」拉赫說。

「好！一定的。」我笑著。

「再見！」

我站定了，再深深的將這些親愛的臉孔在我心裏印過一遍，然後我走進出境室，再也沒有回頭。

似曾相識燕歸來。

——迷航之三

維也納飛馬德里的班機在巴塞隆納的機場停了下來。

由此已是進入西班牙的國境了。

離開我的第二祖國不過幾個月，乍聽鄉音恍如隔世，千山萬水的奔回來，卻已是無家可歸。好一場不見痕跡的滄桑啊！繁忙的機場人來人往，每一個人都有自己的歸程，而我，是不急著走的了。

「這麼重的箱子，裏面裝了些什麼東西呀？」

海關人員那麼親切的笑迎著。

「頭髮捲。」我說。

「好，頭髮捲去馬德里，妳可以登機了。」

「請別轉我的箱子，我不走的。」

「可是妳是來這裏驗關的，才飛了一半呢！」

旁邊一個航空公司的職員大吃一驚，他正在發國內航線的登機證。

「臨時改了主意，箱子要寄關了，我去換票……」

馬德里是不去的好，能賴幾天也是幾天，那兒沒有真正[illegible]中途下機不會嚇著誰，除了自己之外。

終於，我丟掉了那沉沉的行李，雙手空空的走出[illegible]沒有做什麼不好的事情，心裏卻夾著那麼巨大[illegible]我自由嗎？為什麼完全自由的感覺使人乍然失重。

一輛計程車停在面前，我跨了進去。

「去夢特里，請你！」

「妳可別說，坐飛機就是專程來逛遊樂園的吧？」司機唬的一下轉過身來問我。

哪裏曉得來巴塞隆納為的是什麼，原先的行程裏並沒有這一站。我不過是逃下來了而已。

我坐在遊樂場的條凳上，旋轉木馬在眼前一圈又一圈的晃過。一個金髮小男孩神情嚴肅的抱著一匹發亮的黑馬盯住我出神。

偶爾有不認識的人，在飄著節日氣氛的音樂裏探我：「一個人來的？要不要一起去逛？」

「不是一個人呢！」我說。

「可是妳是一個人嘛！」

「我先生結伴來的。」我又說。

黃昏盡了，豪華的黑夜漫住五光十色的世界。

此時的遊樂場裏，紅男綠女，擠擠攘攘，華燈初上，一片歌舞昇平。

半山上彩色繽紛。說不盡的太平盛世，看不及的繁華夜景，還有那些大聲播放著的，聽不完的一條又一條啊浪漫的歌！

我置身在這樣歡樂的夜裏，心中突然漲滿了無由的幸福。遺忘吧！將我的心從不肯釋放的悲苦裏逃出來一次吧！哪怕是幾分鐘也好。

快樂是那麼的陌生而遙遠，快樂是禁地，生死之後，找不到進去的鑰匙。

在高高的雲天吊車上，我啃著一大團粉紅色的棉花糖，吹著令人瑟瑟發抖的冷風，手指繞著一隻欲飛的黃氣球，身邊的位子沒有坐著什麼人。

不知為何我便這樣的快樂，瘋狂的快樂起來。

腳下巴塞隆納的一片燈海是夜的千萬隻眼睛，冷冷的對著我一眨又一眨。

今天不回家，永遠不回家了。

公寓走廊上的燈光那麼的黯淡，電鈴在寂寂的夜裏響得使人心驚。門還沒有開，裏面緩緩走來的腳步聲卻已使我的胃緊張得抽痛起來。

「誰？」是婆婆的聲音。

「Echo！」

婆婆急急的開著層層下鎖的厚門，在幽暗的光線下，穿黑衣的她震驚的望著我，好似看見一個墳裏出來的人一般。

「馬利亞媽媽！」我撲了上去，緊緊的抱住她，眼裏湧出了淚。

「噢！噢！我的孩子！我孤零零的孩子！」婆婆叫了起來，夾著突然而來的嗚咽。

「什麼時候來馬德里的？嚇死人啊！也不通知的。」

「沒有收到我的明信片?」

「明信片是翡冷翠的,說在瑞士,郵票又是奧地利的,我們哪裏弄得懂是怎麼回事,還是叫卡門看了才分出三個地方來的!」

「我在巴塞隆納!」

「要死喔!到了西班牙怎麼先跑去了別的地方?電話也不來一個!」婆婆又叫起來。

我將袖子擦擦眼睛,把箱子用力提了進門。

「睡荷西老房間?」我問。

「睡伊絲帖的好了,她搬去跟卡門住了。」

在妹妹的房內我放下了箱子。

「爸爸睡了?」我輕輕的問。

「在飯間呢!」婆婆仍然有些淚溼,下巴往吃飯間抬了一下。

我大步向飯廳走去,正中的吊燈沒有打開,一盞落地燈靜靜黃黃的照著放滿盆景的房間。電視開著,公公,穿了一件黑色的毛衣背著我坐在椅子上。

我輕輕的走上去,蹲在公公的膝蓋邊,仰起頭來喊他:「爸爸!」

公公好似睡著了,突然驚醒,觸到我放在他膝上的手便喊了起來:「誰?是誰?」

「是我,Echo!」

「誰嘛!誰嘛!」公公緊張了,一面喊一面用力推開我。

「你媳婦!」我笑望他,摸摸他的白髮。

「Echo！啊！啊！Echo！」

公公幾乎撞翻了椅子，將我抱住，一下子老淚縱橫。

「爸爸，忍耐，不要哭，我們忍耐，好不好？」我喊了起來。

我拉著公公在飯廳的舊沙發上坐下來，雙臂仍是繞著他。

「叫我怎麼忍？兒子這樣死的，叫我怎麼忍——」

說著這話，公公抓住我的黑衣號啕大哭。

能哭，對活著的人總是好事。

我拉過婆婆的手帕來替公公擦眼淚，又是親了他一下，什麼話也不說。

「還沒吃飯吧！」婆婆強打起精神往廚房走去。

「不用麻煩，只要一杯熱茶，自己去弄。先給爸爸平靜下來。」我輕輕的對婆婆說。

「妳怎麼那麼瘦！」公公摸摸我的手臂喃喃的說。

「沒有瘦。」我對公公微笑，再親了他一下。

放下了公公，跟在婆婆後面去廚房翻櫃子。

「找什麼？茶葉在桌上呢。」婆婆說。

「有沒有波雷奧？」我捂著胃。

「又要吃草藥？胃不好？」婆婆問。

我靠在婆婆的肩上不響。

「住多久？」婆婆問。

「一星期。」我說。
「去打電話。」她推推我。
「快十點了，打給誰嘛！」我嘆了口氣。
「哥哥姐姐他們總是要去拜訪的，妳去約時間。」婆婆緩緩的說。
「我不！要看，叫他們來看我！」我說。
門上有鑰匙轉動的聲音，婆婆微笑了，說：「卡門和伊絲帖說是要來的，給妳一打岔我倒是忘了。」
走廊上傳來零亂的腳步聲，燈一盞一盞的被打開，兩張如花般豔麗的笑臉探在廚房門口，氣氛便完全不同了。
「呀——」妹妹尖叫起來，撲上來抱住我打轉。
姐姐卡門驚在門邊，笑說：「嗄！也有記得回來的一天！」接著她張開了手臂將我也環了過去。
「這麼晚了才來！」我說。
「我們在看戲呢！剛剛演完。」妹妹興高采烈的喊著。
荷西過世後我沒有見過妹妹，當時她在希臘，她回馬德里時，我已在台灣了。
「妳還是很好看！」妹妹對我凝視了半晌大叫著又撲上來。
我笑著，眼睛卻是溼了。
「好，Echo來了，我每天回家來陪你們三件黑衣服吃飯。媽媽，妳答不答應呀？」妹妹又嚷了起來。

「我叫她去看其他的哥哥姐姐呢！」婆婆說。

「啊！去妳的！要看，叫有車的回來，Echo不去轉公共汽車。」

「喂！吃飯！吃飯！餓壞了。」卡門叫著，一下將冰箱裏的東西全攤了出來。

「我不吃！」我說。

「不吃殺了妳！」妹妹又嚷。

公公聽見聲音擠了過來，妹妹走過順手摸了一下爸爸的臉：「好小孩，你媳婦回來該高興了吧！」

我們全都笑了，我這一笑，妹妹卻砰一下衝開浴室的門在裏面哭了起來。

妹妹一把將浴室的門關上，拉了我進去，低低的說：「妳怎麼還穿得烏鴉一樣的，荷西不喜歡的。」

「也有穿紅的，不常穿是真的。」我說。

「我們什麼時候才能講話？」她緊張的又問。

「這裏不行，去卡門家再說。」我答應她。

「不洗澡就出來嘛！」卡門打了一下門又走了。

「Echo，記住，我愛妳！」妹妹鄭重其事的對我講著。二十二歲的她有著荷西一式一樣的微笑。

我也愛妳，伊絲帖！荷西的手足裏我最愛妳。

「明天我排一整天的戲，不能陪妳！」卡門嚥著食物說。她是越來越美了。
「演瘋了，最好班也不上了，天天舞台上去混！」婆婆笑說。
「妳明天做什麼？」卡門又問。
「不出去，在家跟爸爸媽媽！」我說。
「我們要去望彌撒的。」婆婆說。
「我跟妳去。」我說。
「妳去什麼？Echo，妳不必理媽媽的嘛！」妹妹又叫起來。
「我自己要去的。」我說。
「什麼時候那麼虔誠了？」卡門問。
我笑著，也不答。
「Echo是基督教，也望彌撒嗎？」婆婆問。
「我去坐坐！」我說。
吃完了晚飯我拿出禮物來分給各人。
卡門及伊絲帖很快的便走了，家中未婚的還有哥哥夏米葉，都不與父母同住了。
我去了睡房鋪床，婆婆跟了進來。
「又買錶給我，其實去年我才買了一只新的嘛！荷西葬禮完了就去買的，妳忘記了？」
「再給妳一個，樣式不同。」我說。
沒有，我沒有忘，這樣的事情很難忘記。

「妳——以後不會來馬德里長住吧？」婆婆突然問。
「不會。」我停了鋪床，有些驚訝她語氣中的那份擔心。
「那幢迦納利群島的房子——妳是永遠住下去的囉？當初是多少錢買下的也沒告訴過我們。」
「目前講這些都還太早。」我嘆了口氣。
「是這樣的，如果妳活著，住在房子裏面，我們是不會來趕妳的，可是一旦妳想賣，那就要得我們同意了，法律怎麼定的想來妳也知道了。」婆婆緩緩的又說。
「法律上一半歸你們呀！」我說。
「所以說，我們也不是不講理，一切照法院的說法辦吧！我知道荷西賺很多錢——」
「媽媽，晚安吧！我胃痛呢！」我打斷了她的話，眼淚衝了出來。
不能再講了，荷西的靈魂聽了要不安的。
「唉！妳不肯面對現實。好了，晚安了，明天別忘了早起望彌撒！」婆婆將臉湊上來給我親了一下。
「媽媽，明天要是我起不來，請妳叫我噢！」我說。
終於安靜下來了，全然的安靜了。
我換了睡袍，鎖上房門，熄了燈，將百葉窗捲上，推開了向著後馬路的大窗。
微涼的空氣一下子吹散了旅途的疲勞，不知名的一棵棵巨樹在空中散佈著有若雪花一般的白色飛絮，路燈下的黑夜又彷彿一片迷濛飛雪，都已經快五月了。

我將頭髮打散，趴在窗台上，公寓共用的後院已經成林。我看見十三年前的荷西、卡門、瑪努埃、克勞弟奧、毛烏里、我，還有小小的伊絲帖在樹下無聲無影的追逐。

——進來！荷西！不要猶豫，我們只在這兒歇幾天，便一同去島上了。

——來！沒有別人，只有我們了。

夢中，我看見荷西變成了一個七歲的小孩子，手中捧著一本用完了的練習簿。

「媽媽！再不買新本子老師要打了，我沒有練習簿——」

「誰叫你寫得那麼快的！」婆婆不理。

「功課很多！」小孩子說。

「向你爸爸去要。」媽媽板著臉。

小孩子憂心如焚，居然等不及爸爸銀行下班，走去了辦公室，站在那兒囁嚅的遞上了練習簿，爸爸也沒有理他，一個銅板也不給。

七歲的孩子，含著淚，花了一夜的時間，用橡皮擦掉了練習簿的每一個鉛筆字，可是老師批改的紅筆卻是怎麼也擦不去，他急得哭了起來。

夜風吹醒了我，那個小孩子消失了。

荷西，這些故事都已經過去了，不要再去想它們，我給你買各色各樣的練習簿，放在你的墳上燒給你——

婚後六年的日子一直拮据，直到去年環境剛剛好轉些荷西卻走了。

夢中，總是一個小孩子在哭練習簿。

我的淚溼透了枕頭。

「Echo！」婆婆在廚房緩緩的喊著。

我驚醒在伊絲帖的床上。

「起來了！」我喊著，順手拉過箱子裏的格子襯衫和牛仔褲。

「噯呀！太晚了。」我懊惱的叫著往洗澡間跑。

「媽媽！馬上好。」我又喊著。

「不急！」

我梳洗完畢後快速的去收拾房間，這才跑到婆婆那兒去。

「妳不是去教堂？」婆婆望了一眼我的衣著。

「噢，這個衣服——」我又往房間跑去。

五月的天氣那麼明媚，我卻又穿上了黑衣服。

「實在厭死了黑顏色！」我對婆婆講。

「一年滿了脫掉好囉！」她淡淡的說。

「不是時間的問題，把悲傷變成形式，就是不誠實，荷西跟我不是這樣的人！」

「我不管，隨便妳穿什麼。至於我，是永遠不換下來的了。荷西過去之後我做了四套新的黑料子，等下給妳看。」婆婆平和的說，神色之間並沒有責難我的意思。

公公捧著一個小相框向我走來，裏面一張荷西的照片。

「這個相框，花了我六百五十塊錢！」

「很好看。」我說。

「六百五十塊呀！」他又說了一句。

六百五十塊可以買多少練習簿？

「妳們好了沒有？可以走了吧！」公公拿了手杖，身上又是一件黑外套。

「噉！我們三個人真難看。」我嘆了口氣。

「什麼難看，不要亂講話。」公公叱了我一句。

星期天的早晨，路邊咖啡館坐滿了街坊，我挽著公婆的手臂慢慢的走向教堂，幾個小孩子追趕著我們，對我望著，然後向遠處坐著的哥哥姐姐們大喊：「對！是Echo，她回來啦！」

我不回頭，不想招呼任何人，更受不了別人看我時的眼光。黑衣服那麼誇張的在陽光下散發著虛偽的氣息。

「其實我不喜歡望彌撒。」我對婆婆說。

「為什麼？」

「太忙了，一下唱歌，一下站起來，一下跪下去，跟著大家做功課，心裏反而靜不下來。」我說。

「不去教堂總是不好的。」婆婆說。

「我自己跟神來往嘛！不然沒人的時候去教堂也是好的。」我說。

「妳的想法是不對的。」公公說。

我們進了教堂，公公自己坐開去了，婆婆與我一同跪了下來。

「神啊！請祢看我，給我勇氣，給我信心，給我盼望和愛，給我喜樂，給我堅強忍耐的心——祢拿去了荷西，我的生命已再沒有了意義——自殺是不可以的，那麼我要跟祢講價，求祢放荷西常常回來，讓我們在生死的夾縫裏相聚——我的神，荷西是我永生的丈夫，我最懂他，忍耐對他必是太苦，求祢用別的方法安慰他，補償他在人世未盡的愛情——相思有多苦，忍耐有多難，祢雖然是神，也請祢不要輕看我們的煎熬，我不向祢再要解釋，只求祢給我忍耐的心，靜心忍下去，直到我也被祢收去的一日——」

「Echo，起來了，怎麼又哭了！」

婆婆輕輕的在拉我。

聖樂大聲的響了起來。

「媽媽，我們給荷西買些花好嗎？」

教堂出來我停在花攤子前，婆婆買了三朵。

一路經過熟悉的街道，快近糕餅舖的時候我放掉公婆自己轉彎走了。

「你們先回家，我馬上回來。」

「不要去花錢啊！」婆婆叫著。

我走進了糕餅店，裏面的白衣小姑娘看見我就很快的往裏面的烤房跑去。

「媽媽，荷西的太太來了！」她在裏面輕輕的說，我還是聽到了。

裏面一個中年婦人擦著手匆匆的迎了出來。

「回來啦！去了那麼久，西班牙文都要忘了吧！」平靜而親切的聲音就如她的人一般。

「還好嗎？」她看住我，臉上一片慈祥。

「好！謝謝妳！」

她嘆了口氣，說：「第一次看見妳時妳一句話也不會講，唉！多少年過去了！」

「很多年。」我仍是笑著。

「妳的公公婆婆——對妳還好嗎？來跟他們長住？」口氣很小心謹慎的。

「對我很好，不來住。下星期就走了。」

「再一個人去那麼遠？兩千多公里距離吧！」

「也慣了。」我說。

「請給我一公斤的甜點，小醉漢請多放幾個，公公愛吃的。」我改了話題。

她秤了一公斤給我。

「不收錢！孩子！」她按住我的手。

「不行的——」我急了。

「荷西小時候在我這兒做過零工，不收，這次是絕對不收的。」她堅決的說。

「那好，明天再來一定收了？」我說。

「明天收。」她點點頭。

我親了她一下，提了盒子很快的跑出了店。

街角一個少年穿著溜冰鞋滑過，用力拍了我一下肩膀：「讓路！」

「呀！Echo！」他已經溜過了，又一煞車急急的往我滑回來。

「你是誰的弟弟？」我笑說。
「法蘭西斯哥的弟弟嘛！」他大叫著。
「來馬德里住了？要不要我去喊哥哥，他在樓上家裏。」他殷勤的說。
「不要，再見了！」我摸摸他的頭髮。
「妳看，東妮在那邊！」少年指著香水店外一個金髮女孩。
我才在招呼荷西童年時的玩伴，藥房裏的主人也跑了出來：「好傢伙！我說是Echo回來了嘛！」
「妳一定要去一下我家，媽媽天天在想妳。」
東妮硬拉著我回家，我急著趕回去幫婆婆煮飯一定不肯去。
星期天的中午，街坊鄰居都在外面，十三年前就在這一個社區裏出進，直到做了荷西的妻子。
這條街，在荷西逝去之後，付出了最真摯的情愛迎我歸來。
婆婆給我開了門，接過手中的甜點，便說：「快去對面打個招呼，人家過來找妳三次了！」
我跑去鄰居家坐了五分鐘便回來了。
客廳裏，赫然坐著哥哥夏米葉。
我靠在門框上望著他，他走了過來，不說一句話，將我默默的抱了過去。
「夏米葉採了好大的玫瑰花來呀！」婆婆在旁說。

「給荷西的？我們也買了。」我說。

「不，給妳的，統統給妳的。」他說。

「在哪裏？」

「我跟夏米葉說，妳又沒有房間，所以花放在我的臥室裏去了，妳去看！」婆婆又說。

我跑到公婆的房裏去打了個轉，才出來謝謝夏米葉。

婚前，夏米葉與我有一次還借了一個小嬰兒來抱著合拍過一張相片，是很親密的好朋友，後來嫁了荷西之後，兩人便再也沒有話講了，那份親，在做了家人之後反而疏淡了。

「兩年多沒見你了？」我說。

夏米葉聳聳肩。

「荷西死的時候你在哪裏？」

「義大利。」

「還好嗎？」他說。

「好！」我嘆了口氣。

我們對望著，沒有再說一句話。

「今天幾個人回家吃飯呀？媽媽！」我在廚房裏洗著一條條鱒魚。

「伊絲帖本來要來的，夏米葉聽說妳來了也回家了，二姐夫要來，還有就是爸爸、妳和我了。」

「鱒魚一人兩條？」我問。

「再多洗一點，洗好了去切洋蔥，爸爸是準兩點一定要吃飯的。」

在這個家中，每個人的餐巾捲在銀質的環裏，是夏米葉做的，刻著各人名字的大寫。

我翻了很久，找出了荷西的來，放在我的盤子邊。

中飯的時候，一家人團團圓圓坐滿了桌子，公公打開了我維也納帶來的紅酒，每人一杯滿滿的琥珀。

「來！難得大家在一起！」二姐夫舉起了杯子。

我們六個人都碰了一下杯。

「歡迎Echo回來！」妹妹說。

「爸爸媽媽身體健康！」我說。

「夏米葉！」我喚了一聲哥哥，與他照了一下杯子。

「來！我來分湯！」婆婆將我們的盤子盛滿。

飯桌上立刻自由的交談起來。

「西班牙人哪，見面抱來親去的，在我們中國，離開時都沒有抱父母一下的。」我喝了一口酒笑著說。

「那妳怎麼辦？不抱怎麼算再見？」伊絲帖睜大著眼睛說。

姐夫咳了一聲，又把領帶拉了一下。

「Echo，媽媽打電話要我來，因為我跟妳的情形在這個家裏是相同的，妳媳婦，我女婿，趁著吃飯，我們來談談迦納利群島那幢房子的處理，我，代表媽媽講話，你們雙方都不要激動……」

我看著每一張突然沉靜下來的臉，心，又完全破滅得成了碎片，隨風散去。

你們，是忘了荷西，永遠的忘記他了。本是同根生，相煎何太急啊。

我看了一下疼愛我的公公，他吃飯時一向將助聽器關掉，什麼也不願聽的。

「我要先吃魚，吃完再說好嗎？」我笑望著姐夫。

姐夫將餐巾啪一下丟到桌子上：「我也是很忙的，妳推三阻四做什麼？」

這時媽媽突然戲劇性的大哭起來。

「你們欺負我……荷西欺負我……結婚以後第一年還寄錢來，後來根本不理這個家了……」

「妳給我住嘴！你們有錢還是荷西Echo有錢？」

妹妹叫了起來。

我推開了椅子，繞過夏米葉，向婆婆坐的地方走過去。

「媽媽，妳平靜下來，我用生命跟妳起誓，荷西留下的，除了婚戒之外，妳真要，就給妳，我不爭……」

「妳反正是不要活的……」

「對，也許我是不要活，這不是更好了嗎？來，擦擦臉，妳的手帕呢？來……」

婆婆方才靜了下來，公公啪一下打桌子，虛張聲勢的大喊一聲：「荷西的東西是我的！」

我們的注意力本來全在婆婆身上，公公這麼一喊著實嚇了全家人一跳，他的助聽器不是關掉的嗎？

妹妹一口湯嘩一下噴了出來。

「呀——哈哈……」我撲倒在婆婆的肩上大笑起來。

午後的陽光正暖，伊絲帖與我坐在露天咖啡座上。

「妳不怪他們吧！其實都是沒心機的！」她低低的說，頭都不敢抬起來看我。

「可憐的人！」我嘆了口氣。

「爸爸媽媽很有錢，妳又不是不曉得，光是南部的橄欖園……」

「伊絲帖，連荷西的死也沒有教會你們一個功課嗎？」我慢慢的嘆了一口氣。

「什麼？」她有些吃驚。

「人生如夢——」我順手替她拂掉了一絲樹上飄下來的飛絮。

「可是妳也不能那麼消極，什麼也不爭了——」

「這件事情既然是法律的規定，也不能說它太不公平。再說，看見父母，總想到荷西的血肉來自他們，心裏再委屈也是不肯決裂——」

「妳的想法還是中國的……」

「只要不把人逼得太急，都可以忍的。」

我吹了一下麥管，杯子裏金黃色的泡沫在陽光下晶瑩得炫目。

我看癡了過去。

「以後還會結婚嗎？」伊絲帖問。

「這又能改變什麼呢？」我笑望著她。
遠處兩個小孩下了鞦韆，公園裏充滿了新剪青草地的芳香。
「走！我們去搶鞦韆！」我推了一下妹妹。
抓住了鞦韆的鐵鏈，我一下子盪了出去。
「來！看誰飛得高！」我喊著。
自由幸福的感覺又回來了，那麼真真實實，不是假的。
「妳知道——」妹妹與我交錯而過。
「妳這身黑衣服——」我又飛越了她。
「明天要脫掉了——」我對著迎面笑接來的她大喊起來。

夢裏花落知多少。

——迷航之四

那一年的冬天，我們正要從丹娜麗芙島搬家回到大迦納利島自己的房子裏去。

一年的工作已經結束，美麗無比的人造海灘引進了澄藍平靜的海水。

荷西與我坐在完工的堤邊，看也看不厭的面對著那份成績欣賞，景觀工程的快樂是不同凡響的。

我們自黃昏一直在海邊坐到子夜，正是除夕，一朵朵怒放的煙火，在漆黑的天空裏如夢如幻的亮滅在我們仰著的臉上。

濱海大道上擠滿著快樂的人群。鐘敲十二響的時候，荷西將我抱在手臂裏，說：「快許十二個願望，心裏跟著鐘聲說。」

我仰望著天上，只是重複著十二句同樣的話：「但願人長久，但願人長久，但願人長久，但願人長久——」

送走了去年，新的一年來了。

荷西由堤防上先跳了下地，伸手接過跳落在他手臂中的我。

我們十指交纏，面對面的凝望了一會兒，在煙火起落的五色光影下，微笑著說：「新年快樂！」然後輕輕一吻。

我突然有些淚溼，賴在他的懷裏不肯舉步。

新年總是使人惆悵，這一年又更是來得如真如幻。許了願的下一句對夫妻來說並不太吉利，說完了才回過意來，竟是心慌。

「你許了什麼願。」我輕輕問他。

「不能說出來的，說了就不靈了。」

我勾住他的脖子不放手，荷西知我怕冷，將我捲進他的大夾克裏去。我再看他，他的眸光炯炯如星，裏面反映著我的臉。

「好啦！回去裝行李，明天清早回家去囉！」

他輕拍了我一下背，我失聲喊起來：「但願永遠這樣下去，不要有明天了！」

「當然要永遠下去，可是我們先回家，來，不要這個樣子。」

一路上走回租來的公寓去，我們的手緊緊交握著，好像要將彼此的生命握進永恆。

而我的心，卻是悲傷的，在一個新年剛剛來臨的第一個時辰裏，因為幸福滿溢，我怕得悲傷。

不肯在租來的地方多留一分一秒，收拾了零雜東西，塞滿了一車子。清晨六時的碼頭上，一輛小白車在等渡輪。

新年沒有旅行的人，可是我們急著要回到自己的房子裏去。

關了一年的家，野草齊膝，灰塵滿室，對著那片荒涼，竟是焦急心痛，顧不得新年不新年，兩人馬上動手清掃起來。

不過靜了兩個多月的家居生活，那日上午在院中給花灑水，送電報的朋友在木柵門外喊著：「Echo，一封給荷西的電報呢！」

我匆匆跑過去，心裏撲撲的亂跳起來，不要是馬德里的家人出了什麼事吧！電報總使人心慌意亂。

「亂撕什麼嘛！先給簽個字。」朋友在摩托車上說。

我胡亂簽了個名，一面回身喊車房內的荷西。

「妳先不要怕嘛！給我看。」荷西一把搶了過去。

原來是新工作來了，要人火速去拉芭瑪島報到。

只不過幾小時的光景，我從機場一個人回來，荷西走了。

離島不算遠，螺旋槳飛機過去也得四十五分鐘，那兒正在建新機場，新港口。只因沒有什麼人去那最外的荒寂之島，大的渡輪也就不去那邊了。

雖然知道荷西能夠照顧自己的衣食起居，看他每一度提著小箱子離家，仍然使我不捨而辛酸。

家裏失了荷西便失了生命，再好也是枉然。

過了一星期漫長的等待，那邊電報來了。

「租不到房子，妳先來，我們住旅館。」

剛剛整理的家又給鎖了起來，鄰居們一再的對我建議：「妳住家裏，荷西週末回來一天半，他那邊住單身宿舍，不是經濟些嘛！」

我怎麼能肯。匆忙去打聽貨船的航道，將雜物、一籠金絲雀和汽車托運過去，自己攜著一只衣箱上機走了。

當飛機著陸在靜靜小小的荒涼機場時，又看見了重沉沉的大火山，那兩座黑裏帶火藍的大山。

我的喉嚨突然卡住了，心裏一陣鬱悶，說不出的悶，壓倒了重聚的歡樂和期待。

荷西一隻手提著箱子，另一隻手搭在我的肩上向機場外面走去。

「這個島不對勁！」我悶悶的說。

「上次我們來玩的時候不是很喜歡的嗎。」

「不曉得，心裏怪怪的，看見它，一陣想哭似的感覺。」我的手拉住他皮帶上的絆扣不放。

「不要亂想，風景好的地方太多了，剛剛趕上看杏花呢！」他輕輕摸了一下我的頭髮又安慰似的親了我一下。

只有兩萬人居住的小城裏租不到房子。我們搬進了一房一廳連一個小廚房的公寓旅館。收入的一大半付給了這份固執相守。

安置好新家的第三日，家中已經開始請客了，婚後幾年來，荷西第一回做了小組長，水裏另外四個同事沒有帶家眷，有兩個還依然單身。我們的家，伙食總比外邊的好些，為著荷西愛朋友的真心，為著他熱切期望將他溫馨的家讓朋友分享，我曉得，在他內心深處，亦是因為有了我而驕傲，這份感激當然是全心全意的在家事上回報了他。

島上的日子歲月悠長，我們看不到外地的報紙，本島的那份又編得有若鄉情。久而久之，世外的消息對我們已不很重要，只是守著海，守著家，守著彼此。每聽見荷西下工回來時那急促的腳步聲上樓，我的心便是歡喜。

六年了，回家時的他，怎麼仍是一樣跑著來的，不能慢慢的走嗎？六年一瞬，結婚好似是昨天的事情，而兩人已共過了多少悲歡歲月。

小地方人情溫暖，住上不久，便是深山裏農家討杯水喝，拿出來的必是自釀的葡萄酒，再送一滿懷的鮮花。

我們也是記恩的人，馬鈴薯成熟的季節，星期天的田裏，總有兩人的身影彎腰幫忙收穫。做熱了，跳進蓄水池裏游個泳，趴在荷西的肩上浮沉，大喊大叫，便是不肯鬆手。

過去的日子，在別的島上，我們有時發了神經病，也是爭吵的。

有一回，兩人講好了靜心念英文，夜間電視也約好不許開，對著一盞孤燈就在飯桌前釘住了。講好只念一小時，念了二十分鐘，被教的人偷看了一下手錶，再念了十分鐘，一個音節發了二十次還是不正確，荷西又偷看了一下手腕。知道自己人是不能教自己人的，看見他的動作，手中的原子筆啪一下丟了過去，他那邊的拍紙簿嘩一下摔了過來，還怒喊了一聲：「妳這傻瓜女人！」

第一次被荷西罵重話，我呆了幾秒鐘，也不知回罵，衝進浴室拿了剪刀便絞頭髮，邊剪邊哭，長髮亂七八糟的掉了一地。

荷西追進來，看見我發瘋，竟也不上來搶，只是依門冷笑：「妳也不必這種樣子，我走好了！」

說完車鑰匙一拿，門碰一下關上離家出走去了。

我衝到陽台上去看，淒厲的叫了一聲他的名字，他哪裏肯停下來，車子刷一下就不見了。那一個長夜，是怎麼熬下來的，自己都迷糊了。只念著離家的人身上沒有錢，那麼狂怒而去，又出不出車禍。

清晨五點多他輕輕的回來了，我趴在床上不說話，臉也哭腫了。離開父母家那麼多年了，誰的委屈也受下，只有荷西，他不能對我兇一句，在他面前，我是不設防的啊！

荷西用冰給我冰臉，又拉著我去看鏡子，拿起剪刀來替我補救剪得狗啃似的短髮。一刀一刀細心的給我勉強修修整齊，口中嘆著：「只不過氣頭上罵了妳一句，居然絞頭髮，要是一日我死了呢——」

他說出這樣的話來令我大慟，反身抱住他大哭起來，兩人纏了一身的碎髮，就是不肯放手。

到了新的離島上，我的頭髮才長到齊肩，不能梳長辮子，兩人卻是再也不吵了。

依山背海而築的小城是那麼的安詳，只兩條街的市集便是一切了。

我們從不刻意結交朋友，幾個月住下來，朋友雪球似的越滾越大，他們對我們真摯友愛，三教九流，全是真心。

週末必然是給朋友們佔去了，爬山，下海，田裏幫忙，林中採野果，不然找個老學校，深夜睡袋裏半縮著講巫術和鬼故事，一群島上的瘋子，在這世外桃源的天涯地角躲著做神仙。有時候，我快樂得總以為是與荷西一同死了，掉到這個沒有時空的地方來。

那時候，我的心臟又不好了，累多了胸口的壓迫來，絞痛也來。小小一袋菜場買回來的用品，竟然不能一口氣提上四樓。

不敢跟荷西講，悄悄的跑去看醫生，每看回來總是正常又正常。

荷西下班是下午四點，以後全是我們的時間，那一陣不出去瘋玩了。黃昏的陽台上，對著大海，半杯紅酒，幾碟小菜，再加一盤象棋，靜靜的對弈到天上的星星由海中升起。

有一晚我們走路去看恐怖片，老舊的戲院裏樓上樓下數來數去只有五個人，鐵椅子漆成鋁灰色，冰冷冷的，然後迷霧淒淒的山城裏一群群鬼飄了出來捉過路的人。

深夜散場時海潮正漲，浪花拍打到街道上來。我們被電影和影院嚇得徹骨，兩人牽了手在一片水霧中穿著飛奔回家，跑著跑著我格格的笑了，掙開了荷西，獨自一人拚命的快跑，他鬼也似的在後面又喊又追。

還沒到家，心絞痛突然發了，衝了幾步，抱住電線杆不敢動。

荷西驚問我怎麼了，我指指左邊的胸口不能回答。

那一回，是他背我上四樓的。背了回去，心不再痛了，兩人握著手靜靜醒到天明。

然後，纏著我已經幾年的噩夢又緊密的回來了，夢裏總是在上車，上車要去什麼令我害怕的地方，夢裏是一個人，沒有荷西。

多少個夜晚，冷汗透溼的從夢魅裏逃出來，發覺手被荷西握著，他在身畔沉睡，我的淚便是滿頰。我知道了，大概知道了那個生死的預告。

以為先走的會是我，悄悄的去公證人處寫下了遺囑。

時間不多了，雖然白日裏仍是一樣笑嘻嘻的洗他的衣服，這份預感是不是也傳染了荷西。

即使是岸上的機器壞了一個螺絲釘，只修兩小時，荷西也不肯在工地等，不怕麻煩的脫掉潛水衣就往家裏跑，家裏的妻子不在，他便大街小巷的去找，一家一家店舖問過去：「看見Echo沒有？看見Echo沒有？」

找到了什麼地方的我，雙手環上來，也不避人的微笑癡看著妻子，然後兩人一路拉著手，提著菜籃往工地走去，走到已是又要下水的時候了。

總覺相聚的因緣不長了，尤其是我，朋友們來約週末的活動，總拿身體不好擋了回去。週五帳篷和睡袋悄悄裝上車，海邊無人的地方搭著臨時的家，摸著黑去捉螃蟹，礁石的夾縫裏兩盞濛濛的黃燈扣在頭上，浪潮聲裏只聽見兩人一聲聲狂喊來去的只是彼此的名字。那種喊法，天地也給動搖了，我們尚是不知不覺。

每天早晨，買了菜蔬水果鮮花，總也捨不得回家，鄰居的腳踏車是讓我騎的，網籃裏放著水彩似的一片顏色便往碼頭跑。騎進碼頭，第一個看見我的岸上工人總會笑著指方向：「今天在那邊，再往下騎——」

車子還沒騎完偌大的工地，那邊岸上助手就拉信號，等我車一停，水裏的人浮了起來，我跪在堤防邊向他伸手，荷西早已跳了上來。

大西洋的晴空下，就算分食一袋櫻桃也是好的，靠著荷西，左邊的衣袖總是溼的。

不過幾分鐘吧，荷西的手指輕輕按一下我的嘴唇，笑一笑，又沉回海中去了。

每見他下沉，我總是望得癡了過去。

岸上的助手有一次問我：「你們結婚幾年了？」

「再一個月就六年了。」我仍是在水中張望那個已經看不見了的人，心裏慌慌的。

「好得這個樣子，誰看了你們也是不懂！」

我聽了笑笑便上車了，眼睛越騎越溼，明明上一秒還在一起的，明明好好的做著夫妻，怎麼一分手竟是魂牽夢縈起來。

家居的日子沒有敢浪費，扣除了房租，日子也是緊了些。有時候中午才到碼頭，荷西跟幾個朋友站著就在等我去。

「Echo，銀行裏還有多少錢？」荷西當著人便喊出來。

「兩萬，怎麼？」

「去拿來，有急用，拿一萬二出來！」

當著朋友面前，絕對不給荷西難堪。掉頭便去提錢，他說的數目一個折扣也不少，匆匆交給尚是溼溼的他，他一轉手遞給了朋友。

回家去我一人悶了一場，有時次數多了，也是會委屈掉眼淚的。哪裏知道那是荷西在人間放的利息，才不過多久，朋友們便傾淚回報在我的身上了呢！

結婚紀念的那一天，荷西沒有按時回家，我擔心了，車子給他開了去，我借了腳踏車要去找人，才下樓呢，他回來了，臉上竟是有些不自在。

匆匆忙忙給他開飯——我們一日只吃一頓的正餐。坐下來向他舉舉杯，驚見桌上一個紅絨盒子，打開一看，裏面一只羅馬字的老式女用手錶。

「妳先別生氣問價錢，是加班來的外快——」他喊了起來。

我微微的笑了，沒有氣，痛惜他神經病，買個錶還多下幾小時的水。那麼借給朋友的錢又怎麼不知去討呢！

結婚六年之後，終於有了一隻手錶。

「以後的一分一秒妳都不能忘掉我，讓它來替妳數。」荷西走過來雙手在我身後環住。又是這樣不祥的句子，教人心驚。

那一個晚上，荷西睡去了，海潮聲裏，我一直在回想少年時的他，十七歲時那個大樹下癡情的孩子，十三年後，在我枕畔共著呼吸的親人。

我一時裏發了瘋，推醒了他，輕輕的喊名字，他醒不全，我跟他說：「荷西，我愛你！」

「妳說什麼？」他全然的駭醒了，坐了起來。

「我說，我愛你！」黑暗中為什麼又是有些嗚咽。

「等妳這句話等了那麼多年，妳終是說了！」

「今夜告訴你了，是愛你的，愛你勝於自己的生命，荷西——」

那邊不等我講下去，孩子似的撲上來纏住我，六年的夫妻了，竟然為著這幾句對話，在深夜裏淚溼滿頰。

醒來荷西已經不見了，沒有見到他吃早餐使我不安歉疚，匆匆忙忙跑去廚房看，洗淨的牛奶杯裏居然插著一朵清晨的野花。

我癡坐到快正午。這樣的夜半私語，海枯石爛，為什麼一日氾濫一日。是我們的緣數要到了嗎？不會有的事情，只是自己太幸福了才生出的懼怕吧！

照例去工地送點心，兩人見了面竟是赧然。就連對看一眼都是不敢，只拿了水果核丟來丟去的鬧著。

一日我見陽光正好，不等荷西回來，獨自洗了四床被單。搬家從來不肯帶洗衣機，去外面洗又多一層往返和花費，不如自己動手搓洗來得方便。

天台上晾好了床單，還在放夾子的時候心又悶起來了，接著熟悉的絞痛又來。我丟下了水桶便往樓下走，進門覺著左手臂麻麻的感覺，知道是不太好了，快喝了一口烈酒，躺在床上動也不敢動。

荷西沒見我去送點心，中午穿著潛水衣便開車回來了。

「沒什麼，洗被單累出來了。」我懨懨的說。

「誰叫妳不等我洗的——」他趴在我床邊跪著。

「沒有病，何必急呢！醫生不是查了又查了嗎？來，坐過來……」

他溼溼的就在我身邊一靠，若有所思的樣子。

「荷西——」我說，「要是我死了，你一定答應我再娶，溫柔些的女孩子好，聽見沒有——」

「妳神經！講這些做什麼——」

「不神經，先跟你講清楚，不再婚，我是靈魂永遠都不能安息的。」

「妳最近不正常，不跟妳講話。要是妳死了，我一把火把家燒掉，然後上船去飄到老死——」

「放火也可以，只要你再娶——」

荷西瞪了我一眼，只見他快步走出去，頭低低的，大門輕輕扣上了。

一直以為是我，一直預感的是自己，對著一分一秒都是恐懼，都是不捨，都是牽掛。而那個噩夢，一日密似一日的糾纏著上來。

平凡的夫婦如我們，想起生死，仍是一片茫茫，失去了另一個的日子，將是什麼樣的歲月？我不能先走，荷西失了我要痛瘋掉的。

一點也不明白，只是茫然的等待著。

有時候我在陽台上坐著跟荷西看漁船打魚，夕陽晚照，涼風徐來，我摸摸他的頸子，竟會無端落淚。

荷西不敢說什麼，他只說這美麗的島對我不合適，快快做完第一期工程，不再續約，我們回家去的好。

只有我心裏明白，我沒有發瘋，是將有大苦難來了。

那一年，我們沒有過完秋天。

荷西，我回來了，幾個月前一襲黑衣離去，而今穿著彩衣回來，你看了歡喜嗎？

向你告別的時候，陽光正烈，寂寂的墓園裏，只有蟬鳴的聲音。

我坐在地上，在你永眠的身邊，雙手環住我們的十字架。

我的手指，一遍又一遍輕輕劃過你的名字——荷西‧馬利安‧葛羅。

我一次又一次的愛撫著你，就似每一次輕輕摸著你的頭髮一般的依戀和溫柔。

我在心裏對你說——荷西，我愛你，我愛你，我愛你——

這一句讓你等了十三年的話，讓我用殘生的歲月悄悄的只講給你一個人聽吧！

我親吻著你的名字，一次，一次，又一次，雖然口中一直叫著「荷西安息！荷西安息！」可是我的雙臂，不肯放下你。

我又對你說：「荷西，你乖乖的睡，我去一趟中國就回來陪你，不要悲傷，你只是睡了！」結婚以前，在塞哥維亞的雪地裏，已經換過了心，你帶去的那顆是我的，我身上的，是你。埋下去的，是你，也是我。走了的，是我們。

我拿出縫好的小白布口袋來，黑絲帶裏，繫進了一握你墳上的黃土。跟我走吧，我愛的人！跟著我是否才叫真正安息呢？

我替你再度整理了一下滿瓶的鮮花，血也似的深紅的玫瑰。留給你，過幾日也是枯殘，而我，要回中國去了，荷西，這是怎麼回事，一瞬間花落人亡；荷西，為什麼不告訴我，這不是真的，一切只是一場噩夢。

離去的時刻到了，我幾度想放開你，又幾次緊緊抱住你的名字不能放手。黃土下的你寂寞，而我，也是孤零零的我，為什麼不能也躺在你的身邊。

父母在山下巴巴的等待著我。荷西，我現在不能做什麼，只有你曉得，你妻子的心，是埋在什麼地方。

蒼天，祢不說話，對我，天地間最大的奧秘是荷西，而祢，不說什麼的收了回去，只讓我淚眼仰望晴空。

我最後一次親吻了你，荷西，給我勇氣，放掉你大步走開吧！

我背著你狂奔而去，跑了一大段路，忍不住停下來回首，我再度向你跑回去，撲倒在你的身上痛哭。

我愛的人，不忍留下你一個人在黑暗裏，在那個地方，又到哪兒去握住我的手安睡？我趴在地上哭著開始挖土，讓我再將十指挖出鮮血，將你挖出來，再抱你一次，抱到我們一起爛成白骨吧！

那時候，我被哭泣著上來的父母帶走了。我不敢掙扎，只是全身發抖，淚如血湧。最後回首的那一眼，陽光下的十字架亮著新漆。你，沒有一句告別的話留給我。

那個十字架，是你背，也是我背，不到再相見的日子，我知道，我們不會肯放下。

荷西，我永生的丈夫，我守著自己的諾言千山萬水的回來了，不要為我悲傷，你看我，不是穿著你生前最愛看的那件錦繡彩衣來見你了嗎？

下機後去鎮上買鮮花，店裏的人驚見是遠去中國而又回來的我，握住我的雙手說不出一句話來，我們相視微笑，眼裏都浮上了淚。

我抱著滿懷的鮮花走過小城的石板路，街上的車子停了，裏面不識的人，只對我淡淡的說：「上車來吧！送妳去看荷西。」

下了車，我對人點頭道謝，看見了去年你停靈的小屋，心便狂跳起來。在那個房間裏，四支白燭，我握住你冰涼蒼白的雙手，靜靜度過了我們最後的一夜，今生今世最後一個相聚相依的夜晚。

我鼓起勇氣走上了那條通向墓園的煤渣路，一步一步的經過排排安睡了的人。我上石階，又上石階，向左轉，遠遠看見了你躺著的那片地，我的步子零亂，我的呼吸急促，我忍不住向你狂奔而去。荷西，我回來了——我奔散了手中的花束，我只是瘋了似的向你跑去。

衝到你的墓前，驚見墓木已拱，十字架舊得有若朽木，你的名字，也淡得看不出是誰了。

我丟了花，撲上去親吻你，萬箭穿心的痛穿透了身體。是我遠走了，你的墳地才如此荒蕪，荷西，我對不起你——

不能，我不是坐下來哭你的，先給你插好了花，注滿清水在瓶子裏，然後我要下山去給你買油漆。

來，讓我再抱你一次，就算你已成白骨，仍是春閨夢裏相思又相思的親人啊！

我走路奔著下小城，進了五金店就要淡棕色的亮光漆和小刷子，還去文具店買了黑色的粗芯簽字筆。

路上有我相熟的朋友，我跟他們匆匆擁抱了一下，心神潰散，無法說什麼別後的情形。

銀行的行長好心要伴我再上墓園，我謝了他，只肯他的大車送到門口。

這段時光只是我們的，誰也不能在一旁，荷西，不要急，今天，明天，後天，便是在你的身畔坐到天黑，坐到我也一同睡去。

我再度走進墓園，那邊傳來了丁字鎬的聲音，那個守墓地的在挖什麼人的墳？

我一步一步走進去，馬諾羅看見是我，驚喚了一聲，放下工具向我跑來。

「馬諾羅，我回來了！」我向他伸出手去，他雙手接住我，只是又用袖子去擦汗。

「天熱呢！」他木訥的說。

「是，春天已經盡了。」我說。

這時，我看見一個墳已被挖開，另外一個工人在用鐵條撬開棺材，遠遠的角落裏，站著一個黑衣的女人。

「你們在撿骨？」我問。

馬諾羅點點頭，向那邊的女人望了一眼。

我慢慢的向她走去，她也迎了上來。

「五年了？」我輕輕問她，她也輕輕的點點頭。

「要裝去哪裏？」

「馬德里。」

那邊一陣木頭迸裂的聲音，傳來了喊聲：「太太，過來看一下簽字，我們才好裝小箱！」

那個中年婦人的臉上一陣抽動。

我緊握了她一下雙手，她卻不能舉步。

「不看行不行？只簽字。」我忍不住代她喊了回去。

「不行的，不看怎麼交代，怎麼向市政府去繳簽字——」那邊又喊了過來。

「我代妳去看？」我抱住她，在她頰上親了一下。

她點點頭，手絹捂上了眼睛。

我走向已經打開的棺木，那個躺著的人，看上去不是白骨，連衣服都灰灰的附在身上。

馬諾羅和另外一個掘墳人將那人的大腿一拉，身上的東西灰塵似的飛散了，一天一地的飛灰，白骨，這才露了出來。

我仍是駭了一跳，不覺轉過頭去。

「看到了？」那邊問著。

「我代看了，等會兒這位太太簽字。」

陽光太烈，我奔過去將那不斷抽動著雙肩的孤單女人扶到大樹下去靠著。

我被看見的情景駭得麻了過去，只是一直發冷發抖。

「一個人來的？」我問她，她點頭。

我抓住她的手，「待會兒，裝好了小箱，妳回旅館去睡一下。」

她又點頭，低低的說了一聲謝謝。

離開了那個女人，我的步伐搖搖晃晃，只怕自己要昏倒下去。

剛剛的那一幕不能一時裏便忘掉，我扶著一棵樹，在短牆上靠了下來，不能恢復那場驚駭，心中如灰如死。

我慢慢的摸到水龍頭那邊的水槽，浸溼了雙臂，再將涼水潑到自己的臉上去。

荷西的墳就在那邊，竟然舉步艱難。

知道你的靈魂不在那黃土下面，可是五年後，荷西，叫我怎麼面對剛才看見的景象在你的身上重演？

我靜坐了很久很久，一滴淚也流不出來。

再次給自己的臉拚命去浸冷水，這才拿了油漆罐子向墳地走過去。

陽光下，沒有再對荷西說一句話，簽字筆一次次填過刻著字的木槽縫裏——荷西·馬利安・葛羅。安息。你的妻子紀念你。

將那幾句話塗得全新，等它們乾透了，再用小刷子開始上亮光漆。在那個炎熱的午後，花叢裏，一個著彩衣的女人，一遍又一遍的漆著十字架，漆著四周的木柵。沒有淚，她只是在做一個妻子的事情──照顧丈夫。

不要去想五年後的情景，在我的心裏，荷西，你永遠是活著的，一遍又一遍的跑著在回家，跑回家來看望你的妻。

我靠在樹下等油漆乾透，然後再要塗一次，再等它乾，再塗一次，塗出一個新的十字架來，我們再一起掮它吧！

我渴了，倦了，也睏了。荷西，那麼讓我靠在你身邊。再沒有眼淚，再沒有慟哭，我只是要靠著你，一如過去的年年月月。

我慢慢的睡了過去，雙手掛在你的脖子上。遠方有什麼人在輕輕的唱歌──

記得當時年紀小

你愛談天

我愛笑

有一回並肩坐在桃樹下

風在林梢鳥兒在叫

我們不知怎樣睡著了

夢裏花落知多少

夢裏不知身是客。

提筆的此刻是一九八三年的開始，零時二十七分。

我坐在自己的書桌前，想一個願望。

並不是新年才有新希望，那是小學生過新年時，作文老師必給的題目。過年不寫一年的計畫，那樣總覺得好似該說的話沒有說。一年一次的功課，反覆的寫，成了慣性，人便這麼長大了，倒也是好容易的事情。

作文簿上的人生，甲乙丙丁都不要太認真，如果今年立的志向微小而真誠，老師批個丙，明年的本子上還有機會立志做醫生或科學家，那個甲，總也還是會來的。

許多年的作文簿上，立的志向大半為了討好老師。這當然是欺人，卻沒有法子自欺。

其實，一生的興趣極多極廣，真正細算起來，總也還是讀書又讀書。

當年逃學也不是為了別的，逃學為了是去讀書。

下雨天，躲在墳地裏啃食課外書，受凍、說謊的難堪和煎熬記憶猶新，那份癡迷，至今卻沒有法子回頭。

我的《紅樓夢》、《水滸傳》、《十二樓》、《會真記》、《孽海花》、《大戲考》、

《儒林外史》、《今古奇觀》、《兒女英雄傳》、《青洪幫演義》、《閱微草堂筆記》……都是那時候刻下的相思。

求了一個印章，叫做「不悔」。

紅紅的印泥蓋下去，提起手來，就有那麼兩個不——悔。好字觸目，卻不驚心。

我喜歡，將讀書當作永遠的追求，甘心情願將餘生的歲月，交給書本。如果因為看書隱居，而喪失了一般酬答的朋友，同時顯得不通人情，失卻了禮貌，那也無可奈何，而且不悔。願意因此失去世間其他的娛樂和他人眼中的繁華，只因能力有限，時間不能再分給別的經營，只為了架上的書越來越多。

我的所得，衣食住行上可以清淡，書本裏不能談節儉。我的分分秒秒吝於分給他人，卻樂於花費在閱讀。這是我的自私和浪費，而且沒有解釋，不但沒有解釋，甚且心安理得。

我不刻意去讀書，在這件事上其實也不可經營。書本裏，我也不過是在遊玩。書裏去處多，一個大觀園，到現在沒有遊盡，更何況還有那麼多地方要去。

孔夫子所說的遊（游）於藝那個遊字，自小便懂了，但是老師卻偏偏要說：工作時工作，遊戲時遊戲。這兩件事情分開來對付，在我來說，就一樣也不有趣。不能遊的工作，做起來吃力，不能遊的書本，也就不去了。

常常念書念白字，也不肯放下書來去查查《辭海》，《辭海》並不是不翻，翻了卻是看著好玩，並不是為了只查一個發音。

那個不會念的字，意思如果真明白了，好書看在興頭上，擱下了書去翻字典，氣勢便斷，兩者捨其一，當然放棄字典，好在平凡人讀書是個人的享受，也是個人的體驗，並不因為念了白字禍國殃民。

念書不為任何人，包括食譜在內。念書只為自己高興。

可是我也不是刻意去念書的，刻意的東西，就連風景都得尋尋切切，尋找的東西，往往一定找不到，卻很累人。

有時候，深夜入書，驀然回首——咦，那人不是正在燈火闌珊處嗎？並沒有找什麼人或什麼東西，怎麼已然躲在人的背後，好叫人一場驚喜。

迷藏捉到這個地步，也不知捉的是誰，躲的又是誰，境由心生，境卻不由書滅，黃粱一夢，窗外東方又大白，世上一日，書中千年，但覺天人合一，物我兩忘，落花流水，天上人間。

賈政要求《紅樓夢》中的寶玉念「正經書」，這使寶玉這位自然人深以為苦。好在我的父親不是賈政，自小以來書架上陳列的書籍，包括科學神怪社會倫理宗教愛情武俠偵探推理散文手工家事魔術化學天文地理新詩古詞園藝美術漢藥笑話哲學童謠劇本雜文……真個驚鶩八極，心游萬仞。

在我看來，好書就是好書，形式不是問題。自然有人會說這太雜了。這一說，使我聯想到一個故事：兩道學先生議論不合，各自詫真道學，而互詆為假，久之不決，乃共請正于孔子。孔子下階，鞠躬致敬而言曰：「吾道甚大，何必相同，二位先生真正道學，丘素所欽仰，豈有偽哉？」兩人大喜而退。弟子曰：「夫子何諛之甚也？」孔子曰：「此輩人哄得他去夠了，惹他甚麼？」

讀盡天下才子書，是人生極大的賞心樂事，在我而言，才子的定義，不能只框在「純文學」這三個字裏面。圖書館當然也是去的，昂貴的書、絕版的書，往往也已經採開架式，隨人取閱，只是不能借出。去的圖書館是文化大學校內的，每當站在冷門書籍架前翻書觀書，身邊悄然又來一個不識同好，彼此相視一笑，心照不宣，亦是生活中淡淡的欣喜。

去館內非到不得已不先翻資料卡，緩緩走過城牆也似的書架，但覺風過群山，花飛滿天，內心安寧明淨卻又飽滿。

要的書，不一定找得到，北宋仁宗時代一本《玉歷寶鈔》就不知藏在哪一個架子上，叫人好找。找來找去，這一本不來，偏遇另一本，東隅桑榆之間，又是一樂也。

館裏設了閱覽室，放了桌子椅子，是請人正襟危坐的，想來讀書人當有的姿勢該如是——規規矩矩。這種樣子看書，人和書就有了姿勢上的規定，規定是我們一生都離不開的兩個字，並不嚇人。可惜斜靠著看書、趴在地上看書、躺在床上看書、坐在樹下看書、邊吃東西邊看書的樂趣在圖書館內都不能達到了。我愛音樂，卻不愛去聽音樂會大半也是這個理由。

圖書館其實已經夠好了，不能要求再多。只因我自己的個性最怕生硬、嚴肅和日光燈，更喜深夜看書，如果靜坐書館，自備小檯燈，自帶茶具，博覽群書過一生，也算是個好收場了。

心裏那個敲個不停的人情、使命、時間和責任並沒有釋放我，人的一生為這個人活，又為那個人活，什麼時候可以為自己的興趣活一次？什麼時候？難道要等死了才行嗎？如果答案是肯定的，我就——

不太向人借書回家。借的書是來賓，唯恐招待不周，看來看去就是一本紙，小心翼翼翻完它，仍是見山是山，見水是水，不能入化境。

也不喜歡人向我借書。每得好書，一次購買十本，有求借者，贈書一本，賓主歡喜。

我的書和牙刷都不出借，實在強求，給人牙刷。

人說行萬里路讀萬卷書，偏要二分。其實行路時更可兼讀書，候機室裏看一本阿嘉莎．克利絲蒂，時光飛逝。

再回來說圖書館。

知道俞大綱先生藏書，是在文化大學戲劇系國劇組的書館裏。初次去，發覺《紅樓夢》類書籍旁邊放的居然是俞先生骨灰一盒，涔然心驚，默立良久，這才開櫃取書。

那一次再看脂硯齋批的紅樓，首頁發現適之先生贈書大綱先生時寫的話，墨跡尚極清楚，而兩人都已離世。這種心情之下遇到書，又有書本之外的滄桑在心底絲絲的升上來。大綱先生逝後贈書不能外借，戲劇系守得緊，要是我的，也是那個守法。大綱先生的骨灰最先守書，好。

看書有時只進入裏面的世界去遊玩一百一千場也是不夠的。古人那麼說，自己不一定完全沒有意見，萬一真正絕妙好文，又哪裏忍得住不去讚嘆。這種時候，偏偏手癢，定要給書上批注批注。如果是在圖書館裏，自然不能在書上亂寫，看畢出來，散步透氣去時，每每心有餘恨。

屬於自己的書，便可以與作者自由說話。書本上，可圈、可點、可刪，又可在頁上寫出自己看法。有時說得癡迷，一本書成了三本書，有作者，有金聖嘆，還有我的嚕嗦。這種劃破時空的神交，人，只有請來靈魂交談時可以相比。

絕版書不一定只有古書，今人方莘的詩集《膜拜》，大學時代有一本，翻破了，念脫了頁，每天夾來夾去擠上學的公車，結果終於掉了。掉了事實上也沒有關係，身外之物，來去也看因緣，心裏沒有掉已是大幸。一九八〇年回國，又得方莘再贈一本，他寫了四個字──劫後之書。

這一回，將它影印了另一本，失而復得的喜悅，還是可貴，這一劫，十六年已經無聲無息的過去。

又有一本手做的，彩色紙做出來專給我的書，書還在，贈書的人聽說也活著，卻不知在哪裏了。也自己動手做一本彩色的空白書，封面上寫著「我的童年」，童年已經過去了，將逝去的年年月月一頁一頁在紙上用心去填滿，十分安然而欣慰。

還說不借書給人的，出國幾年回來，藏書大半零落。我猜偷書的人就是家中已婚手足，他們喊冤枉，叫我逐家去搜，我去了，沒有搜出什麼屬於自己的舊友，倒是順手拎了幾本不屬於自己的書回來。這些手足監視不嚴，實在是很大的優點。

入書神遊，批書獨白，卻也又是感到不足。詩詞的東西本身便有音樂性，每讀《人間詞話》、《詞人之舟》，反覆品賞之餘，默記在心之外，又喜唐詩宋詞新詩都拿出來誦讀，以自己的聲音，將這份文字音節的美，再活出它一次重新的生命。

母親只要我回家居住時，午夜夢迴，總要起身來女兒臥室探視熄燈。這是她的慈心，是好奇心，也是習慣使然。腳步如貓，輕輕突然探頭進來，常常嚇得專心看書的人出聲尖叫，每有怨言，怪她不先咳一聲也好。

那夜正在誦讀一首長詩，並不朗聲；母親照例突襲，聽見說話聲，竟然自作聰明，以為女兒夜半私語是後花園偷定終身，嚇得回身便逃，不敢入室。這一回輪到我，無意中嚇退母親，不亦快哉！

其實，讀書並不急著生吞活剝，看任何東西，總得消化了才再給自己補給。以前看金庸先生，只看情是何物直教生死相許。後來倪匡先生訓人，說武俠也得細看過招。他的話有道理，應該虛心接受。一日看見書中主角一招「白鶴掠翅」打翻對方，心裏大喜，放下書本，慢打太極，演化到這一個動作，凝神一再練習，念書強身又娛樂，是意想不到的收益，金庸小說，便能這般奇門幻術，謝謝。

說到書本所起的化學作用，亦得看時看地看境遇，自小倒背如流的〈長恨歌〉，直到三年前偶爾想到裏面後段的句子，這才頓然領悟，催下千行淚。

讀書多了，容顏自然改變，許多時候，自己可能以為許多看過的書籍都成過眼雲煙，不復記憶，其實它們仍是潛在的。在氣質裏、在談吐上、在胸襟的無涯，當然也可能顯露在生活和文字中。常聽人隨口說，拓蕪的白話寫得順口，天文天心丁亞民只是才情，卻沒有人平心靜氣的想一想，這一群群文字工作者，私底下念了多少多少本書。天下萬事的成就，都不是偶然，當然，讀書之外，那份生來的敏銳和直覺卻是天生的，強求不得，苦讀亦不得。

念書人，在某種場合看上去木訥，那是無可奈何，如果滿座衣冠談的淨是聲色犬馬升官發財，叫那個人如何酒逢知己千杯少？其實一般通俗小說裏，說的也不過是酒色財氣，並不需要超塵。但是通俗之豔美，通俗之極深刻；飯局上能夠品嘗出味道來的恐怕只是黏溚溚的魚翅。

看書，更說書，座談會上沒有人要聽書，不可說。

座談會不能細講警幻仙子和迷津，更不能提《水滸傳》中紅顏禍水，萬一說說咕汝寧波車（義為上師寶）、西藏黑洲佛燈之傳播，聽的人大概連叫人簽名的書都砸上來打人去死。不可說，不可說，沉默是金，沉默看花一笑吧。

書到無窮處，坐看雲起時，好一輪紅太陽破空而出，光芒四射，前途一片光明，彼岸便是此身。

涅槃何處在，牧童遙指杏花村。

還是要說書。家中手足的孩子們，便將我當作童話裏的吹笛童子，任何遊樂場誘之不肯去，但願追隨小姑聽故事。我們不講公主王子去結婚，我們也不小婦人也不苦兒尋母，每一個週末，小小的書房裏開講猶太民族的流浪、以色列復國、巴勒斯坦游擊隊、油漆匠希特勒。也有東北王張作霖、狗肉將軍張宗昌、慈禧和光緒、唐明皇與楊貴妃、西安事變同趙四小姐、寶玉黛玉薛寶釵沈三白芸娘武松潘金蓮……

不怕孩子們去葬花，只怕他們連花是什麼都不曉得。

自然明白看書不能急躁，細細品味最是道理。問題是生而有涯，以百年之身，面對中國的五千年，急不急人？更何況中國之外還有那麼一個地球和宇宙。

有一日，堂上跟莘莘學子們開講《紅樓夢》，才在遊園呢，下課鐘卻已驚夢。休息時間，突然對第一二排的同學們衝出一句話來：要是三毛死了——當然是會死的——《紅樓夢》請千萬燒一本來，不要弄錯了去燒紙錢。

談到身後事，交代的居然是這份不捨，真正不是明白人。

寶玉失玉後，變得迷迷糊糊，和尚送玉回來，走了，過幾日偏偏又來吵鬧。寶玉聽說和尚在外面吵，便要把玉還給和尚，說：「我已有了心，還要這塊玉做什麼？」

失了欲，來了心，大夢初醒，那人卻是歸彼大荒去也——

那個玉字，在上一行裏寫成了欲，錯了沒有還是不要去翻字典，看看胡菊人先生書中怎麼講《紅樓夢》裏的這個字，比較有趣。

我為何還將這一方一方塊的玉守得那麼緊呢？書本又怎麼叫它是玉呢？玉字怎麼寫的，到底是玉還是欲？不如叫它磚頭好了，紅磚也是好看的建材。

書，其實也是危險的東西，世上呆子大半跟書有點關係。在我們家的家譜裏，就記著一個祖先，因為一生酷愛讀書，不善經營，將好好的家道弄得七零八落，死了好多年了，譜裏還在怪他。那麼重的磚頭壓在腦袋裏，做人還能靈活嗎？應該還是靈活的，磚頭可以壓死人，也可以蓋摩天大樓，看人怎麼去用了。

過年了，本想寄一些書給朋友們，算作想念的表示。父親說妳千萬不要那麼好意，打麻將的人新年收到書不恨死妳才怪。

這個世界的色彩與可觀，也在於每一個人對價值的看法和野心都大異其趣。有人愛書，有人怕輸，一場人生，輸贏之間便成了競獸場。

競爭不適合我的體質，那份十彩喧嘩叫人神經衰弱而且要得胃潰瘍。書不和人爭，安安靜靜的，雖然書裏也有爭得死去活來的真生命，可是不是跟看書人爭。

也有這麼一個朋友，世間唯一的一個，不常見面，甚而一年不見一次，不巧見了面，問候三兩句，立即煮茶，巴山夜雨，開講彼此別後讀書心得。講到唇焦舌爛，廢餐忘飲，筋疲力盡，竟無半句私人生活。時間寶貴，只將語言交給書籍幻境。分手亦不敢再約相期，此種燃燒，一年一次，已是生命極限的透支。分手各自閉門讀書，每有意會，巧得奇書，一封限時信傾心相報。

神交至此，人生無憾，所謂笑傲江湖也。

走筆到現在，已是清晨六時，而十時尚有塵事磨人。眼看案上十數本待讀新書，恨不能擲筆就書，一個字也不再寫下去。

但願廢耕入夢——夢裏不知身是客，一晌貪歡啊！

自然，定會有某種層次的讀者看了這篇文字，會說：三毛，以前妳的一篇〈雲在青山月在天〉狠狠放筆奔馳了一場，忽東忽西捉摸不定，好一場胡鬧。現在怎麼又來了？

寶玉在《紅樓夢》中最後一句話不是說：「好了，好了，不再胡鬧了，完事了——」仰面大笑而去。許多人不給我仰面大笑，也不捨我走，那麼總得給人見見性情，明心不夠，下面兩個字才是更看重的。

我還是一定要走。

書鄉路穩宜頻到，此外不堪行。

讀者朋友們封封來信都是討故事——南美洲亞馬遜熱帶雨林的旅程老是藏著不肯寫，不要妳一下《紅樓夢》，一下又出來了個和尚，一下又要走了，到底在說什麼嘛？

我要說，人到了這個地步，哀不哀樂已經了然，可是「自由的能力」卻是一日壯大一日。偶爾放縱自己，安靜癡戀讀書，興之所至，隨波逐浪，這份興趣並不至於危害社會。就算新年立個舊志向，也不會有人來給你打個甲乙丙丁戊，更沒有人藉關心的理由來勸告你人情圓通前程慎重功名最要緊那樣的廢話，這一點，真是太好了。

但願一九八三八四八五和往後的年年歲歲，風調雨順，國泰民安，世界祥和，出版興旺，各人在適合自己的生活方式和崗位上，活出最最燦爛豐富的生命來，這便是世紀的歡喜了。

野火燒不盡。

上完了學期最後一堂課，站在最喜愛的一班學生的面前，向他們致謝。道謝他們在這四個月裏的鼓勵、支持、瞭解、用功和這份永不蹺課的紀錄。

然後，我站在講台上，向全體學生微微的彎下身去，說：「謝謝你們所給我的一切。」學生們一個一個經過我，有的對我笑一笑，有的，上來說：「老師，謝謝妳。」已是傍晚了，我捧著大疊的作業，慢慢走回宿舍。山上的冬日總也是風雨，每一場課後筋疲力盡近乎虛脫的累，是繁華落盡之後的欣慰、喜悅、踏實和平安。

於是，我去買一個便當，順路帶回家，燈下的夜和生命，交付給批改到深更的散文和報告。答案，已經來了。追求和執著，在課室那一堂又一堂全力付出的燃燒裏，得到了肯定。四個月，為學生念了多少本書，想了多少吸引他們、啟發他們的讀書寫作的花樣？在一張張大孩子的臉上，我，已清楚看見自己耕耘出來的青禾。

在那每一堂安靜專注得連掉一根針也聽得出來的課室裏，只有我的聲音，在講述一場繁華鮮活的人世和美麗。

有的孩子，當我提醒重點，講兩遍三遍時，抄下了筆記，再閉上眼睛——他們不是在睡覺，他們正在刻下書本裏所給我們的智慧、真理、人生的面相、藝術文學的美，和那份既朦朧又清楚的瞭解與認知。

面對著這一群知識的探索者，一點也不敢輕心，不能大意，不可錯用一個語句和觀念。我的肩上，擔著從來沒有的責任和使命。而且，這是當仁不讓的。

下課之後，常常想到自己哲學系時的一位老師李杜先生，因為這位老師當年認真的哲學概論和重得喘不過氣來的邏輯課，打下了我這個學生今日仍然應用在生活、思想裏的基礎和準則。

老師，我永遠不能忘記您的賜予。

一堂精采的課，不可能是枯燥的，如果老師付出了這份認真，堂上便有等著滋潤的幼苗和沃土。灑下去自己的心血吧，一個好農夫，當田就在你面前的時候，你不能再去做夢。

我今天的孩子們，念了全世界最有趣的學系——中國文學系，文藝創作組。這自然是十分主觀的看法，每一種學問裏，都有它本身的迷藏和神秘，只是看人喜歡哪一種遊戲，便參加了那一場追求。我仍是說，退一步說，文藝創作組的學生除了勤讀小說詩歌戲劇評論之外，該用功的，目前便是在紙上創造另一次生命，這種生涯，說來又是多好。

旁聽的同學多，共同科目選課的同學也滿。外系的孩子，並不是沒有文學的欣賞能力和這一份狂愛。那麼有教無類吧，孩子，你的臉上，已經濺到了書本的花瓣，老師，再給你一朵花。

最不喜歡偶爾蹺了別的課，喘著氣爬上大成館五樓的學生，這份心，是真、是熱，可是聽課也得明白一氣呵成的道理。師生之間，除了書本之外，尚有時日加深的溝通與瞭解；這份一貫，不能是標點句號，這是一道接連著奔湧而來的江河，偶爾的來聽課，是不得已撞堂，取捨兩難，結果呢？兩個都失去了，沒有得到一個完全的。

師生之間心靈的契合，一剎相處只是激越出來的火花，不能長久。課堂上，我要求的是激越狂喜之後沉澱下來的結晶。這個實驗，需要慢火、時間和雙方的努力，戰國之後，才有春秋；好一場智慧的長跑，標竿卻是永恆。

知道學海無涯，我們發心做做笨人，孩子，跟老師一起慢慢跑，好不好？一面跑一面看風景吃東西玩遊戲說笑話，讓我們去追求那永不肯醒的癡迷和真心。它是值得的，裏面沒有如果。

有一天，當我們跑累了，坐下來，休息一會兒，回頭看一看，那些綠水青山裏，全是我們的足跡。那時候，你必然有汗，可是你不會汗顏。

我們沒有跟什麼人競賽，我們只是在做一場自自然然的遊戲，甘心情願又不刻意，是不是？如果真是我的孩子們，這個是不是，都已是多餘的了。

只有那麼一堂課，我的講台上少了一杯茶，忍耐了兩小時的渴累，我笑著向學生說：「謝謝你們聽課，下星期再見！」

回到宿舍裏，我自責得很厲害，幾乎不能改作業。不是好老師，失敗的老師，不配做老師——我埋在自己的手臂裏，難過得很，忘了去買便當。

自從搬到宿舍來之後，房間永遠整整齊齊，地上一片細細的紙屑都趕快拾起來，不肯它破壞了這份整潔安適的美和美中的規矩，這個，在我，就是自然。

潛意識裏，期望在生活上，也做一個師長的榜樣，孩子下課來的時候，給他們一杯熱茶，一個舒適又可以吐露心事的環境，和一盞夜間的明燈。

然而，這些默默的禮貌和教化，卻換不來那份書本與生活的交融。一個不懂得看見老師講台上沒有茶的學生，或是明明看見了卻事不關己的學生，並沒有受到真正的教育，書，在生活行事為人上不用出來，便是白讀。

這份生活的白卷，是不是我——一個做老師的失職？

我的答案，是肯定的。

永遠不肯在課堂上講一句重話，孩子們因為不能肯定自己，已經自卑而敏感了。責罵治標不治本，如何同時治標治本，但看自己的智慧和學生的自愛了。

下一堂課，仍然沒有那一杯象徵許多東西的茶。老師輕輕講了一個笑話，全班大半的人笑了，一個學生笑了不算，站起來，左轉，走出去，那杯茶立即來了。在以後的學期裏，不止是茶與同情，以後的課裏，又有了許多書本之外師生之間出自內心的禮貌和教養。

彼此的改進，使我覺得心情又是一次學生，而我的老師們，卻坐在我面前笑咪咪的聽講。

春風化雨，誰又是春風？誰又是雨？

孩子，你們在老師的心底，做了一場化學的魔術，怎麼自己還不曉得呢？

改作業，又是一個個孤寂的深夜和長跑。低等的孩子，拉他一把，給他一隻手臂，一定成為中等。中等的孩子，激勵他鼓勵他，可能更進一步，成為優等。優等的孩子，最優等的，老師批改你們的心語時，有幾次，擲筆嘆息，但覺狂喜如海潮在心裏上升——

這份不必止住的狂喜，不只在於青出於藍的快慰，也在每一份進步的作業裏。學期初，交來的作文那麼空洞和鬆散，學期末，顯然的進步就是無言的吶喊，在叫，在為老師叫：「陳老師加油！加油！加油！」

孩子，你們逼死老師了，如果老師不讀書、不冥想、不體驗、不下決心過一個完全擋掉應酬的生活，如何有良知再面對你們給我的成績？

謝謝這一切的激勵，我的學生們，老師再一次低低的彎下了腰，在向你們道謝。

學問，是一張魚網，一個結一個結，結出了捕魚的工具。孩子，不要怪老師在文學課講美術的畫派，不要怪老師在散文課念詩，不要怪老師明明國外住了十六年，卻一直強迫你們先看中國古典小說，也不要怪老師黑板寫滿又不能擦的時候，站在椅子上去寫最上層黑板的空邊，不要怪老師上課帶錄音機放音樂，不要怪老師把披風張開來說十分鐘如何做一件經濟又禦寒的外衣，不要怪老師也穿著白襪子平底鞋和牛仔褲，不要怪老師在你的作業上全是紅字，硬軟兼施；不要不要請不要——

這一切，有一日，你長大了，全有答案。

「老師，妳還是走吧！在這兒，真懂得妳的又有幾個？與其在台灣教化出幾批陶陶然不知有他的工匠，莫如好好的在外域落地生根，尋著幸福，化生一樹林中國枝幹的新品種。

自然不能恨妳的走，不是——」

這一封沒有具名的信，字跡眼熟，必是我孩子中的一個塞到宿舍的門縫中來的。

這封信，沒有要我留下，只因痛惜。

看完信，第一個想的是稱呼；這一代的孩子不太會用您，而常常用你，該不該講一講您字裏的距離之美和含意？一字之差，差了下面那個心字，便不相同了，雖是小節，下學期仍是提一提比較周全。

愛我的孩子，你以為老師這份付出得不回當得的代價？要我走卻又不恨我走，又有多少無言的情意、悵然和瞭解。

寫信給我的孩子，雖然你低估了老師，也低估了同學，這全是出於一片愛師之心才寫的肺腑之言，老師感謝你。孩子，看重你的老師——你是看重了，謝謝——老師不是飛蛾撲火的浪漫烈士，老師骨子裏是個有良知的生意人，講課，自然會問：自己給了學生些什麼？學生又給了老師什麼？如果只是給，而沒有收，老師便退；如果只是收而沒有給，老師更當退。但是急流勇退之前的持、守、進、執的堅持仍然有待時間的考驗和自我價值的判斷與選擇。

春蠶到死，蠟炬成灰的境界並不算最高，但老師的功力目前正走在這一步上，再提升，只在等待自然的造化，目前不能強求，便順其自然的執著下去吧。

這封信裏提到工匠兩字，我個人，卻恰恰十分欣賞工匠的本分和不知有他的陶陶然。如果同學裏，真能造出幾個做人本本分分的工匠來，也算是授業部分的成績了。

再不然——廬山煙雨浙江潮，不到千般恨不消，及至到來無一物，還可以——起腳再尋浙江潮啊。[3]

教學，是一件有耕耘有收穫又有大快樂的事情。一心要做的農夫，終於找到了自己的一百畝田，手裏拿著不同的一把又一把種子，心裏放出了血，口裏傳出了藏在生命中豐盛、豔美和神秘的信息，種子怎麼捨得不發芽生根再茁壯？

答應我的恩師張其昀先生，只回國執教一年，也看見我們的主任高輝陽先生交付在老師手中那份自由與尊重。這都不夠留住我自私的心，這不夠，如果那塊分給我的田，不肯回報我生的歡喜、顏色和果實，我仍然沒有留下來的理由和愛。

田在發芽了，守田的人，你能不能走？

我聽到了青禾在生長的聲音，那麼快速的拚命長向天空，那生長的響聲，如火，燃燒了午夜夢迴時無法取代的寒冷和孤寂。

我的孩子們，再謝你們一次。當一個人，三次向你道謝的時候，他，已是你的了。

孩子，你們是我的心肝寶貝，我的雙手和雙肩暫時挑著各位，挑到你們長成了樹苗，被移植到另一個環境去生長的時候，我大概才能夠明白一個母親看見兒女遠走高飛時的眼淚和快樂。

要老師一年還是永遠？請回答我，我的學生們，請回答我。做母親的愛，當嬰兒誕生的那一剎，卻已是一生一世，地老天荒。

3. 原詩末句「盧山煙雨」四字，被沈君山先生改為「起腳再尋」。

愛我的朋友，你們知不知心，真正知心嗎？知道我，也有一顆心，而不只是浮名三毛嗎？你們如果知心，當知道我回國來是為了誰？又是為了什麼責任和那一份付出？你以為我回來，是為了錦上添花還加織花邊嗎？

人生一世，也不過是一個又一個二十四小時的疊積，在這樣寶貴的光陰裏，我必須明白自己的選擇，是為和朋友相聚的累與歡喜，還是為自己的學生？我不戴錶，可是我知道已是什麼時刻。

愛我的朋友，你們不知心，你們的電話鈴吵得我母親幾乎精神崩潰，吵得我永遠不敢回家，吵得我以為自己失去了禮貌和不通人情。事實上，是你們——我的朋友，不懂得君子之交淡如水的道理，更沒有在我的付出和使命裏給我過尊嚴、看重和支持。你們只是來搶時間，將我本當交給教育的熱忱、精力和本分，在一次又一次沒有意義的相聚裏，耗失。失禮的是你們，不是我。

這個社會，請求你，給我一份自己選擇的權利，請求你，不要為著自己的一點蠅頭小利而處處麻煩人，不要輕視教育工作者必須的安靜和努力，不要常常座談，但求自己進修。不要因為你們視作當然的生活方式和來往，摧毀了一個真正願意為中國青少年付出心血的靈魂。請求自己，不要在一年滿了的時候，被太多方式不合適於我的關心再度迫出國門，自我放逐。

請求你，不要我為了人情包袱的巨大壓力，常常瀟瀟夜雨，而不敢取捨。不要我變成泥菩薩，自身難保。請支持我，為中國教育，再燃燒一次，請求你，改變對待我的方式，寫信來鼓勵的時候，不要強迫我回信，不要轉託人情來請我吃飯，不要單個的來數說你個人的傷感要求支持，更不能要求我替你去佈置房間。你丟你撿，不是你丟叫我去撿；你管你自己，如同我管理我自己吧！

誰愛國家，是你還是我？

當我，為中國燃燒的時候，你——為什麼來擾亂？你真愛我嗎？你真愛中國的希望嗎？問問自己！

母親不許我發表這篇稿子。母親是個經歷過人世風霜的周全人，她因此有懼怕，本能的要保護她的女兒。

可是，女兒是不悔的人，這份不悔之前，有她的三思而後行，有她一向不為人知的執著、冷靜與看守自己。人，看到的只是三毛的眼淚和笑容，在這份淚笑之間，還有更巨大的東西在心裏醞釀，成熟，壯大。反過來說，萬事都是有益，在這一場又一場永無寧日的應酬和勉強裏，我被迫出了心裏的話，被迫出了不屈服的決心，也更看清楚了，自己的付出，在哪一個方向才是真有意義。

回過來說我的教學和孩子，我知道要說什麼。孩子，我們還年輕，老師和你們永遠一起年輕而謙卑，在這份沒有代溝的共同追求裏，做一個勇士，一個自自然然的勇士。如果你，我的學生，有朝一日，屈服於社會，同流合污，而沒有擔起你個人的責任和認知，那麼，我沒有教好你，而你，也不必再稱我任何一個名字。

三毛，妳又胡鬧了，妳還不去中南美洲，妳還在中國又中國，妳走不走？

不要急，故事慢慢的總會講，我去了一趟回來都還沒講完，你沒去的怎麼急成那個樣子。

我們先一起在中國工作工作，再去遊玩中南美洲好不好？

妳不是自相矛盾，妳上一段文章裏不是工作時遊戲、遊戲時工作嗎？自己講的話，怎麼又反悔了？三毛——

我沒有矛盾，這是你個人體驗的層次問題。

道可道，非常道，名可名，非常名。這句話，你懂了嗎？我不曉得。我懂了嗎？我確定懂了。

這個社會的可恨與可憫，就在於如我母親那樣怕事的人太多，而怕事後面一次又一次的教訓，卻是使得一個人不敢開口的原因。

但是，當一個發願做清道夫的人，難道怕衣服髒嗎？

當，沉默的大眾，不再是大多數，而是全部的時候，我們這一群平凡的人，到哪裏去聽真理的回音？

不，你又弄錯了，我的朋友，我仍然記掛你，愛你，沒有因為教書而看輕了任何人世的情懷、溫柔和社會人際關係的重要。我只是在請求一份瞭解、認同和生活方式、時間控制的改變；也更在於自我的突破和智慧，這都又還不夠，我只能要求自己，在一份行動的表現裏，付出決心、毅力和不斷的反省與進步。

不然，什麼都是白說了。

不覺碧山暮 但聞萬壑松。

我的長輩、朋友，在我有著大苦難時曾經為我付出過眼淚的讀者和知己：

我知道。當〈野火燒不盡〉那篇文章發表的一剎那，已經傷透了您們真摯愛我的那顆誠心。

愛我的朋友，我沒忘掉您們與我共過的每一場生死。我還在，請給我補救的機會，不在為你們錦上添花的時刻，而在雪中送炭時才能見到的那隻手臂和真心。

原諒我吧！在我的心裏，有一個人，已經離世三年了，我一樣愛他，更何況活著的你們？瞭解我，永遠是真誠的那顆心——對你。

不要怪我在山上不肯見你們，不要怪我不再與你們歡聚。不要看輕我，更不要看輕你自己在我心裏的分量。我只是已經看穿了看與不看之間的沒有分野。我只是太累了。

請不要忘了：一個離開了這片土地已經十六年的人，她的再度回歸，需要時間來慢慢適應這兒的一切又一切。這兒的太陽、空氣、水、氣候、交通、父母、家庭、社會和我已經支持不住的胃與算計……都要再度琢磨。慢慢的來好嗎？請不要當我是一條游龍，我只是一個有血有肉，身體又不算太強的平凡人，我實在是太累了。

癡愛目前的工作，癡愛自己的學生，沉醉在又一次念書的大快樂裏。你們愛我，我確實的知道了，我的感謝、你的愛護，讓我們回報給我們共同癡愛的中國，而不是在飯局上，好嗎？你瞭解我，便是鼓勵了我們真正的友情和共同的追求。

不要怪我再也看不見了。當你，急迫需要我的時候，我不可能遠離你。

琢磨，是痛的，我是一塊稜稜角角的方硯台，一塊好硯，在於它石質的堅美和它潤磨出來的墨香，而不是被磨成一個圓球，任人把玩。

不能隨方就圓，也許是我的執著，這樣被磨著的時候就更痛了。滾石不生苔，造出了一個心神活潑的三毛，那是可貴的。可是，請在我有生之年，有一次安靜的駐留，長出一片翠綠寧靜的青苔來吧！

不，不是隱居在山上做神仙，我只是做了一個種樹的農夫，兩百棵幼苗交在我的田裏，我不敢離開它們。

世上的事情，只要肯用心去學，沒有一件是太晚的。我正在修葺自己，在學做一個好農夫。請你支持我這片夢想太久的一百畝田，讓我給你一個不肯見面的交代和報告，來求得你的諒解吧！

這是我的一份工作報告，幾百份中最普通的一份。漫漫的冬夜，就是這樣度過的。我又是多麼的甘心、安靜又快樂。

文藝組的同學，在寫作程度上自然更好些。不拿學分而來旁聽的，也交報告。怕老師不肯批改，給的時候，那份向學之志，已說明在一雙認真的眼神裏。我請你——我的朋友，看看一份如此的報告，看見一個做老師的珍惜和苦心，再做為不肯見你的理由吧。

只要有志用功文字的同學，不分什麼系，都不忍拒絕，一樣照改，並且向他們道謝交在我手中的那份信任和愛。

師生之間的深夜長談，學生講，老師也講改出來了彼此的進步和瞭解。

「改」事實上不是一個很精確的字。

除了「標點」和「錯字」之外，文章只有好與不大好，思想也只有異和同，何「改」有之？

於是，常常紙上師生「對話」，彼此切磋，慢慢再作琢磨，教學相長，真是人生極樂的境界。

也因為孩子太多，師生相處時間有限，彼此的瞭解不夠深入。這唯一補救的方法，在我看來，就是在學期報告裏。細看學生向老師講什麼話，多少可能知道一個學生的性情和志向。

這兒是一份極為普通的學期報告。沒有任何刁難的題目，只要求很平常的幾個問題。請求同學自由發揮。在沒有瞭解一個學生之前，指引的方向便不能大意。自認沒有透徹的認識每一個學生，也只有在「對話錄」上，儘可能與他們溝通了。

宋平，是文化大學戲劇系二年級的一位學生，她的文章和報告，都不能算是最精采的，就如同她的名字一樣，平平常常的一個好女孩子。

因為做老師的和這位同學有著共同的名字，都是平平凡凡的人，便將這份不拿學分的報告公開。看看學生如何說，老師又如何講，變成了一份有趣的新報告。我的朋友，請你看一看吧！

這份報告，沒有分數，只有彼此亦師亦友的談話。教學相長的目的，也就達到了。

指導老師　陳平
國劇二　宋平

學期作業報告

一、我最喜愛的一本書，為什麼？

《人子》。因為有一陣子我看老莊的書（看哲學書便如打坐，沒有上師在旁指途，是很危險的事，切記。）看得入迷了，就很想像老莊一樣，拋棄一切世俗的道德規範，遁入山林，做個自由自在的人。（莊子老子仍然作書，可見沒有拋棄「一切」。請再思老莊哲學真正的中心所在，拋與不拋之間仍有它的道理。請慢讀老子《道德經》三次。細嚼「萬物作焉而不辭」這句話。再說，「自由自在」四字的意思並不只在山林，所謂「大隱隱於市，小隱隱於野」的說法，其實便是「境由心造」，不在於環境。請再體會。）可是，又覺得老是一個人，也不太受得了。（悟道之途尚遠又近。回頭是岸，聰明孩子也！）

第一次看《人子》，把它列為老莊一派的書，再看《人子》，覺得它是一本反老莊的書。（那個「再看」兩字好。）因為裏面的每一個故事的最後，都是在告訴我：活而為人，就只有在人群中找尋自己理想的答案。（請不要忘了去看看孔老夫子，很久沒去拜望他了，是不是？）尤其是《鷂鷹》一篇，主人把鷹訓練成一隻完美的鷹，而最後將牠放回天空。鷹的完美要在天空下的生活中才能顯現得更充滿生命力，我想人也一樣。（妳「想」，尚沒有肯定嗎？也好，再去想想。）書中人的主角幾乎都是在老了之後，才發覺自己追求的目標就在自己身邊。（還好沒有死了才曉得，只是老了才曉得，仍然來得及朝聞道，夕死可也。）我想我用不著把自己的一生去做書本中這個試驗，所以我回來了。（來去都在冥想中，並不付諸行動，當然來去自如了，倒也簡單方便。）然後，我發現要實現自己的理想真的是要在人群中，因為我感到當我做的時候，不但是為自己，也是為別人（億萬蒼生皆我身之理也）。（《人子》的作者，老師固然知道是鹿橋先生，可是報告中寫出作者來，比較更周全。妳喜歡這本書的內容和由書中得來的人生體驗，都是可貴的，但分析本書的話可以再多寫二十字，就更好了。）

二、我最喜歡的一個中國朝代

所有接受外族並與外族融合的朝代，我都喜歡。（胸襟寬闊，氣量也不小，好！）從夏、漢、唐、元，而至清，我發覺中國人只有在外族的血液刺激下，才能顯示出無比的生命力。（看事清楚，又潛見自己個性。好！）夏、漢離現在太遠了，沒有什麼感覺。（再去感感看。）唐代是個豐富的時代，但也是個殘忍的時代。（為何在妳眼中殘忍？並無一語說明，主觀偏見處也。）不喜殘忍，所以不喜唐代。（太主觀，不過也只有隨妳自由寫，主觀總比無觀來得好。）元朝太短了，不然我會優先喜歡它的。（看事只看長短，一剎永恆的境界便難達到。想來妳比較喜歡福壽全歸的老人勝於黃花崗七十二烈士。）

我喜歡清朝到了快瘋了的地步。（好不容易才轉入正題，怎麼一下筆便快瘋了？不要急，慢慢瘋比較好。）從皇太極入關到溥儀，我覺得這是個人統治下的朝代，也許是資料的完全，（不可盡信「完全」兩字。）也許是離現在近。（兩句「也許」，尚不肯定，也好。暫時不求甚解也是好的。）我所接觸的清朝到了末年也是有生命的。（活孩子，要求看見生命，好！）慈禧太后、光緒、溥儀。（老師也喜這個朝代，還有魏晉，都活蹦亂跳鮮明的人，知音也！）我喜歡清朝。（知道了。）

三、中外歷史上我喜歡的人物

清代光緒皇帝載湉。（老師亦喜他，知音也！）

開始喜歡他的時候，不知為什麼，然後（這兩字好。）看了好多有關他的清朝正史、野史、外史等等，越來越喜歡他，還是不知為什麼。（一廂情願，又見寫者性情，好。）後來看了《紅樓夢》，也喜歡賈寶玉。（將寶玉當歷史人物，又好。）就是寶玉出家那一段，我很不贊成。（去問高鶚。）我是一向不贊成出家這種事情的。（贊不贊成，由不得妳。遺恨!!是不是？）有一天，我突然想到一件事情，寶玉和載湉（虛人實人不分，可貴也。誰又是虛誰又是實？請再思。）同樣生活在極富貴的地方，載湉的日子還不如寶玉，可是他沒有出家。（做皇帝不是他要的，出家也由不得他。）珍妃死了，隆裕皇后又是那麼醜得可怕的人，他都活了四十一年。（寫來簡直像在說白話，好文筆。可是，請再看四書中《大學》那一書〈傳十章〉第九篇那句話「宜其家人，而后可以教國人」。再思三次。）有一次，我看到一本書（完全說白，好。）好像是清德齡郡主寫的。（太多「也許」、「也許」，「不知道」又「還是不知道」，現在又出來了個「好像」。妳「大概」十分安然於不確知的事情，是不是？）她寫慈禧光緒一般人（「一般人」三字用得好。）坐火車到什麼地方去。（「什麼地方」又不知，老師再笑。）那是在戊戌政變之後的事。德齡和光緒在火車上見了一面，她看到的載湉是：「淡淡的一笑，神情泰然，絲毫沒有自怨自艾的樣子。」（人生的面相太多，德齡如此看光緒，妳便也如此看他嗎？看一眼，便訂終生的時代已經過去了。將來火車上看男朋友最好多看幾眼。）大概就是這個樣子，哎，我難過死了。（此處「大概」兩字果然也出來了。可愛的孩子，可以難過，不要死，比較仍能更愛載湉，不死好不好？）想想看，一個皇帝落得如此下場，何況他又不是沒有才幹的人。（才幹這兩個字，是不是只是理想主義的代名詞？請再思。理想之外的識人，識己，機警，沉著，天時，地利，都是一個政治改革者背後必需的條件。光緒敗在何處妳當也明白了。理想主義者的可悲也在於如光緒那樣的人太多。戊戌變法並沒有留下任何的實績。其失敗的原因，應從現實與變革理想中看出成敗距離的差異，才能求得真相。光緒雖是專制君王，卻無專制的實權。由此引申，請看《魏武帝集〈求賢令〉》一篇中，曹操又如何用政。不過老師也仍是偏愛載湉的。）

四、我最喜歡的職業

跟電影、舞台有關的，我差不多都喜歡。（「差不多」也出來了，妳這位「也許」「大概」「不知道為什麼」的孩子，很好。總有一天這些字都不再出現了。目前才二十歲，可以原諒。）電視就不太喜歡了，因為一次投入的時間太長，（誰長？是妳還是電視工作者？請說明。）會很快的厭煩。

我不喜歡死板又沒有變化的工作，（銀行對妳是個好地方。那兒的數字一天變到晚，一張退票的背後，又有多少人生的面相，對不對？）如果做這種工作，我會很快的就死掉了。（一下要瘋，一下要死，人生的韌性不夠。愛一個朝代會愛瘋，做死板的工作很快就要死掉，個性十分激烈而極端。如果遇事順心或不遂心，便有如此強烈的反應，將來要受的苦難便比性情中和的人要大得多。以妳目前年紀來說，活得鮮明仍是極可貴可取的執著。當妳四十歲，而老師又尚沒有死時，還有話要跟妳說，目前不必了。請暇時去看《中庸》第一章，最後那幾句話。至要。謝謝。你們的年紀不愛孔子是不是？）當然，從事舞台、電影這份工作需要很多不同的知識，最重要的還是在於實際工作方面。（有認知，好。）舞台方面我做過，不過那不是職業劇團那樣來，是克難的業餘做法。（克難兩字又好。）我更喜歡弄實驗電影，我和我的朋友本來計畫要弄實驗電影，後來雙方家長反對，才暫時擱淺。（「暫時」兩字用來，可見仍不屈服，執著也。父母之言，經驗之談，用在婚姻上最重要，切切當聽一聽，再與之溝通瞭解。「暫時擱淺」對大事來說是「三思」，非常好。）

電影和舞台的工作能隨性而做。（隨誰的性？妳的？製片的人？導演的？編劇的？群眾的？再想一想是不是如此簡單？）當然，我喜歡能自由發揮的。（誰不喜歡？可是人世的艱難，就在於不能自由發揮也不能隨性。我們當有這份認知，那麼將來便更懂得如何珍惜自由兩字的意義了。）

五、我最喜歡的戲劇種類

我喜歡電影，因為電影最能把導演的風格完全的呈現，不會在演出時受到人為因素的影響，而破壞導演在劇中所要表現的中心思想。（導演之外尚要哪些人的合作才能將電影拍得完美，請再思。）

我喜歡有內容的電影。（誰又不喜歡呢？）至於題材便沒有什麼選擇了。（好！）但純娛樂片我也愛看。（純娛樂片其實也有內容。）其實，只要在一部片中，有一個鏡頭可看，對我，就有價值了。（有悟性，好。）

對於國外的電影、導演、製片公司，由於老是記不清他們的那一串名字，所以沒有什麼印象。（好電影不在名字，深印象當在內容和表達的手法上，是不是？）所以，對於國外片，我便簡單些說了。

《第一滴血》是部好片，尤其好在結尾。男主角是越戰退伍的游擊隊員，在回到美國本土之後，處處受到壓抑，終於被逼上山，從事破壞行動。最後他獨自一人造成小鎮上的大亂。闖入警署中，他向他以前的長官哭訴發洩，講他心裏的感受。然後，天亮了，他很平靜的戴上手銬，走出警署，臉上是不屑的表情。

比起《熄燈號》來，《第一滴血》是太成功了。但是《熄燈號》的前段處理比較緊湊、有力。我不是把《熄燈號》當成軍校保衛戰看的，我是把它當成成年人的世界和青年人理想之間的衝突來討論的。一般來講，理想和現實衝突時，尤其這種對立關係存在於成人與青年人之間時，多半是年輕人妥協，因為社會的樞紐終究是操縱在成年人手裏。（後生可畏，不要自輕。）年輕人要爭取，也是有為的，好比愛情、學業、前途……不會有人「為爭取而爭取」，因為這種人是搞不清楚爭取到了什麼的人。就好像，戰爭之起也不是為了「打仗為了要打仗」

一樣的道理。《熄燈號》的最後，讓人覺得碉堡山軍事學校多日的理想堅持，已變成了一種無聊的行動。（說得真好，老師不敢插嘴，再說下去。）

中國的武俠電影（和小說）是在世界上最獨樹一格的題材。如果我們不能把它發展成像美國西部片一樣的聲勢，那實在是很丟臉的一件事。（再說！再說！）

據說在我還沒出世以前有一部拍得不壞的武俠片，（什麼片名？）可惜我沒趕上。不然拿它來和《名劍》和《決戰》比一比，不知會不會把這兩部比下去。（「不知」兩字用得留心又客觀，在此是一好字。再說！）

《名劍》的重點是兩場：一場救人，一場生死決鬥。這兩場戰好在節奏明快，沒有多餘的對話和動作，以及剪接奇佳，所有我看過的電影中，《名劍》這兩場的剪接，絕對是第一。（「絕對」兩字終於出來了，妳自己看見了嗎？終於肯定了自己的眼光和看法，好。）除了這兩場，《名劍》別無看頭。

我認為《決戰》和《名劍》是目前武俠片的代表。武術指導兩片同一個人，但《決戰》有戲可看，也比《名劍》清新，《決戰》的剪接比《名劍》略遜一籌，但拍攝的技巧不輸《名劍》。（語氣越來越能肯定自己的看法，在這件事上極有自信，好，再說下去。）

還有許多相同題材，國外拍得嚴肅，國內處理得輕鬆。這是可以比較得出來的。（越說越有信心，再說！）

《心跳一百》和《會客時間》同樣講一個心理變態的男性，為了某種特定的刺激而殺害女性。（用詞好。）但是《會客時間》是恐怖片，《心跳一百》是恐怖喜劇。《小姐撞到鬼》和

《密使超生》同樣是鬼附身而有殺害行為的片子，《密使超生》就是鬼片，《小姐撞到鬼》就是黑色喜劇。（好文好見解，再說！）

很奇怪的是，中國人拍鬼片，一定是風聲鶴唳鬼影幢幢的拍來就不好，反而將之為喜劇來拍，倒是拍得好了。（請再去看《聊齋誌異》一書。）

現在很流行的社會寫實片，不知怎麼搞的，有一部非常不錯的，就硬三天下片，叫《無業遊民》。導演非常冷靜的處理這部片子，而且處理得好。常有人說：例如三毛陳平老師，她不愛看國片。其實一些真正的好片子，她根本沒有看到。（多謝指教。下次改過、注意。）

台港兩地的導演也可以討論一下他們的風格：

張徹是拍武俠片的，捧出了六代的武俠明星。（怎麼六代?!願聞其詳。）不過，他的片子在我看來，都是差不多的——非常平穩，但人物個性不夠明顯，早期片子又比現在好。（請看《張徹雜文》一書，再瞭解他一次，由不同的角度。）

胡金銓的片子，畫面美，節奏夠，但又不夠好。（做影評人真舒服，左也不夠，右也不夠。）有時候咚咚咚的讓我心煩。（妳煩他不煩。）他的影片進行（節奏）速度快過一般同輩導演。（拍片速度超慢，嘻！）

我喜歡他的《山中傳奇》，白天的鬼，（四個好字。）很特殊的表現手法。

李翰祥也是有固定形式的導演，但是《武松》一片他是做了很大的自我突破。（這末四字又好。）

（以上三位導演，念書都極多，才被妳注意討論了，請不要忘了他們成功背後的原因。）

張佩成的《鄉野人》是部好片。

在年輕的新銳導演中，我最欣賞程小東。其他像許鞍華、譚家明、徐克、吳宇森、黃泰來也好。王童的片子，劇本弱，但他拍得好，像一件藝術品。

大致說來，新銳導演敢於橫衝亂撞的拍，但老導演的功力深厚，也是有可看性的。反正，有好片看就成了，我也不太苛求製片、編劇和導演的。

（孩子，老師耐心等妳講，等妳整理自己的思緒和志向。一篇報告，理出了自己當走的方向。妳用父母的血汗錢去看電影，看出如此成績，已經不算浪費和只是娛樂。可是還是要乖，暑假再去工讀才是。只說不做，在目前來說，可以。畢業前的功課，照妳目前來說，是多看電影，多分析，多觀察，多研究，多接受間接的人生經驗。而後的路，其實現在已慢慢地開始在打基礎。聽說妳旁聽許多別系的課，在本系內成績也第一名，又看了那麼多場電影，可見在時間的安排和知識的追求上都有能力突破，是好現象。更可貴的是，看事不迂腐，不教條，更不人云亦云，有自己的語體，自己的見解。風格，慢慢可以由此樹立。老師認為，妳可走的方向，就在戲劇系。再記住：認理修真心莫退，道德處處皆可為。謝謝妳的認真，更謝妳這清新的松濤。

再介紹一本好書：《晚清政治思想研究》。小野川秀美著　林明德、黃福慶譯　時報出版公司出。）

看這個人。

他要的不是掌聲，他要的不是個人的英雄崇拜，他不要你看熱鬧。

請你看他，用你全部的心懷意念看看這個高貴的人，看出這一個靈魂的寂寞吧！

你當然看到了他，因為這一場演講會你去了。

請問你用什麼看他？用眼睛，還是用心靈？

演講會散了，鬧哄哄的人群擠在走廊上，氣氛相當熱烈，好似上一分鐘才從一場宴會裏散出來。

一張又一張臉上，我找到的不是沉思，我聽到看到的只是寒暄和吵鬧。

那麼多張臉啊，為什麼沒有一絲索忍尼辛的光影？而你正從他的講話裏出來。

你為什麼來？他又為什麼講？場外那麼多哀哀求票的人，你為什麼不乾脆將票給了他們？

是那一位過來問我：「三毛，妳聽演講為什麼淚溼？」

我無法回答你這個問題，你根本在場，看見了這樣的一個人，聽了他的講話，想到他的一生，卻問我為什麼墮淚，那麼你跟我，說的不是同樣的語言。

我流淚，因為我寂寞，你能懂嗎？孤臣孽子的寂寞，無關風月，一樣刻骨。

你又說：「妳是情感豐富的人，當然是如此反應的。」

那麼我跟你說，你冷血，這兒一半聽講的人都冷血，全台灣一半的人冷血、自私、懦弱、短視……你無感，因為你沒有愛，沒有心，沒有熱血，也沒有靈魂。

是的，我們是一個自由的世界，我們自由得慢慢爛掉，爛在聲色犬馬的追逐裏，死在浮華生活的彩色泡沫中而洋洋自得。這便是你對自由的瞭解和享受，是不是？

你是不是將索忍尼辛的來，又當作一場空泛的高調，你聽見自由的呼喚，聽見一個真誠而熱烈的靈魂喊出了你常常聽的東西，也喊出了大陸同胞的聲音，你便機械的鼓掌，就如你一生拍了無數次想也當然的手一樣。

你只是拍手而已，你的眼底，沒有東西。

我們僵掉了，我們早已僵化了，我們有的只是形式和口號，我們不懂得深思，因為那太累人了。

你不要喊口號吧，口號是沒有用的，如果你不調整自己的生活，不改變自己的理念，不珍惜你已有的自由，不為你安身的社會擔負起當有的一份使命，那麼你便閉嘴好了。

有的時候，我們將物質的享受和自由的追尋混為一談，我們反對極權便加強渲染那個不自由世界裏物質的缺乏。卻不知道，有許多人，為著一個光明而正確的理想，可以將生命也拋棄。物質的苦難和自由的喪失事實上是兩回事，後者的被侵犯才是極可怕可悲的事情。

我並不是在跟你講國家民族，我只跟你講你自己，我們既然將自由當作比生命還要可貴的珍寶，那麼請你不要姑息，不要愚昧，愛護這個寶貝，維護它，警惕自己，這樣的東西，你不當心，別人便要將它毀滅了。

請你看這個人，看進這一雙悲天憫人的眼睛，看出他心裏的渴望，看清楚他個人血淚的遭遇，看明白他的語重心長，也看見他心底那一股如同狂流般的焦慮和得不到自由世界迴響的寂寞。

聽了索忍尼辛的話，但願你心裏有一點被刺痛的感覺，他如此的看重每一個珍愛自由的靈魂，我們不當輕視自己，更不能將這份衛護自由的使命交在他人的手裏，而忘了自己也是一份力量。

我所知所愛的馬奎斯。

馬奎斯是近年來世界性受歡迎的作家。他的作品不只在西班牙語地區得到普遍的歡迎，同時在世界各地只要對近代文學略有涉獵的人都不應該不知道他。很可惜的是在中國，他的名字還不能被一般的讀者所熟悉。

我大概是九年以前開始看這位先生的作品。第一本看的是《沒有人寫信給上校》，第二本是《大媽媽的葬禮》。他的書在任何一個機場都可以買到，所以說他是一個受普遍群眾所喜愛的作家。直到五年前我看到《一百年的孤寂》，我的看法是除了中國《紅樓夢》之外，在西方作品裏，它是這百年來最有趣的一本書。它可以讓每個人閱讀、瞭解和欣賞，念他這本書，如入幻境，癡迷忘返。

我認為今天以一個寫短篇小說起家的作家（不能說專寫短篇小說），能夠得到諾貝爾文學獎的榮譽，也是相當的特殊。我最受感動的兩篇文章，台灣好像沒有介紹，一篇叫做〈星期二晌午〉，一篇叫做〈鳥籠〉，都是很短的，而裏面說的東西是很平凡的生活上的故事，可是又那麼深刻。

〈星期二晌午〉是說一個賊在鎮上被打死了，他的母親帶了個小女孩坐火車到那個鎮他的墳上去獻朵花，鎮上的人覺得打死這個賊有一點羞恥，就把百葉窗都關下來了。這個女人下火車時就跟女孩講要振作起來，然後她們走下去，走到教堂的門口敲門；教堂的神父打開門接待她們，帶她們到墳上去，在上面放一朵花。離開鎮的時候，百葉窗後面很多眼睛看著她們。神父說：「真可惜啊！妳當初為什麼不叫妳的兒子做一些好事？」母親答覆說：「他本來就是個好人。」

〈鳥籠〉是說一個做鳥籠的人，很渴望做一個美麗的鳥籠去賣給鎮上一個富翁生病的小孩，希望能賺一點錢。他做了很多幻想之後，把鳥籠很辛苦的做好拿去，最後的結局是把鳥籠送給了那小孩，走了，沒賺到錢。很辛酸的一個故事。

《大媽媽的葬禮》寫的都是很平凡的故事，但有很深刻的一種人生的悲劇感。他的作品在整個氣氛上很像福克納的東西，很沉而不悶，很滿，要說的話不說出來就結束了，有回味。他有些作品短，而且非常短，在西班牙本土，前兩年幾乎每一個星期都把他的短篇小說編成電視劇演出，非常好看。

我從來沒有受過這樣深的感動，希望把西班牙語系文學作品譯出來，直到看到馬奎斯的作品。我認為他的作品在當今這些文豪來說，他得獎實在是晚了一點，早該得獎了。

對於馬奎斯這樣的看法可能是因為對西班牙語文有著太強烈的情感，同時與他們的人民、土地、民族也有認同。馬奎斯在世界各地已是十多年來最受歡迎的作家，作品深刻而悲哀，他有著悲天憫人的胸懷，寫的是全人類的情感，文學淺近不晦澀。

他得獎我非常興奮。但願因為這個人的得獎，使我們中國不再只注意歐美文學，事實上西班牙語系文學到今天還是非常燦爛，可是對我們中國人來說，引介的工作還有待努力。

罪在那裏。
——導讀《異鄉人》

卡繆的第一部小說《異鄉人》於一九四二年出版，是以年輕的法國人莫梭以及他所居住的法國殖民地阿爾及利亞為背景，敘述出來的一個故事。

這本小說分成兩個部分，第一部描述莫梭母親的死，以及他殺人以前的生活。第二部描寫獄中生活和審判的情形。兩部的構造，是用對照的方式表示兩種不同世界的不同看法，那也正是莫梭視「直接感動」為真實的人生態度。

在第一部中，莫梭所過的生活，以母親的死而明顯的表露了他那冷漠的反應，是與一般社會慣例絕不相同的。葬禮過後，莫梭去做海水浴，和偶爾相遇的女朋友瑪莉去看電影，當天晚上和她發生關係。那以後的兩三個禮拜，他一如往昔，上班、下班、工作，星期六和瑪莉約會。他的公司派他去巴黎，莫梭卻以——隨便在什麼地方都可生活，而予拒絕。他雖不愛瑪莉，卻也答應跟她結婚。

莫梭這種平靜的生活，終於因為結識了一位毗鄰而居的年輕人雷蒙而告終止。雷蒙是個皮條客，他發現自己的阿拉伯情婦移情別戀，處心積慮想要懲罰她，莫梭偶然的捲入這場爭端。他答應替雷蒙想辦法讓他會見情婦。當雷蒙毆打情婦時，鄰居召來了警察，莫梭又為雷蒙說謊，毫無動機的介入這件糾紛。

有個星期天，雷蒙叫莫梭一同去海邊遊玩，那時，包括雷蒙情婦弟弟在內的一群阿拉伯人跟他們打架，雷蒙因此受傷。後來莫梭再度隻身外出，想在灼熱的海灘附近找個陰涼的地方休息，就在這個時候，迎面碰到了一個阿拉伯人。莫梭身上恰好放著雷蒙託給他保管的一支手槍，再加上令人頭昏目眩的陽光，使得莫梭神志混亂，他誤把陽光的反射當成刀刃的銳利光芒，他扣動扳機射殺阿拉伯人。而後，再向屍體連發了四顆子彈。

莫梭被捕、受審、判處死刑。陪審員做這種判決，與其說是基於犯罪行為的事實，倒毋寧說是由於深惡莫梭的性格——特別在於他對母親死後種種所謂放蕩行為的深惡。

對於殺人，莫梭除了對預審推事表示是由於「太陽的緣故」之外，並不說明任何犯罪的動機——事實上，他的動機的確並不存在，除了太陽的緣故。

檢察官向陪審員指出，莫梭沒有一般人的情感，也沒有罪的意識，是個「道德上的怪物」。莫梭在獄中等待受刑時，也的確扮演著一個社會怪物的角色，包括神父勸他懺悔、投向永生。莫梭除了大怒之外，不肯向宗教認同，他說，他的人生到目前為止，與任何先驗的價值無關。這種人生雖然荒謬，卻是他唯一可以遵循的人生。他接受生，接受死，這使他奇異的尋獲了和平，並且發現到自己和宇宙，終於合而為一。

我們閱讀《異鄉人》，應以故事的形式和風格所表達的莫梭性格為中心。以傳統自傳形式而言，《異鄉人》中的莫梭，正是一個在任何社會形態下所謂的「異鄉人」。卡繆用在以第一人稱莫梭的文字，一向只提示事件，並不說明他對事件的反應；他不分析自己的感情，只是敘述瑣碎的細節，或一些「感覺上」的印象。

莫梭在表面上看來，並不具有一般人的感情。他雖然認為母親不死比較好，卻未曾對她的死感到特別的悲哀。他歡喜瑪莉的笑容，對她產生情慾，卻沒有愛她。他缺乏雄心，也不接受升遷的機會。他認為——「無論如何，什麼樣的生活都一樣，畢竟目前的生活，並沒有讓我有什麼不悅的地方。」他甚至對於受審，都覺得不是自己的事，他只想快快審完，好回監獄裏去睡覺。

我們透過「異鄉人」這麼一個人物，可能看見某些自己也常有的性格，那就是：許多人——包括我們自己，常常生活在無意識的生活習慣中而至麻木。莫梭是一個不知道本身人生意識的人，是一個沒有意識的主人翁。他對於生，既無特別的狂喜；對於死，也並不很在乎。整個的生命，不過是一場荒謬的過程。在這裏面，除了「感覺」之外，人，沒有其他的思想，包括殺人，也只因為那「陽光的刺目」而已。

莫梭，在基本上，是一個普通人，對於社會，事實上並沒有露出明確的反抗——他只是放棄。或者說，他活得相當自在卻又不在乎。

當莫梭自覺到他無法對人生賦予任何有意識的形態時，他很自然的放棄了一切，留下的生之喜悅，只是能夠帶給他直接反應的「感覺」。例如：「夏日的氣息、我熱愛的住家附近某個黃昏的景色、瑪莉的微笑與洋裝。」以上的種種，成為了他所感受的真實生活，而不想再去超過它們。

莫梭把這些事情都放在生活裏，卻不給予自己一個說明，正如他並不想從他和瑪莉一時的肉體快樂中，導出以愛為名的永恆感情。

卡繆以間接的方法表示出莫梭那種若有若無其事的敘述態度，實際上，這種表達手法，包含著比想像更豐富、更複雜的感情。莫梭有他自己生活的法則，他不是道德上的怪物，也不缺少常人所具備的感受力，他只是一個不願深究一切而存活的某種——人。即使可能在法庭上救自己一命，他也拒絕成為一個習俗上的孝子。他不肯說一句虛偽的話。

莫梭不是一個虛偽的人。這，使得整個的社會，反抗了他，誤解了他，將他孤立起來。造成悲劇的事實上並不在於他的性格，而在於他和這個社會上其他的人類如此不同，因為這一份不相同，社會判了他死刑。

雖然，殺了一個阿拉伯人可以判死刑，這是無可非議的，可是判決莫梭死刑的方向，並不在於這個事件，而在於他的不肯矯情。

對於莫梭而言，道德就是遵循感覺的行動。所以他為了自己，也為了別人，必須忠實的、毫無誇張的表現這種感覺。《異鄉人》是人與外在世界的糾葛，也是人與社會衝突的紀錄。卡繆所謂的「人的欲望」與「世界的不關心」之間的對立，就在這本小說裏。

事實上，經過莫梭，我們可以看見人的基本特質：對生的欲望以及對真實的欲望。但是他的欲望如此的不明顯，使得他囿於世界所設定的極限裏。監獄中的莫梭，象徵著被敵對世界所捕獲的人，他逐漸失去自信，他無法對他人表達思想，他已成為自己的「異鄉人」。而莫梭沒有征服外在現實的方法。

事實上，莫梭只是一個單純的人，單純到看上去一無知性，只以接近動物性的感官在存活。而這真真實實的生活，從任何一個角度看去，都是屬於他主權之內的生活方式，卻不被社會上其他的人所接納——一旦這個人，發生了某種事件，例如說，殺了人，他的結局，除了唯一死罪之外，沒有別的可能。

莫梭單純，其實他的朋友們也很單純，這些朋友——親切而略帶感傷的謝列斯特、笨到看不懂電影的艾馬紐、粗心大意但是快樂的瑪莉，甚而毆打情婦的雷蒙，以及整天虐待一隻患皮膚病的狗的沙拉馬諾，都是一批單純又普通的人。他們並不是冷漠的，他們是一批生活在強烈感情中的人，只是平凡的存活在社會最基層的地方，使人漠視了這些人存活的意義。而這一些圍繞著莫梭而生活的小人物，事實上並沒有排斥莫梭，他們甚而是善待他的。他們接受他，但不審判他。正如他們對待自己。

其實，「異鄉人」又何曾沒有審判自己，從第一頁開始，我們可以發現，莫梭在內心中一直在審判自己。就在向公司老闆請假奔喪的同時，他就已經在茫然中感到了罪的意識——那別人加在他身上的罪的意識。

全書中，守靈、殺人、審判這些過程中，在在的提出主角對於刺目光線的敏感，這份完全屬於官能反應的現象，都是情節變化時一再出現的。莫梭在陽光下的感情容易變得亢奮，這一方面固然表示他的精神狀態，另一方面他已感到有一種比殺害一個阿拉伯人更神秘、更可怕的存在——宇宙。莫梭激怒於神父，將神父趕走的當時，是他情緒上再一次的激動——第一次在於殺人。而這第二次的激動，因著死刑將臨，反將主角引上了最後不得不做的妥協；在死亡之前，將自己與宇宙做了最終也是最完美的結局。

分析一本書籍，重要的其實並不在於以上引用的比喻、象徵或推測。這種方法，雖然有它知性上的意義，但是，在藝術以及人性的刻劃上，如此解剖，不但無益，反而可能破壞了閱讀一本世界名著的完整性以及直感性。分析，並不能算做唯一導讀的方式。

我們與其對《異鄉人》做更多的分析，倒不如依靠故事主人翁自己的敘述，使我們更直接的感到身為一個「異鄉人」而不能見容於社會的那份刻骨的孤寂。更重要的是，對於這樣一個「異鄉人」我們所抱持的心態，是出於悲憫還是出於排斥，是全然的溝通與瞭解，還是只拿他當為一個殺人犯？我們不要忘了此書的最後一頁，如果沒有那一份莫梭臨死前心靈上的轉變，那麼人生才真是荒謬的了。

莫梭，是無罪的。審判他的人，也是無罪的，問題出在，莫梭是一個不受另一階層瞭解的人。

鄉愁。

這總號第一百二十期的《藝術家雜誌》，夾在大批信件和報紙裏，擠滿了小小的信箱，當然，急著先拆《藝術家》。

才拆開信封的一角，心裏就歡喜得喊了起來。只看那露出來的一個邊，就知道這一回用了「夏卡爾」（MARC CHAGALL）的畫作了封面——終於。

夏卡爾是我心摯愛的一位大師。

說來說去，好似沒有一位畫家是不喜歡的，其實事情並不如此。世上許多成名畫家的畫並不欣賞的也怪多的。

例如說，西班牙大畫家米羅的畫，就看不長。初看是喜歡的——只能看一陣。這不是藝術評論，不過是個人的觀點和性向而已。

在我少年的時候，除了書店之外無處肯去。因此父親便在台北市中山北路的敦煌書局放了一筆錢，只要去拿書，就可以走，不必付款。

當然，拿的全是畫冊。

也因為進口的畫冊價格昂貴，從不敢拿那些大冊的。一次又一次去都只拿小本的，有如

「口袋書」那種尺寸的東西。其中就有一本是夏卡爾的。

《藝術家》刊在一百二十期的夏卡爾專輯目前一個字也不敢先去看，怕受到他人文字的影響而寫不好這篇屬於自己的心得。

說來很慚愧，夏卡爾的真跡一張也沒有看過。有一年，如果沒有記錯的話，好似夏卡爾在日本舉行了一次回顧大展。當時，我不知在哪個國家，聽到這個消息，心中有著那麼一絲隱痛，知道是沒有可能去看的——日本很遠，而我並不在亞洲。

聽夏卡爾是「鄉愁派」，大概是自創的。

要說藝術的畫派，總認為它們只是十分概括性的一個名詞。事實上每一個畫家無論採用的技術如何相近，在精神上都是不同的個體。例如說後期印象派裏面的一群畫家，他們被區分在一個畫派裏，卻又是多麼的不相同。

如果說起夏卡爾，主觀的仍想說：在他的作品裏，看見的是一幅又一幅夢、鄉愁、神秘，還有愛和宗教。

最奇怪的是，夏卡爾的真跡沒有看過，倒是在西柏林的一場歌舞劇裏看見了一個活的「舞台夏卡爾」。

當然而然，那場戲劇叫做《屋頂上的提琴手》。是以色列的劇團在二次世界大戰之後——這一群猶太人藝術家第一次踏在自由德國的土地，以一個猶太民族的流浪史，做了這為期一年的巡迴演出。

在當年，我是一個窮學生，每次聽音樂會，可以去買最便宜的學生票。四馬克一張，位置在樂團的後面。這也沒有什麼不好，因為一般聽眾看的是指揮者燕尾服的背影。而我，恰好可以從頭到底看到指揮的正面表情。有一次是大指揮家卡拉揚的一場。嗳，終生難忘。並沒有聽，一直在看他。

扯回來說《屋頂上的提琴手》，這又得扯到俄國去了。一生裏，尤其在少年時代，除了中國白話小說之外，看得最入迷的就是那批舊俄時代作家的名著。而夏卡爾，是一個原先住在俄國的猶太人。他不能算法國的，絕對不能。

這些事情，在我心裏上的串連，都是不可分割的。

好，現在回來寫舞台上的夏卡爾。前面許多鄉愁，在這位畫家的作品裏，都能找到根源，是不能省筆的。

《屋頂上的提琴手》有電影也有舞台劇，兩者都看了。

比較之下，舞台劇的「震撼」，還是因為夏卡爾。

也是當時運氣好，我有一位德國朋友，念大學時在替西德政府新聞局做工讀生。每當西德政府邀請了世界各地傑出人士去訪問時，便由懂得那「受邀者」本國語文的工讀生代表新聞局做接待。這個工作待遇高，有司機駕駛的禮車給貴賓乘坐，來訪的貴賓大半是他們本國最優秀的人物，因此教養也好。自然，接待員也是千挑萬選的優秀學生。

總而言之，接待到夜間的西柏林文化活動時，我的朋友就將入場券和貴賓都交給我，由我陪伴。當然，只翻譯中南美洲或亞洲來的幾位。於是，利用這個機會，一共看了三個晚上的提琴手。是前排最好的位子，第七排中間。

《屋頂上的提琴手》的故事，在多年前也曾以電影的形式在台灣上映過。講的是一群世居俄國的猶太人如何離散。唱片至今仍然買得到，故事部分便不再多談了。

要講的是佈景——舞台劇的。

一幅一幅彩色的紗分割了時、空、現實、夢、幻、白晝和夜晚。服裝、道具、房舍、演員站立時的組合，在在重現了夏卡爾「畫中的一切」。

當然，是因為與夏卡爾有著同樣背景和身世的一個民族在演出他們的血淚流亡史，才用了這位大師的氣氛。

第一次看這部戲的時候，燈光由暗到明，舞台上開始傳來歌聲，我輕喊了一句：「呀！是夏卡爾的畫，立體，活的——」

坐在身邊的貴賓是一位新聞從業人，墨西哥來的，他不明白我提到這個名字時的激動。看一看他的表情，就知他實在不曉得夏卡爾是誰。接著我只有一面看，一面將情節小聲的用西班牙文譯給他聽。原劇雖是以色列劇團演出，演員都用德文。

當那些夢與夢交織著活現在一個舞台上時，我想起許多事情，想起夏卡爾一張又一張人和動物在天空中飄浮的畫。而那些猶太人，他們真的在舞台上用了什麼方法，叫人就在天空裏飄升。當然也不是這些特技感人，而是那個如夢如幻的鄉愁刻骨。

這不是一場偶然，事後報上評論同樣說，佈景成功感人，來自畫家夏卡爾的巨大影響，用了他畫內的色彩、形式和天衣無縫精神上的密切配合。

其實，我喜歡的是電影形式，一向不很接受舞台劇。就怕人和舞台太接近，反而融不進舞台消失。

去。但是《屋頂上的提琴手》不同，它選了夏卡爾。這位大師的氣氛呈現時，人入夢境——

夏卡爾的作品看上去如此難以解釋，在取材上它樸實又鄉土。在表達上又這般的瑰麗和奇幻。在意境上——溫柔、包容、愛的裏面，又深藏著一份解不開的神秘、隱疼和真純。

它們——那些作品，乍一看，是甜蜜的，故鄉在回憶中該當有著這樣的情懷。其實，夏卡爾的取材——房舍、婚禮、白紗新娘、牛、羊、花束、天使、時常出現的提琴手……它們最容易被人誤解成為一種極度感性的表達，而裏面沒有太深的內涵。這一點，夏卡爾本人難道不明白嗎？他自然是曉得的，可是堅持了他的風格。

以文學的比方來說，如果一個作者寫的東西非常生活化，而不在文章中明寫一絲一毫大道理，一般人所看見的，往往就是那些生活，而看不出生活背後放手交給讀者自己去思想的訊息。同樣一件事情，寫來如果筆下稍加「明顯的深奧」，讀者可能更尊敬這位作家。

在我看來，夏卡爾的畫，拿上段的比方來說，是屬於前者。

喜歡一種寫實畫，用現實的題材，畫出來的明明又不是現實的那個模樣，而它又是現實的一種精神體。

夏卡爾的感人，在於他的以現實交織夢幻，而那些顛顛倒倒的形象組合，還有燦爛色彩的大膽應用，除了馬諦斯的色彩之外，無人可及。

雖是色彩，馬諦斯和夏卡爾又不相同。真要比較，我的心又偏了馬諦斯。這麼拿畫家比來比去又是不公平的。

當我第三次去看《屋頂上的提琴手》那場戲時，正是劇團在西柏林的最後一場演出。捨不得將時間交給向身伴的一位亞洲貴賓去做翻譯。而他，一位新加坡去的客人，也因為白日的參觀太緊湊正在劇院中閉目養神。

我專注的不肯放過任何一絲一毫微小快速的一切轉換，融入戲中，以致與故事、演員、聲、光、色……一同在我的呼吸和心跳裏起伏。它們在那永恆的一霎間，成了生命的部分。

謝幕時，我站立著鼓掌又鼓掌，流著眼淚也不知道，直到應該由我照顧的貴賓遞上來一條手帕。

夏卡爾的作品，裏面深藏著複雜的東西，它可以被稱為甜蜜，可以被看出悲傷，可以說是回憶，可以講是夢境……最最主要的，在我主觀看來——是那份廣涵的摯愛。這份情愛的裏面，竟然找不到一絲尖銳的諷刺或抗議——對人生的。

「包容」的含意，竟也如此明白的以溫柔和美表達了出來。

這個字，難道還有其他更好的方式嗎？

其實，這麼講也錯了，講得太文字。而一張好畫的好，是不能以文字來取代的。畫就是畫，不是字。

這一生，為著夏卡爾，跟酷愛美術的朋友們爭執過好幾次——他們對這位大師的瞭解和批評與我的看法是那麼不相同。而我，總替夏卡爾感到委屈和不平。

藝術畢竟仍然是一份見仁見智的事情，當然，也得水準以上的創作才能一談。

一位朋友說，在我的文字中，好似很少因為挫折而落淚，反而在講起藝術和美的境界時，總用流淚來交代。

我說那也不一定，「蒙娜麗莎」是心中極品，而我對於她，就不是眼溼的那類了。不能否認的是，夏卡爾的作品，文學性仍是極強，這是超現實畫派的特色，又有何不可呢？夏卡爾是一個對自己十分真誠的畫家。這份真，並不完全是每一個畫家或畫派所執著的方向，可是夏卡爾應該算是一個。

為著他的真誠，就喜歡。更何況，還有別的。

愛馬。

常常，聽到許多作家在接受訪問的時候說：「我最好的一本書是將要寫的一本，過去出版的，並不能使自己滿意。」

每見這樣的答覆，總覺得很好，那代表著一個文字工作者對未來的執著和信心，再沒有另一種回答比這麼說更進取了。

我也多次被問到同類的問題，曾經也想一樣的回答，因為這句話很好。可是，往往一急，就忘了有計謀的腹稿，說出完全不同的話來。

總是說：「對於每一本自己的書，都是很愛的，不然又為什麼去寫它們呢？至於文字風格、表達功力和內涵的深淺，又是另一回事了。」

也會有人問我：「三毛，妳自以為的代表作是哪一本書呢？」「是全部呀！河水一樣的東西，慢慢流著，等於划船游過去，並不上岸，缺一本就不好看了，都是代表作。」

這種答覆，很嚇人，很笨拙，完全沒有說什麼客氣話，實在不想說，也就不說了。

其實，才一共沒出過幾本書，又常常數不出書名來，因為並不時時在想它們。

對自己的工作，在心裏，算的就只有一本總帳——我的生命。

寫作，是人生極小極小的一部分而已。

堅持看守個人文字上的簡單和樸素，欣賞以一支筆，只做生活的見證者。絕對不敢詮釋人生，讓故事多留餘地，請讀者再去創造，而且，一向不用難字。

不用難字這一點，必須另有說明，因為不大會用，真的。

又要有一本新書了，在書名上，是自己非常愛悅的——叫它《送你一匹馬》。

書怎麼當作動物來送人呢？也不大說得出來。

一生愛馬癡狂，對於我，馬代表著許多深遠的意義和境界，而牠又是不易擁有的。

馬的形體，交織著雄壯、神秘又同時清朗的生命之極美。而且，牠的出現是有背景做襯的。

每想起任何一匹馬，一匹飛躍的馬，那份激越的狂喜，是沒有另一種情懷可以取代的。

並不執著於擁有一匹摸得著的駿馬，那樣就也只有一匹了，這個不夠。有了真馬，落了實相，不自由，反而悵然若失。

其實，馬也好，荒原也好，雨季的少年、夢裏的落花、母親的背影、萬水千山的長路，都是好的，沒有一樣不合自然，沒有一樣不能接受，虛實之間，莊周蝴蝶。

常常，不想再握筆了，很多次，真正不想再寫了。可是，生命跟人惡作劇，它騙著人化進故事裏去活，它用種種的情節引誘著人熱烈的投入，人，先被故事捉進去了，然後，那個守麥田的稻草人，就上當又上當的講了又講。

那個稻草人，不是唐吉訶德，他卻偏偏愛騎馬。

這種打扮的夢幻騎士，看見他那副樣子上路，誰都要笑死的。

很想大大方方的送給世界上每一個人一匹馬，當然，是養在心裏、夢裏、幻想裏的那種馬。

我有許多匹好馬，是一個高原牧場的主人。

至於自己，那匹只屬於我的愛馬，一生都在的。

常常，騎著牠，在無人的海邊奔馳，馬的毛色，即使在無星無月的夜裏，也能發出一種沉潛又凝鍊的閃光，是一匹神駒。

我有一匹黑馬，牠的名字，叫做——源。

說給自己聽。

Echo，又見妳慢吞吞的下了深夜的飛機，閒閒的跨進自己的國門，步步從容的推著行李車，開開心心的環住總是又在喜極而泣的媽媽，我不禁因為妳的神態安然，突而生出一絲陌生的滄桑。

深夜的機場下著小雨，而妳的笑聲那麼清脆，妳將手掌圈成喇叭，在風裏喊著弟弟的小名，追著他的車子跑了幾步，自己一抬就抬起了大箱子，丟進行李箱。那個箱子裏啊，仍是帶來帶去的舊衣服，妳卻說：「好多衣服呀！夠穿整整一年了！」

便是這句話吧，說起來都是滿滿的喜悅。

好孩子，妳變了。這份安穩明亮，叫人不能認識。

長途飛行回來，講了好多的話，等到全家人都已安睡，妳仍不捨得休息，靜悄悄的戴上了耳機要聽音樂。

過了十四個小時，妳醒來，發覺自己姿勢未動，斜靠在床角的地上，頭上仍然掛著耳機，便是那歸國來第一夜的恬睡。沒有夢，沒有輾轉，沒有入睡的記憶，床頭兩粒安眠藥動也沒動。

這一個開始，總是好的。

既然妳在如此安穩的世界裏醒來，四周沒有電話和人聲，那麼我想跟妳講講話。趁著陳媽媽還沒有發現妳已醒來，也沒有拿食物來填妳之前，我跟妳說說話。畢竟，我們不是很有時間交談的，尤其在台灣，是不是？

四周又有熟悉的雨聲，淅瀝瀝的在妳耳邊落下，不要去看窗外鄰居後巷的灰牆，那兒沒有雨水。這是妳的心理作用，回國，醒來，雨聲便也來了。

我們不要去聽雨，那只是冷氣機的滴水聲，它不會再滴溼妳的枕頭，真的不會了。

這次妳回來，不是做客，這回不同，妳是來住一年的。

一年長不長？

可以很長，可以很短，妳怕長還是怕短？我猜，妳是怕長也是怕短，對不對？

這三年來，我們彼此逃避，不肯面對面的說說話，妳跟每一個人說話，可是妳不敢對我說。妳躲我，我便也走了，沒有死纏著要找妳。可是現在妳剛剛從一場長長的睡眠裏醒來，妳的四肢、頭腦都還不能動得靈活，那麼我悄悄的對妳說些話，只這麼一次，以後就再不說了，好嗎？

當然，這一年會是新的一年，全新的，雖然中秋節也沒有過去，可是我們當這個秋天是新年，妳說好不好？

妳不說話，三年前，妳是在一個皓月當空的中秋節死掉的。這，我也沒有忘記，我們從此最怕的就是海上的秋月。現在，我卻跟妳講：「讓我們來過新年，秋天的新年好涼快，都不再熱了，還有什麼不快活的？」

相信我，我跟妳一樣死去活來過，不只是妳，是我，也是所有的人，多多少少都經歷過這樣的人生。雖然我們和別人際遇不同，感受各異，成長的過程也不一樣，而每一個人愛的能力和生命力也不能完全相同的衡量，可是我們都過下來了，不只是妳我，而是大家，所有的人類。

我們經歷了過去，卻不知道將來，因為不知，生命益發顯得神奇而美麗。

不要問我將來的事情吧！請妳，Echo，將一切交付給自然。

生活，是一種緩緩如夏日流水般的前進，我們不要焦急，我們三十歲的時候，不應該去急五十歲的事情，我們生的時候，不必去期望死的來臨。這一切，總會來的。

我要妳靜心學習那份等待時機成熟的情緒，也要妳一定保有這份等待之外的努力和堅持。Echo，我們不放棄任何事情，包括記憶。妳知道，我從來不望妳埋葬過去，事實上過去沒有必要，也沒有可能從生命裏割捨，我們的今天，包括一個眼神在內，都不是過去重重疊疊的生命造成的影子嗎？

說到這兒，妳對我笑了，笑得那麼沉穩，我不知道妳心裏在想什麼，或許妳什麼也沒有想，妳只是從一場筋疲力盡的休息中醒來，於是，妳笑了，看上去有些曖昧的那種笑。

如果妳相信，妳的生命是野火燒不盡，春風吹又生，如果妳願意真正的從頭再來過，誠誠懇懇的再活一次，那麼，請妳告訴我，妳已從過去裏釋放出來。

釋放出來，而不是遺忘過去——

現在，是妳在說了，妳笑著對我說，傷心，是可以分期攤還的，假如妳一次負擔不了。

我跟妳說，有時候，我們要對自己殘忍一點，不能縱容自己的傷心。有時候，我們要對自己深愛的人殘忍一點，將對他們的愛、責任、記憶擱置。

因為我們每一個人都是獨特的個體，我們有義務要肩負對自己生命的責任。

這責任的第一要素，Echo，是生的喜悅。喜悅，喜悅再喜悅。走了這一步，再去挑別的責任吧！

我相信，燃燒一個人的靈魂的，正是對生命的愛，那是至死方休。

沒有一個人真正知道自己對生命的狂愛的極限，極限不是由我們決定的，都是由生活經驗中不斷的試探中提取得來的認識。

如果妳不愛生命，不看重自己，那麼這一切的生機，也便不來了，Echo，妳懂得嗎？

相信生活和時間吧！時間如果能夠拿走痛苦，那麼我們不必有罪惡感，更不必覺得羞恥，就讓它拿吧！拿不走的，自然根生心中，不必勉強。

生活是好的，峰迴路轉，柳暗花明，前面總會另有一番不同的風光。

讓我悄悄的告訴妳，Echo，世上的人喜歡看悲劇，可是他們也只是看戲而已，如果妳的悲劇變成了真的，他們不但看不下去，還要向妳丟汽水瓶呢。妳聰明的話，將那片幕落下來，不要給人看了，連一根頭髮都不要給人看，更不要說別的東西。

那妳不如在幕後也不必流淚了，因為妳也不演給自己看，好嗎？

雖然，這許多年來，我對妳並不很瞭解，可是我總認為，妳是一個有著深厚潛質的人，這一點，想來妳比我更明白。

可是，潛質並不保證妳以後一定能走過所有的磨難，更可怕的是，妳才走了半生。

在我們過去的感受中，在第一時間發生的事件，妳不是都以為，那是自己痛苦的極限，再苦不能了。

然後，又來了第二次，妳又以為，這已是人生的盡頭，這一次傷得更重。是的，妳一次又一次的創傷，其實都仰賴了時間來治療，雖然妳用的時間的確是一次比一次長，可是妳好了，活過來了。

醫好之後，妳成了一個新的人，來時的路，沒有法子回頭，可是將來的路，卻不知不覺走了出去。這一切，都是功課，也都是公平的。

可是，我已不是過去的我了。

妳為什麼要做過去的妳？上一秒鐘的妳難道還會是這一秒鐘的妳嗎？只問問妳不斷在身體裏死去的細胞吧！

每一次的重生，便是一個新的人。這個新的人，裝備比先前那個軟殼子更好，忍受痛苦的力量便會更大。

也許我這麼說，聽起來令人心悸，很難想像難道以後還要經歷更大的打擊。Echo，妳聽我這麼說，只是一樣無聲的笑著，妳長大了很多，妳懂了，也等待了，也預備了，也坦然無懼了，是不是？

這是新的一年，妳面對的也是一個全新的環境，這是妳熟悉而又陌生的中國。Echo，不要太大意，中國是複雜的。妳說，妳能應付，妳懂化解，妳不生氣，妳不失望。可是，不要忘了，妳愛它，這便是妳的致命傷，妳愛的東西，人，家，國，都是叫妳容易受傷的，因為在這個前提之下，妳，一點不肯設防。

每一次的回國，妳在超額的張力裏掙扎，不肯拿出保護自己的手段做真正的妳，那個簡簡單單的妳。

妳感恩，妳念舊，妳在國內的柔弱，正因妳不能忘記曾經在妳身邊伸出來過的無盡的同情和關愛的手，妳期望自己粉身碎骨去回報這些恩情，到頭來，妳忘了，妳也只是血肉之軀，一個人，在愛的回報上，是有極限的，而妳的愛，卻不夠化做所有的蓮花。

Echo，妳的中文名字不是給得很好，父親叫妳——平，妳不愛這個字，妳今日看出，妳其實便是這一個字。那麼適合的名字，妳便安然接受吧！包括無可回報的情在內，就讓它交給天地替妳去回報，自己，盡力而為，不再強求了，請求妳。

我知道妳應該是越走越穩的，就如其他的人一樣，我不敢期望幫上妳什麼忙，我相信妳對生命的需求絕對不是從天而降的奇蹟，妳要的，只是一份信心的支援，讓妳在將來也不見得平穩的山路上，走得略微容易一點罷了。

妳醒在這兒，沉靜的醒著，連眼睛都沒有動，在妳的身邊，是書桌，書桌上，有一架電話——那個妳最怕的東西，電話的旁邊，是兩大袋郵件，是妳離國之前存下來未拆的信件。這些東西，在妳完全醒來，投入生活的第一日開始，便要成為妳的一部分，永遠壓在妳的肩上。

也是這些，使妳無法快樂，使妳一而再、再而三，因此遠走高飛。

孩子，妳忘了一句話，起碼妳回中國來便忘了這句話：堅持自己該做的固然叫做勇氣，堅持自己不該做的，同樣也是勇氣。除了一份真誠的社會感之外，妳沒有理由為了害怕傷害別人的心靈而付出太多，妳其實也小看了別人，因為別人不會因為妳的拒絕而受到傷害的，因為他們比妳強。

Echo，常常，妳因為不能滿足身邊所有愛妳的人對妳提出的要求而沮喪，卻忘了妳自己最大的課題是生活。

雖說，妳身邊的一草一木都在適當的時候影響了妳，而妳藉著這個媒介，也讓身邊的人從妳那兒汲取了他們的想望和需要，可是妳又忘了一句話——在妳的生活裏，妳就是自己的主宰，妳是主角。

對於別人的生活，我們充其量，只是一份暗示，一份小小的啟發，在某種情況下豐富了他人的生活，而不是越權代辦別人的生命——即使他人如此要求，也是不能在善意的前提下去幫忙的，那不好，對妳不好，對他人也不好的。

Echo，說到這兒，媽媽的腳步聲近了，妳回國定居的第一年的第一天也要開始了，我們時間不多，讓我快快的對妳講完。

許多人的一生，所做的其實便是不斷修葺自己的生活，假如我們在修補之外，尚且有機會重新締造自己，生命就更加有趣了，妳說是不是？

有時候讓自己奢侈一下，集中精神不為別人的要求活幾天，先打好自己的基礎，再去發現別人，珍惜自己的有用之身，有一天妳能做的會比現在多得多。

而且，不是刻意的。

簡單。

許多時候，我們早已不去回想，當每一個人來到地球上時，只是一個赤裸的嬰兒，除了軀體和靈魂，上蒼沒有讓人類帶來什麼身外之物。

等到有一天，人去了，去的仍是來的樣子，空空如也。這只是樣子而已。事實上，死去的人，在世上總也留下了一些東西，有形的，無形的，充斥著這本來已是擁擠的空間。

曾幾何時，我們不再是嬰兒，那份記憶也遙遠得如同前生。回首看一看，我們普普通通的活了半生，周圍已引出了多少牽絆，伸手所及，又有多少帶不去的東西成了生活的一部分，缺了它們，日子便不完整。

一個生命，不止是有了太陽、空氣、水便能安然的生存，那只是最基本的。求生的欲望其實單純，可是我們是人類，是一種貪得無厭的生物，在解決了饑餓之後，我們要求進步，有了進步之後，要求更進步，有了物質的享受之後，又要求精神的提升，我們追求幸福、快樂、和諧、富有、健康，甚而永生。

最初的人類如同地球上漫遊野地的其他動物，在大自然的環境裏辛苦掙扎，只求存活。而後因為自然現象的發展，使他們組成了部落，成立了家庭。多少萬年之後，國與國之間劃清了界限，民與民之間，忘了彼此都只不過是人類。

鄰居和自己之間，築起了高牆，我們居住在他人看不見的屋頂和牆內，才感到安全自在。

人又耐不住寂寞，不可能離群索居，於是我們需要社會，需要其他的人和物來建立自己的生命。我們不肯節制，不懂收斂，氾濫情感，複雜生活起居。到頭來，「成功」只是「擁有」的代名詞。我們變得沉重，因為擔負得太多，不敢放下。

當嬰兒離開母體時，象徵著一個軀體的成熟。可是嬰兒不知道，他因著脫離了溫暖潮溼的子宮覺得懼怕，接著大哭。人與人的分離，是自然現象，可是我們不願。

我們由人而來，便喜歡再回到人群裏去。明知生是個體，死是個體，但是我們不肯探索自己本身的價值，我們過分看重他人在自己生命裏的參與。於是，孤獨不再美好，失去了他人，我們惶惑不安。

其實，這也是自然。

於是，人類順其自然的受捆綁，衣食住行永無寧日的複雜，人際關係日復一日的糾纏，頭腦越變越大，四肢越來越退化，健康喪失，心靈蒙塵。快樂，只是國王的新衣，只有聰明的人才看得見。

童話裏，不是每個人都看見了那件新衣，只除了一個說真話的小孩子。

我們不再懷念稻米單純的豐美，也不認識蔬菜的清香。我們不知四肢是用來活動的，也不明白，穿衣服只是使我們免於受凍。

靈魂，在這一切的拘束下，不再明淨。感官，退化到只有五種。如果有一個人，能夠感應到其他的人已經麻木的自然現象，其他的人不但不信，而且好笑。

每一個人都說，在這個時代裏，我們不再自然。每一個人又說，我們要求的只是那一點心靈的舒服，對於生命，要求的並不高。

這是，我們同時想摘星。我們不肯捨下那麼重的負擔，那麼多柔軟又堅韌的網，卻抱怨人生的勞苦愁煩。不知自己便是住在一顆星球上，為何看不見它的光芒呢？

許多人說，身體形式都不重要，境由心造，一念之間可以一花一世界，一沙一天堂。

這是不錯的，可是在我們那麼複雜擁擠的環境裏，你的心靈看見過花嗎？只一朵，你看見過嗎？我問你的，只是一朵簡單的非洲菊，你看見過嗎？我甚而不問你玫瑰。

不了，我們不再談沙和花朵，簡單的東西是最不易看見的，那麼我們只看看複雜的吧！

唉，連這個，我也不想提筆寫了。

在這樣的時代裏，人們崇拜神童，沒有童年的兒童，才進得了那窄門。

人類往往少年老成，青年迷茫，中年喜歡將別人的成就與自己相比較，因而覺得受挫，好不容易活到老年仍是一個沒有成長的笨孩子。我們一直粗糙的活著，而人的一生，便也這樣過去了。

我們一生複雜，一生追求，總覺得幸福的遙不可企及。不知那朵花啊，那粒小小的沙子，便在你的窗台上。你那麼無事忙，當然看不見了。

對於複雜的生活，人們怨天怨地，卻不肯簡化。心為形役也是自然，哪一種形又使人的心被役得更自由呢？

我們不肯放棄，我們忙了自己，還去忙別人。過分的關心，便是多管閒事，當別人拒絕我們的時候，我們受了傷害，卻不知這份沒趣，實在是自找的。

對於這樣的生活，我們往往找到一個美麗的代名詞，叫做「深刻」。簡單的人，社會也有一個形容詞，說他們是笨的。一切單純的東西，都成了不好的。

恰好我又遠離了家國，到大西洋的海島上來過一個笨人的日子，就如過去許多年的日子一樣。

在這兒，沒有大魚大肉，沒有爭名奪利，沒有過分的情，沒有載不動的愁，沒有口舌是非，更沒有解不開的結。

也許有其他的笨人，比我笨得複雜的，會說：妳是幸運的，不是每個人都有一片大西洋的島嶼。唉，你要來嗎？你忘了自己窗台上的那朵花了。怎麼老是看不見呢？

你不帶花來，這兒仍是什麼也沒有的。你又何必來？你的花不在這裏，你的窗，在你心裏，不在大西洋啊！

這裏，對於一個簡單的笨人，是合適的。對不簡單的笨人，就不好了。

我只是返璞歸真，感到的，也只是早晨醒來時沒有那麼深的計算和迷茫。

我不吃油膩的東西，我不過飽，這使我的身體清潔。我不做不可及的夢，這使我的睡眠安恬。我不穿高跟鞋折磨我的腳，這使我的步子更加悠閒安穩。我不跟潮流走，這使我的衣服永遠長新，我不恥於活動四肢，這使我健康敏捷。

我避開無事時過分熱絡的友誼，這使我少些負擔和承諾。我不多說無謂的閒言，這使我覺得清暢。我儘可能不去緬懷往事，因為來時的路不可能回頭。我當心的去愛別人，因為比較不會氾濫。我愛哭的時候便哭，想笑的時候便笑，只要這一切出於自然。

我不求深刻，只求簡單。

什麼都快樂。

清晨起床，喝冷茶一杯，慢打太極拳數分鐘，打到一半，忘記如何續下去，從頭再打，依然打不下去，乾脆停止，深呼吸數十下，然後對自己說：「打好了！」再喝茶一杯，晨課結束，不亦樂乎！

靜室寫毛筆字，磨墨太專心，黑成一缸，而字未寫一個，已腰痠背痛。凝視字帖十分鐘，對自己說：「已經寫過了！」繞室散步數圈，擦筆收紙，不亦樂乎！

枯坐會議室中，滿堂學者高人，神情儼然。偷看手錶指針幾乎凝固不動，耳旁演講欲聽無心，度日如年。突見案上會議程式數張，悄悄移來摺紙船，船好，輕放桌上推來推去玩耍，再看腕錶，分針又移兩格，不亦樂乎！

山居數日，不讀報，不聽收音機，不拆信，不收信，下山一看，世界沒有什麼變化，依然如我，不亦樂乎！

數日前與朋友約定會面，數日後完全忘卻，驚覺時日已過，急打電話道歉，發覺對方亦已忘懷，兩不相欠，亦不再約，不亦樂乎！

雨夜開車，見公路上一男子淋雨狂奔，煞車請問路人：「上不上來，可以送你？」那人見狀狂奔更急，如夜行遇鬼。車遠再回頭，雨地裏那人依舊神情惶然，見車停，那人步子又停並做戒備狀，不亦樂乎！

四日不見父母手足，回家小聚，時光飛逝，再上山來，驚見孤燈獨對，一室寂然，山風搖窗，野狗哭夜，而又不肯再下山去，不亦樂乎！

逛街一整日，購衣不到半件，空手而回。回家看見舊衣，倍覺件件得來不易，而小偷竟連一件也未偷去，心中歡喜。不亦樂乎！

夜深人靜叩窗聲不停，初醒以為靈魂來訪，再醒確定是不識靈魂，心中惶然，起床輕輕呼喚，說：「別來了！不認得你。」窗上立即寂然，蒙頭再睡，醒來陽光普照，不亦樂乎！

匆忙出門，用力綁鞋帶，鞋帶斷了，丟在牆角。回家來，發覺鞋帶可以繫辮子，於是再將另一隻拉斷，得新頭繩一副，不亦樂乎！

厭友打電話來，喋喋不休，突聞一聲鈴響，知道此友居然打公用電話，斷話之前，對方急說：「我再打來，妳接！」電話斷，趕緊將話筒擱在桌上，離開很久，不再理會。二十分鐘後，放回電話，凝視數秒，厭友已走，不再打來，不亦樂乎！

上課兩小時，學生不提問題，一請二請三請，滿室肅然。偷看腕錶，只一分鐘便將下課，於是笑對學生說：「在大學裏，學生對於枯燥的課，常常會逃。現在反過來了，老師對於不發問的學生，也想逃逃課，現在老師逃了，再見！」收拾書籍，大步邁出教室，正好下課鈴響，不亦樂乎！

黃昏散步山區，見老式紅磚房一幢孤立林間，再聞摩托車聲自背後羊腸小徑而來。主人下車，見陌生人凝視炊煙，不知如何以對，便說：「來呷蓬！」客笑搖頭，主人再說：「免客氣，來坐，來呷蓬！」陌生客居然一點頭，說：「好，麻煩你！」舉步做入室狀。主人大驚，客始微笑而去，不亦樂乎！

每日借鄰居白狗一同散步，散完將狗送回，不必餵食，不亦樂乎！

交稿死期已過，深夜猶看《紅樓夢》。想到「今日事今日畢」格言，看看案頭鬧鐘已指清晨三時半，發覺原來今日剛剛開始，交稿事來日方長，心頭舒坦，不亦樂乎！

晨起聞鐘聲，見校方同學行色匆匆趕赴教室，驚覺自己已不再是學生，安然澆花弄草梳頭打掃，不亦樂乎！

每週山居日子斷食數日，神志清明。下山回家母親看不出來，不亦樂乎！

求婚者越洋電話深夜打到父母家，恰好接聽，答以：「謝謝，不，不能嫁，不要等！」掛完電話蒙頭再睡，電話又來，又答，答完心中快樂，靜等第三回，再答。又等數小時，而電話不再來，不亦樂乎！

有錄音帶而無錄音機，靜觀音帶小匣子，音樂由腦中自然流出來，不必機器，不亦樂乎！

回家翻儲藏室，見童年時玻璃動物玩具滿滿一群安然無恙，省視自己已過中年，而手腳俱全，不亦樂乎！

歸國定居，得宿舍一間，不置冰箱，不備電視，不裝音響，不申請電話。早晨起床，打開水龍頭，發覺清水湧流，深夜回室，又見燈火滿室，欣喜感激，但覺富甲天下，日日如此，不亦樂乎！

天下本無事。

很久以前看過一則漫畫。畫中的小男孩查理布朗突然想要逃學一天，於是早晨該起床的時候，推說頭痛，死賴著不肯穿衣服。

「如果逃學一天，對整個的人生會有什麼影響呢？」查理想了又想。

他的答案是：「沒有什麼影響。」

那天查理果然沒有去學校，留在家裏裝病。

第二天，查理有些心虛的上學去了，臉色怪羞愧的。

那一天，太陽同樣的升起，老師沒有消失，課桌仍然在同樣的地方，學校小朋友的姓名也沒有改變，甚而沒有人注意到，原來查理賴了一天的學。

查理看見這個景象，心中大樂。

這個漫畫，看了之後印象很深，多年來一直不能忘懷。

從今年的舊曆年開始，流行性感冒便跟上了自己，日日夜夜咳得如同一支機關槍也似的。

放寒假開始咳的，咳到開學，咳到三八婦女節，想來五一勞動節也是要這麼度過了，沒有好轉的任何跡象。雨季不再來，雨季又來了。

許多外縣市的座談會，往往是去年就給訂下的，學校的課，一請假就得耽誤兩百個莘莘學子，皇冠的稿件每個月要交，還有多少場必須應付的事情和那一大堆一大堆來信要拆要回。就算是沒事躺著吧，電話是接還是不接？接了這一個下一個是不是就能饒了人？

除非是半死了，不肯請假的，撐著講課總比不去的好。講完課回到台北父母家裏，幾乎只有撲倒在床上的氣力。身體要求的東西，如同喊救命似的在向自己的意志力哀求：「請給我休息，請給我休息，休息，休息，休息……」

座談會，事實上談不出任何一種人生，可是好似台灣的人都極愛舉辦座談會。台下面的人，請坐，台上的人，開講。

我總是被分到台上的那一個，不很公平。

「可是我不能來了，因為在生病……」

「可是妳不是前天才去了台中？」

「現在真的病了，是真的，對不起……」

「妳不是也在教課嗎？」

「就是因為在教課，才分不出氣力來講演了，對不起，對不起，實在是撐不住了……」

「三毛，妳要重承諾，妳不來，我們不能向聽眾交代。」

「我媽媽來代講行不行？她願意代我來。」

「這個……三毛，我們很為難，這事是妳去年就答應的，現在……怎麼換了陳伯母呢？還是答應來，好不好？妳自己來，求求妳！」

「昨天晚上還在醫院打點滴……」

「現在妳沒有在醫院，妳出來了吧？妳在家裏跟我們講電話呀！明天坐長途車來，撐一撐，我們陪妳撐，給妳鼓勵，來，打起精神來，講完就回台北休息了，好不好？」

「好，明天見，謝謝您的愛護——是，準時來，再見了，對，明天見，謝謝！」

講完電話，眼前一群金蒼蠅飛來飛去，摸摸房門的框，知道睡房在了，撲到床上去一陣狂咳，然後閉上眼睛。

承諾的事還是去的好，不然主辦講演的單位要急得住院。

能睡的時候快快睡，這星期除了三班的課，另外四場講演、三個訪問、兩百封來信、兩次吃飯，都不能推，因為都是以前的承諾。

夢裏面，五馬分屍，累得叫不出來，肢體零散了還聽見自己的咳聲。

「妳要不要命？妳去！妳去！拿命去拚承諾，值不值得？」

「到時候，撐起來，可以忍到一聲也不咳，講完了也不咳，回來才倒下的，別人看不到這個樣子的——」

「已經第七十四場了，送命要送在第幾場？」

「不要講啦——煩不煩的，你——」

「我問妳要不要命？」這是爸爸的吼聲，吼得變調，成了哽咽。

「不要，不要，不要——什麼都要，就是命不要——」做女兒的賴在床上大哭起來，哭成了狂喘，一氣拿枕頭將自己壓住，不要看爸爸的臉。

那邊，電話又響了，台灣怎麼會有那麼多不忘記人的學校？媽媽又在那邊向人對不起，好似我們的日子，就是在對不起人裏一日一日度過。

因為婦女節可以自動放假一日，陳老師的課，停了。不是因為婦女不婦女，是為了虛脫似的那個累。

女老師不上課，男學生怎麼辦？想起來心裏內疚得很。覺得，如果要硬撐，還是能夠講課的，壞在那日沒有撐。

開車再上山時，已是婦女節後了。

山仔后的櫻花，雲也似的開滿了上山的路，那一片鬧哄哄的花，看上去為什麼有說不出的寂寞？

看見櫻花，總是恨它那片紅，血也似的，叫人拿它不知怎麼辦才好。又禁不起風雨，雨一打，它們就狂落，邋邋遢遢的，不像個樣子。

春天，就是那麼來了。

春天不是讀書天，堂上的幾個大孩子，咳得流出了眼淚，還不肯請假，看了真是心疼。

「請病假好不好，不要來了，身體要緊？」做老師的，輕聲問一個女同學，那個孩子蒙住嘴悶咳，頭搖得博浪鼓似的。

「妳知道，老師有時候也寫壞稿子，也講過有氣無力的課，這算不了什麼。人生的面相很多，計較和得失不在這幾日的硬撐上。做學生的，如果請三五天假，也不會留級也不會跳級的，好不好？」

不肯的，做老師的責任心重，做學生的更不肯請假，這麼一來，一堂又一堂課也就過下來了。

就在這一天，今天，做老師的下課時，回掉了五個外校邀請的講演，斬釘截鐵的說不再公開說話，忍心看見那一張張失望的臉在華岡的風雨裏消失。老師沒有反悔了去追人家，臉上笑笑的，笑著笑著，突然又咳了一聲。她不去追什麼人，雖然心裏有那麼一絲東西，輕輕的抽痛了一下，可是是割捨了。

講到整整一百場，大概是六月底了，可以永遠停了，只要不再去看那一張張臉。

對於劇病還來上課的學生們，老師講了查理布朗的那個漫畫給他們聽。當然，也是講給自己聽的。

「如果逃學一天，對整個的人生會有怎麼樣的影響呢？」

「沒有什麼影響。太陽明天一樣會升起，老師沒有消失，課桌仍然在同樣的地方，學校小朋友的姓名也沒有改變，甚而，沒有人會注意到，原來你賴了一天的學。」

那麼偶爾寫了一兩篇壞稿子，對整個的人生又會有什麼影響呢？

「是聰明人，就不寫啦，養好精神捲土重來嘛！真笨！」是哪個讀者在大喊？

寫不寫可由不得我，請你去問皇冠的劉淑華。

淑華被冤了一個枉，急得眼淚也要滴下來了，哇哇大叫：「妳去問平先生，我可沒有迫壞稿！」

平先生，一口賴掉，說：「我還是去年耶誕節見的三毛呢，關我什麼事？」

問來問去，找上了阿寶。陳朝寶更是一頭霧水：「奇怪，三毛難道不知道，查理布朗不是我畫的，去問何瑞元不好？」

老何說：「真是莫——名——其——妙，三毛見的山不是這個山，我跟那個畫查理的傢伙又扯得上什麼關係，不曉事的——」

好，只有去找查理布朗了，他慢吞吞的說：「對呀！是我說的：偶爾逃學一天，對整個的人生，不會有任何影響。我可沒說一個字三毛的稿子呀！」

一定去海邊。

就是那樣的，回來不過二十四天，棕色的皮膚開始慢慢褪色，陽光一下子已是遙遠的事情了。

總不能就那樣曬太陽過一輩子呀，畢竟夏天是要過去的。回台的那天，胃痛得鈍鈍的，並不太尖銳。

就是在松江路和長春路的交會口，開車開到一半，綠燈轉成了紅燈，想衝過去，松江路那邊的車隊卻無視於卡在路中間的我，狼群一樣的噬上來。攔腰切上來的一輛計程車好似要將人劈成兩半似的往我的車右側殺過來，那一霎間，我緩緩的閉上了眼睛。

那是這三個月中第一次又在台北開車。

很累，累得想睡覺，狂鳴的喇叭非常遙遠而不真實，比夢境裏的一切還要來得朦朧。後來，前面綠燈亮了，本能的往前開，要去南京東路的，後來發覺人在松山機場，也不知道這是怎麼開去的，一切都是機械性的反應。

父母家的日光燈總也開得慘白白的，電視機不肯停，橄欖綠的沙發使人覺得眼皮沉澀，母親除了永無寧日的叫人吃吃吃之外，好似沒有其他更好的方法表達她的愛。

菜總是豐盛，眼睛是滿的，四周永遠有人和聲音，餐廳裏那張土黃色的地毯是悶熱黃昏午睡時醒來的沉，在溫水裏慢慢溺死的那種悶。

學校是好的，有風沒風的日子，都是清朗，大學生的臉，就不是那張地毯的樣子。吃便當，也是好的，簡單而安靜，如果不吃，也沒有關係，因為母親的愛和它真是一點也沒有關係。於是，教課之前，去吃一個冰淇淋，它冷，不複雜，一個小小的冰淇淋，也是因為它簡單。世界上的事情，周而復始的輪轉著，這有它的一份安然、倦淡的祥和，還有凡事意料得到的安全。

慢讀《紅樓夢》，慢慢的看，當心的看，仍是日新又新，第三十年了，三十年的夢，怎麼不能醒呢？也許，它是生活裏唯一的驚喜和迷幻，這一點，又使人有些不安；那本書，拿在手中，是活的，靈魂附進去的活，老覺得它在手裏動來動去，鬼魅一般美，刀片輕輕割膚的微痛，很輕。

網球拍在書架靠近天花板的地方斜斜的擱著，溜冰鞋不知道在哪裏，腳踏車聽說在弟弟家的陽台上風吹雨打，下飛機時的那雙紅球鞋回家後就不見了；它走掉了。

總是過著不見天日的生活，夜裏是燈和夢，白天，不大存在，陽光其實一樣照著，只是被冷氣和四面牆取代了。

書本，又回來了，還有格子格子和一切四四方方的東西，包括那個便當，都是大盒子裏的小盒子；摩登便當的裏面又有小格子，很周到的。

才過了六天這樣的日子，也是為了盒子去的雜貨店，買方方的火柴盒和煙，出來的時候，看見捲著賣的草蓆子，很粗糙的那種，聞到了枯草的氣味，它捲著，不是方的，一動心，買了下來，五十塊台幣，一張平平的東西，心裏很歡喜，軟軟的可以捲來捲去。

這種草蓆給人的聯想是用來蓋突然死掉的人的。幾次見到它的用途，兩次是車禍現場，人被蓆子蓋著，兩隻腳在外面，大半掉了一隻鞋，赤腳露在草蓆的外面，沒有什麼血跡之類的現場，只那露出來的光腳靜靜的朝天豎著。還有一次在海邊，野柳那邊，溺死的人，也是蓆子下面看不見，好像死的人都會變成很長，蓋住了臉總是蓋不住腳。

買下草蓆，捲放在車子後廂，買了它以後，總是當心的穿上一雙緊緊的白襪子，很怕光腳。

就是因為那條蓆子，一個星期天，開去了淡水。不，我不去翡翠灣，那兒太時髦了，時髦沒有什麼不好，時髦和太陽傘汽艇比較能夠聯上關係，我和我的草蓆，去的是鄉鎮小調的沙崙海灘。

沒有什麼游泳衣，在迦納利群島，海灘上的男女老幼和狗，在陽光下都不穿任何衣服——大自然對大自然。連手提收音機也不許帶的，海灘只許有海潮和風的聲音，不然，警察要來抓的——如果你放人造音樂和穿衣服。

沙崙的人美，大半接近鄉土，穿著短褲，在玩水，頭上總也一把小花傘和帽子，沒有幾個人穿比基尼。

可是我最盡心的，也只有一件灰藍色的比基尼，舊了，布很少，已經七年沒有穿了，在大西洋那個久居的島上，這幾塊布，也是不用的。這一回，帶了回來，才突然覺得它仍然很小，小到海灘上的人，善意的迴避了眼光。

後來，便不去沙崙了，仍愛那兒遼闊的沙灘和穿了許多布的同胞。

又經過長春路和松江路，總是午後六點半左右交通最塞住的時候，走到半途而綠燈快速變成紅燈，很不好意思擋住了河流一般的來車，等到終於開過去時，警察先生吹了哨子，叫我靠邊停，我下車，對他說：「身不由主，請您不要罰我……」警察先生很和氣，看了駕照，溫和的說：「下次快些過，當機立斷，不要猶豫，妳好心讓人，結果反而擋在中間，知道了嗎？」

總是讓人的，可是人不讓我，就變成擋路鬼了，而且總在同樣的地方出現。

不能了，想念大海幾成鄉愁，不要擠了，我有一條草蓆，可以帶了到海邊，也不沙崙了，去沒有人的地方，一個星期一次，不去任何海水浴場了。

第二次去郊外，發現一條彎彎曲曲的鄉間小路，看看地圖，是沿海的，一直開下去，房子少了，稻田來了，紅瓦黑牆的台灣老厝零零落落的隱在竹林田野的遠處。一直開，一個轉彎，迎面來了大軍車，車上的阿兵哥沒命的又喊又叫又揮手，我伸出左手去打招呼，路擠，會車時客氣的減速，彼此都有禮讓，他們亂喊，聽懂了，在喊：「民愛軍，軍愛民——小姐，小姐，妳哪裏去？」就在那一霎間，我的心，又一次交給了親愛的親愛的土地和同胞。海，在會車那一個轉彎的地方，突然出現了，沒有防波堤的海岸，白浪滾滾而來；風，是涼的，左手邊的青山裏仍然隱著紅瓦的老房子，竹竿上迎風吹著紅紅綠綠的衣服，沒有人跡，有衣服，也就有了生活的說明。陽光下淡淡的愁、寂和安詳。歲月，在台北市只一小時半的車程外，就放慢了腳蹤。

那條路，又亮又平又曲折，海不離開它，它不離開海，而海邊的稻田，怎麼吹也吹不枯黃呢？那份夏末初秋的綠，仍然如同春日一般的寂寞。紅和綠，在我，都是寂寞的顏色，只因那份鮮豔往往人們對它總也漠然。

沿著路擠著碎石子的邊道停了車，不能坐在一個方盒子裏，車子也是方方的。

大步向草叢裏跨過去，走到卵石遍佈的海岸，很大的枯樹幹在空曠的岸上是枯骨的巨手伸向蒼天。陽光明媚，吹來的風仍是涼的，適意的涼，薄荷味的，這兒沒有魚腥——而魚腥味也是另一種美。

看了一會兒的海，呆呆的，有鄉愁。海灘上一堆一堆漂流物，其中最多的是單隻的破鞋和瓶子，也有爛木塊和洗刷得發灰的亂七八糟的東西。於是，我蹲下來，在這堆寶物裏，東翻西揀起來。揀到一只大彈珠，裏面有彩色的那種，外面已經磨成毛邊的了，也得一副假牙，心中十二分的歡喜。

然後，鋪平了蓆子，四邊用石頭鎮住，平躺在它的上面，沒有穿襪子。

總是不大懂，為什麼破鞋老是被人海葬，而它們卻又最喜歡再上岸來。看見那一隻又一隻的鞋子，總悄悄的在問它們——你們的主人曾經是誰，走過什麼樣的長路才將你們丟了？另外那一隻怎麼不一起上來呢？

那是回台的第九天內第二次去海邊，回來時，沒有走松江路，心裏煥然一新，覺得天地仍是那麼遼闊，天好高呀，它不是一個大碗蓋，它是無邊無涯的穹蒼，我的心，也是一樣。

一定要去海邊，常常去，無人的海邊，那種只有海防部隊守著寂寂的地方。阿兵哥棕黑色的笑臉，是黑人牙膏最好的活動廣告——他們是陽光。

於是，又去了，去了第三次海邊，相隔一天而已，十一天內的第三次，同樣的長路，沒有遊人的地方，連少數幾條漁船，也在路邊用稻草和大石頭蓋著，好似天葬了它們一樣。

這片絕美的台北近郊，再也不寫出地名來，越少人知道越好，不要叫塑膠袋汽水瓶和大呼小叫的人群污染了。讓它做它自己吧！

有的時候，也曾想，如果《紅樓夢》裏的那一群人去了海邊，就又不對了，他們是該當在大觀園裏的。那麼自己又怎麼能同時酷愛大觀園又酷愛大海呢？林黛玉說過一句話：「我是為我的心。」我也是為我的心。

台北的日子仍是擠著過，很擠，即使不去西門町，它也一樣擠，擠不過去了，有一片隨時可去的地方，三小時來回就可以漫遊的仙境，就在那條不是高速公路通得過的地方。它不會變，除了山區裏曬著的衣服變來變去之外，它在時空之外，一個安詳的桃花源，而且可以出出進進的，不會再尋無蹤。

去海的事情，成了自己的習慣。

很不忍看到一天到晚生活在四面公寓牆裏的家人和手足，尤其是下一代的孩子，星期假日，他們懂得的、能做的，是去擠擠嚷嚷的餐館，全家人吃一頓，然後對自己說：這一個假日，總算有了交代，對自己，也對孩子。

其實，天倫之樂，有時是累人的，因為不大樂，是喧嘩、湯湯水水的菜和一大群人，不能說知心的話，不能鬆弛，只因我的家人是都市中的居民，寸金寸土大都會裏的家族，我們忘了四面牆外面的天空，當然，也因為，吃成了習慣。然而舉筷時，我仍然相信父母起碼是欣慰的；兒孫滿堂，沒有一個遠離身邊，而且小孩子越生越多，何況又有那麼多菜啊！父母的要求不多，對他們，這就是生命的珍寶了，他們一生辛勞，要的真是不多。每在這種聚會時，總有些發愣，覺得父母犧牲得已經沒有了其他的能力。

一直覺得，三次去海邊不帶家人同行是不好的行為。說了，弟弟說那麼全家都去，三輛車，十七八個男女老幼，大家忙著安排時間。我怕母親，她第一個想的，必然是這一下，她要帶多少飲料、食物加上每一個孫兒孫女的帽子、花傘、防風的衣服、奶瓶、尿布……她會很緊張的擔起大批食物和一切的顧慮，郊遊對她就是這種照顧家人的代名詞。這只是去數小時的海邊呀！

母親的可愛和固執也在這裏，將那無邊無涯如海一般的母愛，總是實際的用在食物上叫我們「吃下去」。我們家的天倫之樂，已很明白了，不肯安靜的，很鬧，而一片大好江山，便無人靜觀自得了。我們一家，除了那個二女兒之外，好似離群索居，總是有些不安全而孤單，非得呼朋引伴不可。每當我幾天不回家而確實十分自在時，母親的心，總以為她主觀的幸福判斷，為我疼痛，其實，這是不必要的，跟電視機共存而不能交談的家庭團聚，其實在我，才叫十分孤單而寂寞。

試了一次，只帶弟弟全家四口去海邊，車上人滿了，心裏也快活，可是同樣的，跟山水的親近，怎麼便消失了，那條寂美的路，也不再是同樣的平和、簡單又清朗。陽光很好，初生的嬰兒怕風，車窗緊閉，只有冷氣吹著不自然的風，而我，正跟親愛的手足在做一次郊遊。

不喜歡一大群人去海邊，回來的車程上，這種排斥的心情，又使自己十分歉然和自責。

在海邊，連家人都要捨棄，難道對海的愛勝於手足之情嗎？原因是，大家一直在車內講話，又不能強迫他人——不許開口，面向窗外。那才叫奇怪了。

有的時候，我又想，別人已經安然滿足的生活，何苦以自己主觀的看法去改變他們呢，這便跟母親強迫人吃飯又有什麼不同？雖然出發點都是好的。

昨天，又去了同樣的地方，這一回，海邊大雨如傾。

對我來說，也無風雨也無晴並不十分困難，可是有風有雨的心境，卻是更合自然些。

常常跟自己說，一定要去海邊，哪怕是去一會兒也好。這十分奢侈，就如看《紅樓夢》一樣的奢侈。孤獨是必要的，它也奢侈，在現今的社會形態裏。

晚上和朋友吃飯，他們抱怨老是找不到我，我說，大半是去了海邊吧！

「妳帶我們去——」

「不——要。」

「為什麼？」

「不為什麼，天下的事，哪有凡事都為什麼的？」

話說出來舉桌譁然。為了所謂的不夠朋友，喝下了一大杯酒，照了照杯子，笑笑。

去海邊，會一直去下去，這終於是一個人的事情了。

不負我心。

一次看劉墉散文，說到白日工作完畢，家人也都睡了，在夜晚的時光裏，他喜歡一個人寫寫毛筆字，作幾筆畫，看本好書等等。其中最欣賞的，就是劉墉將這些自得其樂的時刻稱為「以求不負我心」。

這句話說得那麼貼切，多年來，自己找的也就是這幾個字，苦於說不中肯，劉墉一語道出，真是不亦快哉。

自得其樂這回事相信每一個人多少都能體會，獨處的時光如果安排得自在，境界想來十分高妙。

無論我住在哪裏，總有鄰居來說，說睡眠安然，因為我的孤燈一向點到清晨，可以說比「守望相助」站崗亭裏的看更人還要值得信賴。

我喜歡過夜生活，每當黃昏來臨，看見華燈初上、夜幕開始低垂，心中也充滿了不厭的欣喜和期待。過夜生活的人，是不被瞭解的一群，有人專將夜和罪惡的事情連結在一起關想。早起的人說出來理直氣壯而且覺得自己健康優秀；晏起的，除了報館工作的少數外，一般都被視為生活糜爛等等。起初，背負著這種自卑罪惡的感覺活了許多年，父親不上班的日子，起晚了必然面有愧色，覺得對他不孝。知道我的朋友，在早晨十時以前是不打電話來的，萬一生人來找，母親不好說天亮才睡，總說已經出門去了。對於我的作息，母親的觀念中也認為晚起是懶散的行為，我猜。

明白了自己之後，勤不勤勞這兩個字已沒有了負擔，只要不拖累旁人供給衣食，生活如何安排經營都與他人無關，只求無負便是。

說起不負，當然想到《紅樓夢》。黛玉之不討賈府眾人喜歡，無非是她堅持為了自己的心而活，不肯做人周全——倒不一定是不會。寶釵從來不提心字，廉潔寡慾，只恐人前人後失了照應——這顆心才叫真苦。人都說黛玉命薄，我卻不如此看法，起碼對於自己，她是不負的。

說到不睡的人，大半用「熬夜」兩字來形容。那個熬字裏面四把心火，小火爐煉丹似的，不到五更丹不成。這個字，能用在被聚光燈下照著疲勞審問的嫌犯身上，也可以是那些挑燈苦讀為升學的一群群乖孩子。在被迫情況下想睡而不能的人，是受慢火煎熬的，煎熬兩字用得嚇，中國字有時的確駭得死人。

喜歡叫自己黑暗的生活為「消夜」，消字屬水部，意思中包含著散的本質，散是個好字，其中自帶舒展，毫無火氣可言，與熬比較起來，絕對不同。

我的消夜由來已久，小時看詩人李白吟唱生涯多半在夜色中度過，最後水中捉月而去，也當然發生在晚上，便覺得他是個懂得生活的夜人。

夜睡的人，大半白日艱辛，也有嫌疑是現實生活中的逃避者，白天再不好過，到了全世界都入睡的時光，獨醒的人畢竟感覺比較安全。起碼我個人是如此的。

說到現實的問題，一般親朋好友總拿針對現實生計的條件來給這事下定義，說：「不要不顧現實呀！生活是現實的，很殘酷的，妳不現實，餓了飯誰來給吃……」我一直在等，等有一天，有一個人會跟我說，說日常生活固然是一種必經的磨練，可是如果老想著經營衣食，而忘記了心靈的滋潤，那也是不圓滿的人生，這「心」和「形」本來可以兼美共存的。

一般膽小的人，以為照著內心的嚮往去行事，就會餓飯，隨心而行便是不落實也會沒有成就，這是假明白真膽小。

在白天，我也是做事的人，當做的事，當負的責任自然處理掉，而且盡力做得周全。責任是美麗，它使人的生活更有意義，同時也使人產生自尊自愛的推動力。責任的背後往往接承傳流著千萬因果，這份衍生，層層疊疊，繁華豔麗，如同七寶樓台，拆拆建建，其中暗藏多少玄機又是多麼奇妙而有趣。想到三千大千世界中居然藏有微塵如我，是天律運轉中人之大幸也。

佛家強調忘我無我，也或許並未強調，是本身悟錯了，因此難以做到。對於自己，常是若即若離，可進可出，白天沒有忘我，有時在消夜之旅中，又全然忘了，這都不很強求，對自己不忍深責甚且滿意。

說回來講晏起的事，晏起大半屬於夜間不寐的人才有的現象。有趣的是「晏」這個字，一個單元來看，明明有著「晚」的意思，分開上下來念，就成了「日安」。一日之計在於晨，無計之人不起床，日當然安了，真是了得。

固然很喜歡責任，可是也不討厭不負責任，不承擔的事情，因為膽子也小，只敢做在與他人及社會兩不相涉的情況下，例如說——全世界都睡了的時候。

習慣夜深人靜時泡一杯好茶、點一支淡煙、捧本書、亮盞燈，與書中人物花草秉燭夜遊而去。只要不為特定考試，書的種類不很當它太認真。易經老莊三國固然可以，武俠偵探言情又有何不可。報紙雜誌最是好看小廣告，字典無論中西不單只是發音。生活叢書那個叢字就自由，這本不耐另有一叢任君選擇。晚清小說固然繁華似錦，唐人筆記也許另有風味。《封神榜》的確好看，傳記文學難道不及？宗教哲學探它如何運字表達看不見的神理，《六法全書》有味在於怎麼創造條律約束人性。

《史記》好看，看司馬遷如何著墨項羽，《水滸》精采，隨魯智深一同修成正果。就是《資治通鑑》媚在險詐，才知《小王子》純得多麼簡單。至於說到《紅樓夢》……妖書嗳一部。

倚馬說書，但聞大海潮音奔騰而來，千言亦不能止，真正暢快，可狂笑而死也。

書在某些境界中又絕不可看。古今中外詩詞歌賦描寫夜色詞句多不勝舉，最是〈楓橋夜泊〉一首常駐我心。此時此景，夜半鐘聲，如果客船中人突然剪燭看書，在我看書族類中，該當唯一死罪。

常常怨怪鄰人通宵麻將擾人，自己浸淫書本不是同樣沉迷？乍看極不相同，其實聲色犬馬的骨子裏難道沒有癡迷與三昧？想說的是，癡迷是醉，「醉裏顛蹶，醉裏卻有分別」這句話的確不差，可是醉的表面與那個醉法，在本質上沒有太多區別。

人叫書呆子書呆子聽了總覺不是喚我，呆是先天性的食古不化，癡是後天來的甘心領悟，不同。

常常也聽到一些朋友說近況，其中一人說起正在埋頭苦讀，舉座必然肅而起敬。如有人說噯呀熬夜衛生麻將去啦，反應便有些淡然。這叫多管閒事。

所欣賞的一些人，倒不要他苦讀求功名，苦字像人臉，雙眉皺著加上鼻子嘴巴。苦讀表情不美。欣賞看見各人享受生命中隱藏的樂趣，興趣深的人，活來必然精采，不會感嘆人生空虛乏味無聊。自得其樂，樂在其中，只要不將個人之樂建立在他人的苦痛上，這個社會必然又和又樂。

很敬有目的的讀書人，敬而遠之。存心做學問之人，老以為不存心而也讀書之類必然浪擲光陰。有目的的讀書人最怕別人將他們看不清楚當成同類，往往強調看的是正派嚴肅有為之書，能夠得救上天堂的只有他們。焉知只將念書視為人生至樂的另一批便完全沒有收穫？

一夜擁被沉迷偵探小說，耳邊忽聞嘆息又輕笑，笑說：「我慚攜寶劍，只為看山來。」這句話本是曾國藩一位王姓幕僚自認懷才不受重用而發出的感嘆，偏偏就在此時蹦出來唬人。想到這句話，停看書，過了幾秒鐘便給答了一句：「不攜長劍短劍，只看山嫵媚。」一心安理得一路追蹤，書到一半，兇手便被釘牢，結局果如所料，作者又輸一局。大好識字本領，用在閒書上就算全然無用也是不慚得很。

當然，任何事情都得付代價，包括稍稍過分的自得其樂。再忙再累的日子裏，明知睡眠不足是欠著身體的債，欠多了債主自會催討。可是一日不看書，總覺面目可憎，事實上三日不睡眠，容顏慘淡，半生不睡足，提早長眠，這個道理誰不明白？問問上癮的君子們，人人說慚愧，認真想戒者稀，寧死不回頭者，多也。

前一陣子身體向靈魂討債，苦纏不休，病倒下來。醫生細問生活飲食起居睡眠，因為診費高貴，不得不誠實道出前因後果，醫生說切吧，欣然同意簽字。早苦早好，早好早樂，不一會兒春去秋來又是一番景色。道別醫生自有訓話一場，例如煙不可多抽，神不能太傷，心不可妄動，書不能狂看，又將「夜必早寐」這四字反覆說了三次，然後等著病家回答。

當時情景本是「杏林春暖圖」，可是眼前看去的大夫竟成了《水滸傳》中那位正與魯智深摩頂受記的智真長老，長老正說一這不可、二那不能、三更不許、四必要戒……說了半天就是要人答應才給放行，於是誠懇道謝真言，說：「洒家記得。」醫生擁抱告別，卻忽略了病家暗藏心機，只說「記得」，沒答「能否」。

人生最大快意在於心甘情願，是為甘願。活著連夜間都得睡覺不如去死。書少看或改為中午看才叫做醉生夢死，難道白天生計換成晚上去做？白日夜晚再一次兼美，健康小小讓步不是大事。人生百年一瞬，多活少活不過五十百步微差，只要不負此心，一笑可置也。

古人今人讀書大半為求功名，運氣好的不但不病，破廟中讀著讀著尚有女鬼投懷送抱，那些身體差的就只有拿個錐子刺股才能不打瞌睡。這種苦讀求的是金榜題名，洞房花燭，說不定招為駙馬那更錦上添花。書生從此鮮衣怒馬，戲文中就不再提起繼續讀書，這寫得太好，不然就成敗筆。

《紅樓夢》裏賈寶玉鎮日在女人堆裏瞎混，事實上也沒做過什麼正經事情。看寶玉，吟風弄月自我陶醉，癡癡傻傻不似個讀書人樣子，偏偏姐姐妹妹都愛他。說起寶哥哥，卻有現世女子一樣情有獨鍾，只為了為了他那顆啊最初的心。讀不讀書，什麼要緊？

話說回來，貴族子弟不知冷暖凍餓，比不得廟裏窮愁潦倒瘦書生。不讀書沒飯吃，你讀是不讀？

心之可要，倒又不是什麼奢侈，這個東西人人都有，不然流行歌曲裏負心的人不會那麼受歡迎。自己的心負責看管好，任誰來也負它不去。就如衣帽間裏寄存衣物，那個憑號取衣的小牌子總得當心保管，失落了，取不回衣物怨不得別人。世上讚人好，說：「好！是個有心人。」這句話只有中文那麼說，不要去做別國人。

說到正負之心問題，心之快樂平安，便為不負，不負必然放心，放心又回返快樂，真是奇妙。

最近權威心理學家發表一篇報告，說的是——一個人抱著將日常工作當成娛樂去享受，成效不但更大而且產生精神病態的可能性能夠減至最低。這是權威學者說的話，不是我編出來的。想，用中文意思來講這篇報告不就是——恭敬的玩世嗎？又可樂，又有薪水拿，還能睡覺，將不好玩的工作創造出可玩的興趣加成績來，是本文第三度兼美也。

總有一個觀念很少得人注意——當年愛迪生因為癡迷發現才有了那麼多發明；詩人荷馬要不是吟唱遊走傳不下希臘史詩；倉頡造字拼拼拆拆玩出了偉大中國文明思想工具；居禮先生夫人尋尋覓覓推翻左右電流對稱定律確立鈷實驗；相對論最重要的證據來自水星歲差；民間故事流傳在於市井小民茶餘飯後……這些又一些與生計無關的癡迷玩耍，轉化為人類文明流傳的基因與動力。

只因世人不識癡中滋味，以為荒唐，上段那些癡迷夢想其實根本一一展現。就連只愛看書之人，其中多少而今靠筆樂飯。癡到深處，三寶必現，迷到終極，另有天地。世人不敢深究，唯恐避之不及，庸庸碌碌亦是福壽人生，鐘鼎山林，雖說不可強求，小負一場人生，終是稍稍可惜。

負人固然不可刻意，負己太多便是虧損。一次朋友換筆名，取為「無心」，看他神色淒涼，以無心許自己，如何得著歡顏？勸著改個名吧，只是黯然一笑，聰明人因傷心而棄心算不得大聰明。佛家要人忘我忘我，世人真能做到忘我，還需勞煩佛爺如此捨身相勸？可見我佛慈悲亦存苦心一片，是個有心之佛，並非無心。

心是人之神明，所以具眾理而應萬事。《辭海》字典中，光是這個心字例引出來一共九十個由心而生的情境。九十只是被賦定的詞句，其中可以幻化千萬兆個情情境境，如此重要的東西，世人連講起它來都覺不識時務。賺錢人人感興趣，賺心沒有聽說過。

由於劉墉的一句話，生出那麼多心得來，總是閒閒走筆，消夜又一章。

心之何如，有似萬丈迷津，遙亙千里，其中並無舟子可以渡人，除了自渡，他人愛莫能助。此心談何容易，認真苦尋，反而不得。拉雜寫來，無非玩味生之歡悅快意，值此寒雨良宵，是為自樂，以求不負我心而已。

隨想。

孩子

沒有孩子的女人是特別受祝福的。
養一個小人，沒有問題。
為這份愛，擔一生一世的心，
擔不起。

遇到不能解決的事情，去問孩子，
孩子脫口而出的意見，
往往就是最精確而實際的答案。

成年人最幼稚的想法就是——小孩子又懂得什麼？

其實，大半的孩子都不很享受做為一個孩子的滋味。

這種情形，在中國偏又多些。
適度的責罵孩子，可能使孩子的心靈更有安全感。

中國夫婦，
對於不圓滿的婚姻，大半採取瓦全。
理由是——為了孩子。
歐美父母，
處理不愉快的結合，常常寧願玉碎。
理由也是——為了孩子。

孩子並不以為自己小，是大人一再灌輸大小的觀念，
才造成孩子的「承認事實」。

童年，只有在回憶中顯現時，
才成就了那份完美。

快樂

比較快樂的人生看法，

在於起床時，對於將臨的一日，
沒有那麼深沉的算計。

完全沒有缺乏的人，也不可能再有更多的快樂了。

快樂是一種等待的過程。
突然而來的所謂「驚喜」，事實上叫人手足無措。

一般性的快樂往往可以言傳。
真正深刻的快樂，沒有可能使得他人意會。
快樂和悲傷都是寂寞。

快樂是不堪聞問的鬼東西，
如果不相信，請問自己三遍——
我快樂嗎？

快樂是另外一件國王的新衣。
這一回，如果國王穿著它出來遊街，大家都笑死了——

笑一個國王怎麼不穿衣服出來亂跑呀！

你快樂嗎？
你快樂嗎？你快樂嗎？

試試看，每天吃一顆糖，
然後告訴自己——
今天的日子，果然又是甜的。

歲月

我們三十歲的時候悲傷二十歲已經不再回來。
我們五十歲的年紀懷念三十歲的生日又多麼美好。
當我們九十九歲的時候，
想到這一生的歲月如此安然度過，
可能快樂得如同
一個沒被抓到的賊一般嘿嘿偷笑。

相信生活和時間。

時間沖淡一切苦痛。生活不一定創造更新的喜悅。

小孩子只想長大，青年人恨不得趕快長鬍子，
中年人染頭髮，高年人最不肯記得年紀。

出生是最明確的一場旅行。
死亡難道不是另一場出發？

成長是一種蛻變，
失去了舊的，必然因為又來了新的，
這就是公平。

孩子和老人，在心靈的領域裏，
比起其他階段的人來說，自由得多了。
因為他們相似。

歲月極美，
在於它必然的流逝。

春花、
秋月、
夏日、
冬雪。

傷

傷心，是一種最堪咀嚼的滋味。
如果不經過這份疼痛——度日如年般的經過。
不可能玩味其他人生的欣喜。

傷心沒有可能一次攤還，它是被迫的分期付款。
即使人有本錢，在這件事上，
也沒有辦法快速結帳。

有時候，我們要對自己殘忍一點，
不必過分縱容自己的哀憐。
大悲，而後生存，
勝於不死不活的跟那些小哀小愁日日討價還價。

有些人的怨嘆只是一種習慣，不要認真幫他們解決，
這份不快樂，
往往就是那些人日常生活中的享受。

有時候我們因為受到了委屈而悲傷，
卻不肯明白，
這種心情，實在是自找的。

挫敗使人苦痛，
卻很少有人利用挫敗的經驗修補自己的生命。
這份苦痛，就白白的付出了。

小聰明人，往往不能快樂。
大智慧人，經常笑口常開。

傷心最大的建設性，在於明白，
那顆心還在老地方。

造化弄人。

人靠自我的造化弄天。

自己

在我的生活裏，我就是主角。
對於他人的生活，我們充其量只是
一份暗示，一種鼓勵、啟發，
還有真誠的關愛。
這些態度，可能因而豐富了他人的生活，
但這沒有可能發展為——代辦他人的生命。
我們當不起完全為另一個生命而活——
即使他人給予這份權利。

堅持自己該做的事情，是一種勇氣。
絕對不做那些良知不允許的事，
是另一種勇氣。

不要害怕拒絕他人，如果自己的理由出於正當。

當一個人開口提出要求的時候，
他的心裏根本預備好了兩種答案。
所以，給他任何一個其中的答案，
都是意料中的。

原諒他人的錯誤，不一定全是美德。
漠視自己的錯誤，
倒是一種最不負責的釋放。

過分為己，是為自私自利。
完全捨我，也是虐待了一個生靈——自己。

自憐、自戀、
自苦、自負、自輕、
自棄、自傷、自恨、自利、
自私、自顧、自反、自欺加自殺，都是因為自己。
自用、自在、
自行、自助、自足、

自信、自律、自愛、自得、
自覺、自新、自衛、自由和自然，
也都仍是出於自己。

自己是什麼？自己是誰？
自己是自己的嗎？

樂命

今日的事情，盡心、盡意、盡力去做了，
無論成績如何，
都應該高高興興的上床恬睡。

人生的許多大困難，只要活著，
沒有什麼是解決不了的。
時間和智慧而已。

不要長久的仇恨任何人與事。
這種心態——焚燒如同煉獄的苦痛，

真正受到傷害的，只有自己。

我們如今是什麼，大半是潛意識中所要的。
我們而今不是什麼，絕對是潛意識中所不取的。
不怨天，不尤人，
自得其樂最是好命。

苦求本身十全十美的人，
那份認真強求，就是人格的不完美。

平凡簡單。
安於平凡，真不簡單。

一件心事，想開了，固然很好。
一件心事，怎麼想也想不開，乾脆將它丟掉。
沒處去想不是更好？
樂觀是幼稚，悲觀又何必。

面對現實，才叫達觀——抵達的那個達。

抗命不可能，順命太輕閒，遵命得認真，
唯有樂命，
樂命最是自由自在。

做人做事，唯有眼低手高，
才能意氣平和。
看事眼高手低，
除了怨嘆之外，還有什麼時效。

男與女

男人——百分之八十的那類男人，
潛意識裏只有兩樣東西——
自尊心和虛榮心。
能夠掌握到這種心理，
叫一個驕傲的大男人站起來、坐下去，
都容易得很。

女人最愛的兩樣東西，很可能是愛情與金錢。
女人在精神和物質雙方面，
大半都比男人現實得太多。

再糊塗的女人，選丈夫時，
都有她的精明。
再精明的男人，一旦戀起愛來，
就都傻啦！

女人的直覺反應，往往勝於男人考慮再三的判斷。
女人不講邏輯，男人拿她有理也說不清。

乍一看來，喜歡花前月下、雨中漫步的好像總是女人。
其實，在這些柔軟情調的背後，
女人內心的計畫可絕對不止這一點點。

天下男人，在家居生活中，

往往只不過是兒童的延伸。
如果女人抱著愛護兒童的胸懷去對待父親、丈夫和兄弟，
他們大半會用熱烈的真情給予回報。
萬一，女人硬要在家中將這種「兒童延伸體」，
當成對手，硬逼男人對抗，
得到的後果，往往不堪涉想。

男人是泥，女人是水。
泥多了，水濁；水多了，泥稀。
不多不少，捏兩個泥人——好一對神仙眷侶。
這一類，因為難得一見，
老天爺總想先收回一個，拿到掌心上去看看，
看神仙到底是個什麼樣子。

怕太太的男人，哪裏是真怕——
疼惜是原因，省了麻煩是高妙。
欺辱丈夫的妻子，那份吃定了的霸氣，
可真是不疼不惜不怕麻煩。

丈夫在外傷害社會，欺負弱小善民，
做太太的明知也不理。
一旦丈夫在外認真有了紅塵知己，
那個太太一定拿性命來拚——
不是你死就是我亡。
所謂大義滅親也。

忍耐的女人，
男人很少看在眼裏，還有可能要輕視。
忍耐的男人，
女人又說他沒有用，一樣看不起。

對待女人——結了婚之後的太太，
甜言蜜語固然有助婚姻美滿，
可是倒不如按月繳上薪水袋來得管用。
對待男人——結了婚的丈夫，
洗衣煮飯固然有助婚姻美滿，
可是倒不如始終輕言好語來得有效。

女人在家嚕嚕囌囌男人受不了。
女人一旦回娘家，
男人少了那根肋骨，
才知坐也不是，睡也不是。

不結婚的女人越來越多，
這表示了什麼？
喪妻立娶的男子古來皆是，
這又表示了什麼？

女人和男人的戰爭，開始在洪荒。
女人和男人不打仗，
又活得實在沒有意思。
女人和男人——真難。

錢錢錢

金錢是深刻無比的東西，
它背後的故事，

多於愛情。

錢可以逼死英雄。
錢可以買盡美女。

愛是一種巨大的能力，
世上人以這樣巨大的愛力去追逐金錢，
於是金錢的能力
籠罩一切。

社會上話題最多的總是錢、
錢、錢、錢
又是錢。

世上的喜劇不需金錢就能產生。
世上的悲劇大半和金錢脫不了關係。
付出金錢，買來的東西不會等值。

付出精神，賺來的金錢也不等值。
向人借錢，總恨不得對方慷慨解囊。
歸還欠債，偏偏心痛不樂的居多。

自己的金錢，當當心心叫做血汗錢。
他人的金錢，怎麼看都像是多出來的橫財。

朋友之間，
的確有通財之義——開口的那一方想。
朋友之間，
難得有通財之樂——給錢的那一方嘆。

一個在金錢上富足的人，
還能有心關懷到受困於窘境的窮人。
才叫真正的富人。

金錢　是美德，

在於賺取和支配它的時候彰顯。
金錢　是魔鬼，
也在於賺取和支配它的時候現形。
金錢最公平。
富人不快樂，窮人不快樂，
不富不窮的也不快樂。

愛情

世上難有永恆的愛情，
世上絕對存在永恆不滅的親情。
一旦愛情化解為親情，
那份根基，才不是建築在沙土上了。
我只是在說親情。

某些人的愛情，只是一種「當時的情緒」。
如果對方錯將這份情緒當作長遠的愛情，
是本身的幼稚。

不要擔心自己健忘。
健忘總比什麼都記得，來得坦然。
愛情的路上，
坦然的人最是滿坑滿谷。

一剎真情，
不能說那是假的。
愛情永恆，
不能說只有那一剎。

愛情，如果不落實到穿衣、吃飯、數錢、睡覺
這些實實在在的生活裏去，
是不容易天長地久的。

有時候，我們又誤以為一種生活的習慣——
對一個男人的或女人的，
是一種愛情。

愛情不是必需，少了它心中卻也荒涼。
荒涼日子難過，
難過的又豈止是愛情？
愛情有如甘霖，
沒有了它，
乾裂的心田，即使撒下再多的種子，
終是不可能滋發萌芽的生機。

真正的愛情，絕對是
天使的化身。
一段孽緣，不過是
魔鬼的玩笑。

對於一個深愛的人，無論對方遭遇
眼瞎、口啞、耳聾、顏面燒傷、四肢殘缺……
都可以坦然面對，照樣或更當心的愛恃下去。
可是，一旦想到心愛的人那熟悉的「聲音」，
完全改換成另一個陌生人的聲調清晰呈現，

那份驚嚇，可能但願自己從此耳聾。
不然，情愛難保。
說的不是聲帶受傷，是完全換了語音又流利說出來的那種。
哦——難了。

愛情不一定人對人。
人對工作狂愛起來，是有可能移情到物上面去的。
所謂萬物有靈的那份吸引力，
不一定只發生在同類身上。

愛情是一種奧秘，來無影，去無蹤，
在愛情中出現藉口時，
藉口就是藉口，顯然是已經沒有熱情的藉口而已。
如果愛情消逝，
一方以任何理由強求再得，這，
正如強收覆水一樣的不明事理。

愛情看不見，摸不著——

在要求實相的科學呆子眼裏，它不合理。
可是學科學的那批人
對於這麼不科學、不邏輯的
所謂虛空東西，
一樣難分難解。

愛情的滋味複雜，絕對值得一試二嘗三醉。
三次以後，
就不大會再有人勇於痛飲了。

逢場作戲，連兒戲都不如，
這種愛情遊戲只有天下最無聊的人才會去做。
要是真有性情，認真扮一次家家酒，
才叫好漢烈女。

愛情是彩色氣球，無論顏色如何豔麗，
禁不起針尖輕輕一刺。

雲淡風輕，細水長流，
何止君子之交。
愛情不也是如此，才叫
落花流水、天上人間？

人

我最喜歡別人將我看成傻瓜。
這樣與人相處起來就方便多了。

我不勸任何人任何事。
其實，每一個人對自己的作為只是假糊塗而已。

對待一個惡人退讓，結果使他得寸進尺。
對待一個傻子誇獎，結果使他得意忘形。

世界上最公平的美事在於：
聰明人揚揚自得。
糊塗人也不認為自己差到哪兒去。

社會上最不公平的看法就是：
擺在眼前一個自私自利，毫無道德良知，
隨時隨處麻煩他人，佔盡一切便宜的小人，
一般只將這類人稱為——「不懂事」。
而對待一個胸襟寬厚，善待他人，
凡事退讓，況且心存悲憫，樂於助人的真誠君子，
一般人說起來只得一句——
這個人嘛！不過是會做人而已。

「平凡人」和「枯燥人」絕對是兩種人。
大半枯燥人都誇說
自己平平凡凡。

最令人懼怕的一類人，在於性格的不明顯。
在這件模糊的外衣之下，
隱藏著的內在人格又是什麼呢？

好鄰居重要。

好親戚也重要。
將親戚請來做鄰居，
往往親戚和鄰居都成仇人。

化妝有助氣色，無助氣質。
有家產和有家教沒有太大關係。
從容不迫的舉止，
比起咄咄逼人的態度，
更能令人心折。
人情冷暖正如花開花謝，
不如將這種現象，想成一場必然的季節。

如果我們能夠做得到將丈夫當成好朋友，
將朋友看成手足，將手足當成自己真正的手和腳，
將子女看成父母，將父母看成心愛的子女……
這些人際關係，可能不是目前的這個局面了。
問題出在：誰會這麼顛三倒四的去做傻瓜？

做過上千次人性試驗之後，
對於任何一次必然重演的失敗，都抱著一種信念——
起碼這個試驗又做了一次。

嬰兒誕生，
一般人並不知曉嬰兒的未來，可是都說——
恭喜！恭喜！
某人死了，
一般人也不明白死後的世界，卻說——
可惜！可惜！

無心

我不吃油膩的東西，我不過飽，
這使我的身體清潔。
我不做不可及的夢，
這使我睡眠安恬。
我不住豪華的居所，
這使我衣食有餘。

我不穿高跟鞋，
這使我的步子更加悠閒。
我不跟時裝流行，
這使我的衣著永遠常新。
我不趕時間的時候儘可能走路，
這使我腳踏實地。
不懶於思想，這使知識活用。
我不妄想，這使心清心明。
我避開無謂的應酬，這使承諾消失。
我當心的去關愛他人，這使情感不流於氾濫。
我苛刻的對待往事，這使人不必緬懷太多過去。
我漠視無謂的閒言，
這使我內心寬暢。
我絕不過分對人熱絡，
這使我掌握分寸。
我很少開口求人，
這使我自由。
我不欠錢，

這使我心安。
我讓人欠我的錢，
　這使我做傻瓜。

有意

我看書，這使我多活幾度生命。
我寫字，這使我免於說話。
我說話，這使我不必寫字。
我賺錢，這使我證明能力。
我花錢，這使金錢高貴。
我生病，這使我了然健康必要。
我健康，這使我提高警覺。
我旅行，這使我沒有東西拴住。
我安居，這使我懂得樂業。
我穿衣，這使我活用衣服語言。
我吃飯，這使我活得下去。
我哭，因為我愛。
我笑，因為不能不笑呀！

如果

如果人的頭髮是花園，
春夏秋冬，百花亂放，
那番景色會如何？
如果人的身體是果樹，
看來看去，哪個部分都可以找出不同果子的形狀來。

要是人會飛，想飛的可能只有
瘦子。

要是不賺錢就會有飯吃，世界人一定
很無聊。

要是媽媽煮一碗深藍色的濃湯，吃
是不吃？

如果嬰兒是包心菜裏捲出來的，敢

不敢去撒農藥？

人和動物如果可以講話，拒講的一定是動物。

要是人的雙腿生根，植物滿處亂跑，
聽見的聲音大概全是救命救命救命……

一旦人一說話，
每一個字音都是一朵鮮花從口裏蹦出來，
你擺哪一種花攤？

要是眼睛可以看見過去和未來，
我猜我還是只敢看看《木馬屠城記》。

如果夢能成真，不敢睡覺的人一定很多。

萬一世上的人全長得一模一樣，
時裝設計師就是最重要的人。

如果時光開始倒流，老人緊張，小孩子更緊張。

要是人可以上任何星球，
我一定很有禮貌，請別人先去觀光觀光。

要是白雲可以拿來當被蓋，除溼機的銷路一定更興隆。
如果人可以穿牆，那種厚的，
我還是不進去比較安然。

如果雨可以快速冷凍成粉絲。
夏天大旱的日子請飛機去下粉絲湯潤田。

要是人的思想如交流電波，人人藏不住秘密，
那我一定當當心心的完全不想。

要是全世界一起講好——停止一切活動三個月。
看看會有什麼了不得的事情發生。
不會的啦！

誰來發明一種機器，站在機器面前一切靈肉可以分解。
另外許多地方再放一架「接收機」，
出來一拼，又是個原來人。
我看旅行社對這個構想，最是歡迎。

你以為你家的洋娃娃晚上不出去跳舞？不相信，
去察看一下他們的鞋底。
你以為你家的洋娃娃晚上不出來偷吃東西？不相信，
剝開她們的肚子看一看。
要是育嬰室裏所有剛出生的嬰兒，用著老人沙啞的聲音，
吱吱呱呱的交換前生的來龍去脈，
這個房間給你多少薪水才肯去餵奶瓶？

人都怕死。
要是人永遠永遠不許死，你怕不怕？
你以為只有你自己喜歡看木偶戲？
你以為老天爺在玩什麼把戲？

如果海洋如同鮮血，鮮血流出來是黑汁，
鼻涕是翠綠，眼淚是明黃，天空成深褐。
而原野，如果所有的原野上豎出密密麻麻會動的蛇髮——
活蛇根立搖擺……
你，又去不去另外一個星球？

如果這一章你看了害怕，請看下一章，
就不嚇你了。

朋友

朋友是五倫之外的一種人際關係。
一定要求朋友共生共死的心態，
是因為人，沒有界定清楚這一個名詞的含意。

朋友的好處，在於可以自由選擇。
有些，隨緣而來，
有的，化緣而來。
更有趣的是，

朋友來了還可以過，散了說不定永遠不會再聚。
如果不是如此，誰又敢交朋友呢？

不要自以為朋友很多是福氣。
福氣如果得自朋友，那麼自己算什麼？
一剎知心的朋友，最貴在於短暫，
拖長了，那份契合總有枝節。

朋友還是必須分類的——
例如圖書，一架一架混不得。
過分混雜，匆忙中去急著去找，
往往找錯類別。

也是一種神秘的情，來無影、去無蹤，
友情再深厚，緣分盡了，
就成陌路。

對於認識的人——所謂朋友，實在不必過分謹嚴。

凡事隨心，心不答應情不深，
情不深，見面也很可能是一場好時光。

朋友再親密，分寸不可差失，
自以為熟，結果反生隔離。

朋友之義，難在義字千變萬化。

朋友絕對落時空，
兒時玩伴一旦闊別，再見時，
情感只是一種回憶中的承諾，
見面除了話當年之外，再說什麼就都難了。

朋友無涉利害最是安全，一旦涉及利害，
相輔相成的可能性極為微小，
對剋成仇的例子，比比皆是。
朋友之間，
相求小事，順水人情，

理當成全。
過分要求，得寸進尺，
是存心喪失朋友最快的捷徑。

朋友共樂，錦上添花絕對有必要。
朋友共苦，除非同病相憐，不然總有高低。

雪中送炭，貴在真送炭，
而不只是語言勸慰。
炭不貴，給的人可真是不多。
心意也是貴的，
這一份情，最能意會。
當然，那是朋友急需的不是炭的時候。

認朋友，
急不來，急來的朋友急去得也快。
篩朋友，
慢不得，同流合污沒有回頭路。

為朋友，
兩肋插刀之前，三思而後行。

交朋友，貴在眼慈，橫看成嶺側成峰——
總是個好傢伙。
小疵人人有，這個有，那個還不是也有，
自己難道沒有？

即使結盟好友，時常動用，總也不該。
偶爾為之，除非不得已。
與任何人結盟，都是累的，這個結，不如不去打。

意氣之交，雖是真誠，總也失之太急。
友情不可費力經營，這一來，就成生意。
生意風險艱辛大，又何必用到朋友這等小事上去？

關心朋友不可過分，那是母親的專職。
不要做「朋友的母親」，弄混了界限。

批評朋友，除非識人知性，
不然，不如不說。

強佔友誼，最是不聰明。
雪泥鴻爪，碰著當成一場歡喜。
一旦失去朋友，最豁達的想法莫如——
本來誰也不是誰的。

呼朋引伴，要看自己本錢。
招蜂引蝶，甜蜜必然不夠用。

重承諾，重在衡量自己能力。
拒說情，拒在眼底公平。
講義氣，講在不求一絲回報。
說風情，說時最好保留三分。

知交零落實是人生常態，
能夠偶爾話起，而心中仍然溫柔，就是好朋友。

兩性朋友關係一旦轉化愛情，最是兩全其美。
兩性之間，一生純淨友誼，絕對可能。
只怕變質消失的原因，不在雙方本人，
而在雙方配偶難以明白。

交朋友，不可能沒有條件。
沒有條件的朋友，不叫朋友，
那叫手足了。

情深如海對朋友——不難。
不難，在於沒有共同
穿衣、吃飯、數錢和睡覺。

跟自己做朋友最是可靠，死纏爛打總是自己人。

滄海一粟敢與天地去認朋友，才是——
誰與我逝兮，吾誰與從，
渺渺茫茫，歸彼大荒。

三毛一生大事記。

- 本名陳平，浙江定海人，一九四三年三月二十六日（農曆二月二十一日）生於四川重慶。
- 幼年期的三毛即顯現對書本的愛好，小學五年級時就在看《紅樓夢》。初中時幾乎看遍了市面上的世界名著。
- 初二那年休學，由父母親自悉心教導，在詩詞古文、英文方面，打下深厚的基礎。並先後跟隨顧福生、邵幼軒兩位畫家習畫。
- 一九六四年，得到文化大學創辦人張其昀先生的特許，到該校哲學系當旁聽生，課業成績優異。
- 一九六七年再次休學，隻身遠赴西班牙。在三年之間，前後就讀西班牙馬德里大學、德國哥德書院，在美國伊利諾大學法學圖書館工作。對她的人生歷練和語文進修上有很大的助益。
- 一九七〇年回國，受張其昀先生之邀聘，在文大德文系、哲學系任教。後因未婚夫猝逝，她在哀痛之餘，再次離台，又到西班牙。與苦戀她六年的荷西重逢。
- 一九七四年，於西屬撒哈拉沙漠的當地法院，與荷西公證結婚。
- 在沙漠時期的生活，激發她潛藏的寫作才華，並受當時擔任聯合報主編平鑫濤先生的鼓勵，作品源源不斷，並且開始結集出書。第一部作品《撒哈拉的故事》在一九七六年五月出版。
- 一九七九年九月三十日，夫婿荷西因潛水意外事件喪生，三毛在父母扶持下，回到台灣。
- 一九八一年，三毛決定結束流浪異國十四年的生活，在國內定居。

● 同年十一月，聯合報特別贊助她往中南美洲旅行半年，回來後寫成《千山萬水走遍》，並作環島演講。

● 之後，三毛任教文化大學文藝組，教〈小說創作〉、〈散文習作〉兩門課程，深受學生喜愛。

● 一九八四年，因健康關係，辭卸教職，而以寫作、演講為生活重心。

● 一九八九年四月首次回大陸家鄉，發現自己的作品，在大陸也擁有許多的讀者。並專誠拜訪以漫畫《三毛流浪記》馳名的張樂平先生，一償夙願。

● 一九九〇年從事劇本寫作，完成她第一部中文劇本，也是她最後一部作品《滾滾紅塵》。

● 一九九一年一月四日清晨去世，享年四十八歲。

● 二〇〇〇年七月三毛遺物入藏國立文化資產保存研究中心籌備處。現址為台南市中西區中正路一號國立台灣文學館。

● 二〇〇〇年十二月在浙江定海成立三毛紀念館，由杭州大學旅遊研究所教授傅文偉夫婦籌劃。

● 二〇一〇年《三毛典藏》新版由皇冠出版。

● 二〇一六年十月二十六日三毛作品《撒哈拉歲月》西班牙版與加泰隆尼亞版，於西班牙出版。

● 二〇一六年十二月二十日國立台灣文學館出版《台灣現當代作家研究資料彙編．89．三毛》。

● 二〇一六年至二〇二〇年三毛書出版九國不同翻譯版本。

● 二〇一七年四月二十日中國大陸浙江省舉辦「三毛散文獎」決選及頒獎典禮。

● 二〇一九年美國《紐約時報》（New York Times）推文介紹這位被遺忘的作家三毛，同年Google於三月二十八日選取三毛為華人婦女代表。

● 二〇二一年《三毛典藏》逝世30週年紀念版由皇冠出版。

國家圖書館出版品預行編目資料

心裏的夢田 / 三毛作. -- 二版. -- 臺北市：皇冠，2021.02；面； 公分. --(皇冠叢書；第4915種)(三毛典藏；06)
ISBN 978-957-33-3655-6(平裝)

863.55　　109020757

皇冠叢書第4915種
三毛典藏 6

心裏的夢田

作　　者—三毛
發 行 人—平雲
出版發行—皇冠文化出版有限公司
台北市敦化北路120巷50號
電話◎02-27168888
郵撥帳號◎15261516號
皇冠出版社(香港)有限公司
香港銅鑼灣道180號百樂商業中心
19字樓 1903室
電話◎2529-1778　傳真◎2527-0904
總 編 輯—許婷婷
美術設計—嚴昱琳
著作完成日期—1988年
二版一刷日期—2021年2月
二版三刷日期—2023年10月
法律顧問—王惠光律師

讀者服務傳真專線◎02-27150507
電腦編號◎003206
ISBN◎978-957-33-3655-6
Printed in Taiwan
本書定價◎新台幣350元/港幣117元